STANDART SKILL

Verfluxt noch mal!

riva

Bibliografische Information der Deutschen Nationalbibliothek
Die Deutsche Nationalbibliothek verzeichnet diese Publikation in der Deutschen Nationalbibliografie. Detaillierte bibliografische Daten sind im Internet über http://dnb.d-nb.de abrufbar.

Für Fragen und Anregungen
info@rivaverlag.de

Originalausgabe
1. Auflage 2021
© 2021 by riva Verlag, ein Imprint der Münchner Verlagsgruppe GmbH
Türkenstraße 89
80799 München
Tel.: 089 651285-0
Fax: 089 652096

Alle Rechte, insbesondere das Recht der Vervielfältigung und Verbreitung sowie der Übersetzung, vorbehalten. Kein Teil des Werkes darf in irgendeiner Form (durch Fotokopie, Mikrofilm oder ein anderes Verfahren) ohne schriftliche Genehmigung des Verlages reproduziert oder unter Verwendung elektronischer Systeme gespeichert, verarbeitet, vervielfältigt oder verbreitet werden.

Texte: Standart Skill, Fionna Frank
Redaktion: Mirka Uhrmacher
Umschlaggestaltung und Illustration: Marek Bláha
Layout und Satz: Achim Münster, Overath
Druck: GGP Media GmbH, Pößneck
Printed in Germany

ISBN Print 978-3-96775-038-6
ISBN E-Book (PDF) 978-3-96775-039-3
ISBN E-Book (EPUB, Mobi) 978-3-96775-040-9

Weitere Informationen zum Verlag finden Sie unter

www.rivaverlag.de

Beachten Sie auch unsere weiteren Verlage unter www.m-vg.de

Ja, hallo, Standart Skill am Start!
Leute, es ist an der Zeit, nach Los Lamas zurückzukehren. Denn es gibt schon wieder jede Menge Probleme im Tal, die nur ein ganz besonderer Held lösen kann: ich natürlich, Stanni! Die erste Herausforderung hat es aber schon in sich. Wie kommt man zurück in ein Videospiel? Das, meine lieben Freunde, müssen wir jetzt zusammen herausfinden.

Let's go, Abfahrt, Tschö mit ö und ganz viel Spaß!

Euer Stanni

DAS EVENT

Die Sonne stand hoch am Himmel, vor Stanni rauschte das Meer. Eine lange Jacht lag kurz vor einem Anlegesteg vor Anker, Wellen schwappten immer wieder träge gegen die Kaimauer des Hafens. Im Hintergrund schmiegte sich ein Fischerdorf in die Dünen. Unter den Sohlen seiner Schuhe knirschte Sand. Eine Möwe schrie. Man konnte fast vergessen, dass man in einem Videospiel war.

»Guck mal Stanni, ein Krebs!«, rief Max, den Stanni durch das Headset unter seiner VR-Brille hören konnte, und durchbrach damit den friedlichen Moment.

Stanni seufzte und schaute zu Max' Spielfigur, die gerade am Strand im Sand hockte und ein Konfetti-Gewehr auf einen kleinen roten Krebs gerichtet hatte. Das Tier hob erstaunt die Scheren.

Stanni und Max waren ein eingespieltes Team im Videospiel »Tal Royal« und hatten schon unzählige epische Runden gemeinsam gewonnen. Max' taktisches Geschick und Stannis unvergleichlicher Aim waren einfach eine tödliche Kombination! Normalerweise war es undenkbar, dass sie mitten in einer Runde entspannt am Strand hockten, um die digitale Tierwelt zu bewundern. Immerhin musste man ständig damit rechnen, dass andere Spieler auftauchten und einem an den Kragen wollten.

Doch an diesem Tag war das anders. Stanni und Max standen am Hafen von Bouncy Beach im Freien, für alle sichtbar. Und um sie herum tauchten immer mehr Spieler auf. Aber anstatt das Feuer aufeinander zu eröffnen, wie es in einer gewöhnlichen Runde üblich gewesen wäre, hüpften sie nur aufgeregt umeinander, lieferten sich Tanzduelle oder starrten wie Stanni erwartungsvoll hinauf den Himmel Richtung Sonne. Denn heute war es endlich so weit.

Heute war der Tag des lang erwarteten Nullpunkt-Events. Ein Ereignis, das sich kein Spieler entgehen lassen wollte.

Hinweise auf dieses Event waren seit Wochen im Spiel gestreut worden. Wie bei einer Schnitzeljagd hatten die Spieler Teile von Nachrichten auf der Map finden müssen, hinter vermeintlich verschlossenen Türen in Trippy Town, in hohlen Baumstümpfen im Funky Forest oder in Strandkörben hier am Bouncy Beach. Legte man die Nachrichten zusammen, ergab sich eine wahnwitzige Story über einen geheimnisvollen »Nullpunkt«, der am tiefsten Ort der Map liegen sollte und der um jeden Preis geschützt werden musste. Auch von einem Bösewicht erzählten die Nachrichten, der nicht eher ruhen würde, bis er den Nullpunkt zerstört hatte.

Schnell hatte die Community kapiert, dass man ihn nur gemeinsam würde aufhalten können. Und heute war es so weit, heute sollte dieser Bösewicht auftauchen. Hier über Bouncy Beach, in weniger als zehn Minuten.

»Hat es schon angefangen?«, meldete sich da Finn im Voicechat.

»Entspann dich, Diggi.« Stanni lachte. »Hier stehen alle noch rum und warten.«

»Zum Glück.« Finn atmete hörbar auf. »Bin gleich da! Von Trippy Town nach Bouncy Beach zu Fuß rennen dauert echt ewig.«

Max kicherte. »Das nächste Mal musst du halt früher den Gleiter auspacken!«

Stanni, Max und Finn waren gemeinsam in die Runde gestartet und hatten beim Absprung über der Map direkt den Strand angepeilt – immerhin sollte dort das Event stattfinden. Finn aber hatte den perfekten Moment verpasst, um seinen Gleiter zu aktivieren, und war so ein ganzes Stück weiter innerhalb der Karte, in der Nähe von Trippy Town, gelandet.

»Krass, hier ist ja richtig was los!«, staunte Finn nun. Offenbar war er endlich am Bouncy Beach angekommen. Und tatsächlich, Stanni sah ihn etwas planlos zwischen den anderen Spielern herumlaufen, ehe er ihn und Max am Strand entdeckte und auf sie zuhüpfte.

»Was für ein Marsch«, sagte Finn. Er klang etwas außer Atem, als wäre er den ganzen Weg wirklich selbst gelaufen und nicht seine Spielfigur.

»Das Trio ist endlich komplett!«, begrüßte Max den Nachzügler.

»Ihr habt euch ja richtig schick gemacht«, sagte Finn, während er Max' und Stannis Avatare umrundete.

»Klar, ein epischer Kampf verlangt nach einem epischen Outfit!«, antwortete Stanni stolz und wählte eine heldenhafte Pose aus. Er spielte wie üblich Siren, einen »No Skin«, den man nicht erst freischalten musste, sondern von Beginn an im Spiel hatte. So sah er aus wie ein Anfänger und wurde regelmäßig unterschätzt – etwas, das ihm schon den einen oder anderen Sieg verschafft hatte. Aber für heute hatte Stanni extra ein besonderes Outfit für die Kämpferin gewählt. Das hatte es in der laufenden Season als Belohnung für eine besonders schwierige Herausforderung gegeben. Statt des sportlichen Soldatenoutfits trug Siren heute einen Superheldinnenanzug, inklusive Maske und einem Cape, das dramatisch im digitalen Wind flatterte.

»Ich hab mir auch mal ein Makeover gegönnt«, sagte Max. Sein Avatar »Woody«, ein breitschultriger Kerl mit dichtem Bart, der normalerweise Holzfällerhemd und Jeans trug, steckte nun ebenfalls in einem Superheldenkostüm, umschlungen von breiten Patronengurten. Sein Gesicht verschwand fast komplett im Schatten einer weiten Kapuze.

Und sie waren nicht die Einzigen, die sich für das heutige Live-Event umgezogen hatten. Die meisten Spieler, die um sie herumliefen und -tanzten, waren in Superheldenoutfits geschlüpft und zogen nun wehende Capes hinter sich her, hockten wie Batman auf den Dächern der Fischerhütten oder zeigten sich gegenseitig ihre besten Heldenposen.

Stanni schaute zu Finn, der wie er selbst einen No Skin spielte, einen schlanken Typen mit traurigen Zügen, der bloß schlichte Cargohosen und ein weißes T-Shirt trug.

»Kein Outfit bei dir, Finn?«, fragte er.

Finn seufzte. »Neuer Account, weißt du doch. Ich hab noch gar nichts freigespielt.«

Mist, das hatte Stanni fast vergessen. Finns alter Account war wegen Hacking gesperrt worden. Stanni hatte durch sein Eingreifen nur knapp verhindern können, dass Finn das komplette Game zerlegte. Die Macher des Spiels wussten natürlich

nicht, was wirklich passiert war. Nur dass Finn am Code rumgeschraubt hatte, das hatten sie rausgefunden, und dann mit aller Härte durchgegriffen. Finn trug es mit Fassung, das wusste Stanni. Er hatte seine Lektion auf jeden Fall gelernt. Und durch die beinahe täglichen Runden mit Stanni und Max wurde der Junge immer besser, ganz ohne Tricks. Neben den ganzen Superhelden hier fehlten ihm seine verlorenen Skins wahrscheinlich trotzdem.

»Hey, wenn das Event hier rum ist, dann helf ich dir bei ein paar Herausforderungen«, sagte Max. »Dann hast du ruckzuck wieder ein paar Skins und Emotes. Das ist die Max-Garantie!«

»Das wäre echt super, Max!«, erwiderte Finn dankbar.

»Aber erst bring ich dir das mit dem Gleiter richtig bei.« Man konnte das Zwinkern in seiner Stimme geradezu hören. Finn verstand den Spaß und lachte laut los.

Stanni freute sich, dass die beiden so gut miteinander auskamen. Max war sein bester Kumpel, das stand außer Frage. Aber Stanni und Finn verband, dass sie die einzigen Menschen waren, die um die geheime Welt unter dem Tal Royal wussten, von Los Lamas und all seinen Bewohnern. So was schweißte einfach zusammen!

Stanni fragte sich, ob es für Finn auch so komisch war, wieder als Spieler in dieser Welt zu sein. Als er damals ins Spiel geglitcht war, war er plötzlich er selbst gewesen, der fünfzehnjährige Stanni, der nach zwanzig Sekunden schon aus der Puste war. Da war es schon eine wahnsinnige Erleichterung, wieder den Körper seines Avatars Siren zu steuern. Die hatte kein Problem mit ihrer Ausdauer und legte krasse Sprünge und Rollen hin, wenn man die richtigen Knöpfe auf dem Controller drückte. Aber ein bisschen vermisste Stanni es schon, dieses Gefühl, so richtig echt in der Spielewelt zu sein. Dann könnte er jetzt den Wind in den Haaren spüren und die salzige See riechen. Sachen eben, die Spiele noch nicht hinbekamen, auch nicht mit VR.

Und er vermisste auch die Bewohner von Los Lamas. Er fragte sich häufig, wie es wohl Familie Puhmann ging und dem kauzigen alten Herrn Lama. Und manchmal sogar, was wohl Belix und seine mürrische Mutter, die Baumeisterin Sonja, so trieben. Ein paarmal hatte Stanni versucht, die geheime Rampe in Trippy Town zu öffnen oder mit einer der Lootboxen zu sprechen, aber meistens war er dadurch so abgelenkt, dass ihn irgendein Spieler erwischte und er aus der Runde flog.

Max' laute Stimme riss Stanni jäh aus seinen Gedanken. »Stanni, ich glaub, es geht los!«, rief er aufgeregt ins Headset.

Und tatsächlich, es tat sich etwas! Eben noch waren die Spieler ein wilder Haufen gewesen, waren chaotisch umeinander herumgehüpft. Doch jetzt standen sie still und schauten wie erstarrt gemeinsam in den Himmel. Denn dort verdunkelte sich gerade die Sonne. Als würde sich eine gewaltige schwarze Scheibe davorschieben, wurde das Rund des Feuerballs immer kleiner und kleiner. Das Licht veränderte sich, wurde erst orange, dann bedrohlich rot. Ein Dröhnen lag in der Luft, wie ein Schwarm Hornissen, der weit in der Ferne war, aber immer näher kam.

»Krass«, hauchte Finn.

»Megakrass«, bestätigte Stanni.

Um sie herum begannen alle Spieler, ihre Waffen zu zücken, durchzuladen oder noch schnell untereinander zu tauschen. Wochenlang hatten sie sich auf diesen Moment vorbereitet und ihre beste Ausrüstung mitgebracht. Stanni sah epische Spitzhacken und seltene Back Blings, die es nur für besonders schwierige Herausforderungen als Belohnung gegeben hatte. Wer auch immer gleich dort oben am Himmel auftauchen würde, die Community war bestens in Form und absolut in der Lage, dem Bösewicht ordentlich in den Hintern zu treten!

Neben ihm zückten auch seine Freunde die Waffen.

»Das ist übelst cool, Mann, übelst cool«, sagte Max immer wieder, während er nervös auf und ab hüpfte. Finn hingegen hatte sich hinter eine Kiste geduckt und hielt seine bunte Standard-Spitzhacke umklammert. Ihm war wohl keine Zeit geblieben, um nach einer Waffe zu suchen.

Stanni schaute hinauf in den Himmel. So langsam sollte da mal jemand auftauchen. Immerhin waren hier jede Menge Spieler, denen es in den Fingern juckte! Und was es mit diesem Nullpunkt auf sich hatte, das wollten sie auch alle endlich wissen.

Das Dröhnen wurde immer lauter, so laut sogar, dass Stanni bald nichts anderes mehr hören konnte, weder das Rauschen des Meeres noch die Schreie der Möwen. Und auch Max und Finn im Voicechat waren kaum noch zu verstehen.

Jetzt übertreiben sie es aber ein bisschen, dachte Stanni und wollte schnell das Menü aufrufen, um den Spiel-Sound etwas runterzudrehen. Bevor er aber den Knopf auf seinem Controller drücken konnte, fiel ihm etwas auf. Die Spieler vor ihm, die näher am Wasser standen, schauten von dem Spektakel am Himmel weg und in seine Richtung – bewegten sich aber in die andere! Sie glitten langsam rückwärts. Einige liefen dabei auf der Stelle, als wollten sie wegrennen, kämen aber nicht gegen eine unsichtbare Macht an, die sie nach hinten zerrte.

Und nicht nur die Spieler schlitterten langsam, aber sicher auf das Meer zu, auch einige Deko-Objekte rutschten über den Boden. Normalerweise waren diese Gegenstände fixiert, die konnte nichts bewegen, kein Spieler, keine Glitter-Explosion, absolut gar nichts!

»Stanni!«, drang ein Schrei durch das Dröhnen in seinem Headset.

Das war Finn! Stanni drehte sich hektisch suchend nach seinem Freund um – und hätte fast den Controller fallen gelassen. Was er sah, raubte ihm glatt den Atem. Das Meer war bis vor ein paar Augenblicken nichts weiter als eine glatte blaue Fläche gewesen. Nur ein paar sanfte Wellen waren auf den Bouncy Beach gerollt. Jetzt aber konnte Stanni im unwirklichen roten Licht der verdeckten Sonne einen gigantischen Strudel erkennen, der sich im Ozean gebildet hatte. Wie in einem riesigen Trichter drehten sich die Wassermassen und saugten alles in der Umgebung ein. Das Dröhnen wurde noch lauter, und jetzt wurde Stanni auch klar, dass es nicht etwa ein Schwarm wütender Hornissen am Himmel war, sondern das Geräusch des Strudels, der immer größer und stärker wurde!

Finn, der nach ihm geschrien hatte, war nicht mehr hinter der Kiste, wo ihn Stanni zuletzt gesehen hatte. Stattdessen war er bereits ins Wasser gesaugt worden und versuchte vergeblich, gegen die Kraft des Strudels anzuschwimmen.

»Was …eht hi… ab?«, schrie Finn, doch bei dem Lärm war er kaum zu verstehen. Stanni blieb keine Zeit, um den Ton leiser zu stellen, denn auch ihn zerrte es jetzt immer stärker in Richtung Meer. Wo war das »sich verzweifelt irgendwo festkrallen«-Emote, wenn man es brauchte!?

Und wo war Max? Der hatte doch eben noch direkt neben ihm gestanden. Stanni schaute sich panisch nach seinem Kumpel um, während er Richtung Wasser schlitterte. Da! Geschickt hatte Max seinen Avatar gegen eine niedrige Mauer geklemmt. Normalerweise nerven diese Dinger im Spiel total; für Deckung waren sie nicht hoch genug, und wenn man beim Springen schlechtes Timing hatte, blieb man dran hängen. Jetzt jedoch war Stanni saufroh, dass es sie gab. Er konnte zwar nicht verhindern, dass er weiter nach hinten rutschte, konnte aber seine Richtung so weit korrigieren, dass er neben Max an der kleinen Mauer landete.

Stanni schaute Max an, der trotz Superhelden-Outfit nicht mehr besonders heldenhaft wirkte. Max starrte zurück, anscheinend ebenso ratlos wie Stanni. Um sie herum wurden die anderen Spieler jetzt immer schneller in Richtung des Strudels gezogen. Stanni riskierte einen kurzen Blick zurück über die Mauer und wünschte sich direkt, es nicht getan zu haben.

Der Strudel war noch gigantischer geworden und reichte fast bis an den Strand heran. Finn war nirgendwo mehr zu sehen, er musste längst in den Schlund des Wirbels gezogen worden sein, gemeinsam mit etlichen anderen Spielern und zahllosen Deko-Objekten von Bouncy Beach. Sogar die große Jacht, die bis vor Kurzem noch ruhig im Meer gelegen hatte, war komplett verschwunden.

Was passierte hier nur gerade? Das wirkte alles überhaupt nicht wie das große Event, das in den geheimen Botschaften angekündigt worden war. Sie alle waren hierhergekommen, um gegen einen fiesen Schurken anzutreten wie in einem dieser Superhelden-Filme! Es hätte ein epischer Kampf werden sollen! Stattdessen verschlang ein gigantischer Strudel alle Spieler und war drauf und dran, auch die Map einzusaugen, und man konnte absolut rein gar nichts dagegen unternehmen. Über sie segelten mittlerweile auch Dachziegel, Backsteine und halbe hölzerne Hauswände hinweg. Nicht mehr lange, und auch ihre kleine Mauer würde dem Sog des Strudels nachgeben!

Stanni hatte das miese Gefühl, dass hier etwas gewaltig schieflief.

»Tja, Bruder, das war's wohl mit uns«, sagte er resigniert, obwohl er vermutete, dass ihn Max bei dem Höllenlärm ohnehin nicht hören konnte.

Er ließ Siren zur Sicherheit noch mal salutieren. Das hatte Max kapiert und antwortete mit dem gleichen Emote – genau in dem Moment, als die Mauer endgültig nachgab. Mit einem hässlichen Knirschen zersprangen die Steine, und keine Sekunde später wurde Stanni vom unglaublichen Sog des Strudels erfasst. Die Welt wirbelte um ihn herum, als er waagerecht Richtung Meer gezogen wurde.

Vor Stannis Augen wurde alles zu bunten Schlieren, keine Chance, zu erkennen, wo oben und unten, wo Max, wo überhaupt irgendwas war. Er landete klatschend im Wasser und wurde sofort von der heftigen Strömung mitgerissen. Wie in einem riesigen Abfluss drehten sich die Wassermassen im Kreis, schneller und immer schneller. Und jetzt konnte Stanni auch den Grund für den Strudel erkennen: Ganz unten, am Meeresboden, lag ein schwarzes Loch, das unerbittlich alles verschlang, egal ob es Wasser, Sand, Holz oder ein Spieler war.

Stanni drückte wie ein Verrückter auf die Knöpfe seines Controllers, versuchte verzweifelt gegen die Strömung anzukommen. Aber es gab kein Entkommen. Es wurde dunkler und dunkler, und das Dröhnen und Rauschen wurde lauter und lauter.

Und dann, plötzlich ... hörte alles auf.

Der Lärm stoppte schlagartig. Alles um ihn herum war pechschwarz. Stanni hörte nur noch seinen eigenen Atem.

»Leute?«, fragte er in die Stille hinein. »Alle noch am Leben?«

»Glaube ja«, sagte Max unsicher.

»Positiv«, piepste Finn.

Stanni atmete auf. Klar, das war alles nur im Spiel gewesen, aber mit VR-Brille wirkte eben alles superecht. Und auch jetzt hatte er das Gefühl, klitschnass zu sein, als wäre er wirklich fast im Meer ertrunken.

»Passiert hier jetzt noch irgendwas?«, fragte Max. Stanni konnte hören, wie er wild auf seiner Tastatur rumtippte.

Er sah sich in der Dunkelheit um, konnte aber absolut nichts erkennen. Und auch wenn er versuchte, seine Waffen abzufeuern, geschah nichts.

»Ich glaube, wir sind nicht mehr im Spiel«, sagte Finn nachdenklich.

Genau in diesem Moment flackerte es in der Dunkelheit einmal kurz auf, dann erschien plötzlich der Startbildschirm von Tal Royal, und die fröhliche Titelmelodie begann zu spielen. So, als hätte man gerade erst das Spiel hochgefahren. Also alles wie immer.

Oder zumindest fast. Denn über dem Startmenü tat sich nun eine Box auf, in der eine Nachricht in bunten Buchstaben blinkte.

Okay. Irgendetwas stimmte hier absolut rein gar nicht.

DER HILFERUF

Regen klatschte von außen gegen das Fenster von Stannis Zimmer. Der Wind rüttelte ordentlich an seinen Rollläden. Es war mittlerweile dunkel geworden.

Stanni knipste die Stehlampe in seinem Zimmer an, damit der Bildschirm seines Computers nicht mehr die einzige Lichtquelle war. Dann setzte er sich sein Headset auf. Die VR-Brille ließ er diesmal links liegen, die Nummer mit dem Strudel war dann doch etwas zu echt für seinen Geschmack gewesen.

»Schon was Neues?«, fragte er in den Voicechat.

»Nope«, sagte Max. Er klang müde und genervt.

Seit dem Server-Crash waren mittlerweile mehrere Stunden vergangen, und noch immer konnte man sich nicht ins Spiel einloggen. Im Internet wurde längst heftig diskutiert, was genau wohl während des Events schiefgelaufen war. Waren die Server zusammengebrochen? Oder war das alles Teil des Spektakels? War etwa der mysteriöse Nullpunkt das, was das schwarze Loch ausgelöst hatte?

Fragen über Fragen.

Aber Stanni war nicht interessiert an dem Rätsel um den Nullpunkt. Er war vor allem besorgt. Immerhin wusste er, dass Tal Royal eben nicht nur ein Spiel war, sondern gleichzeitig auch die Heimat der Bewohner von Los Lamas. Wenn jetzt ein gigantischer Strudel die gesamte Welt eingesaugt hatte, was bedeutete das für seine Freunde?

»Hey!«, rief da plötzlich Finn. »Es tut sich was!« Man hörte ihn wild auf der Tastatur rumtippen. »Die Server sind wieder da!«, sagte er dann triumphierend.

»Endlich!«, stöhnte Max erleichtert. Auch bei ihm klackerten Tasten.

Stanni atmete ebenfalls auf. Trotzdem zitterten ihm die Finger, als er sein Passwort eingab, um sich ins Spiel einzuloggen. Dann klickte er sofort auf »Runde beitreten«, ohne sich groß mit der Auswahl seines Skins aufzuhalten.

Der Ladebalken kroch unendlich langsam über den Bildschirm. 80 %, 81 %, 82 %.

»Alter, was soll das denn?!« Max klang entsetzt. »Ist das deren Ernst?« 88 %, 89 %, 90 %. Stanni starrte auf den Ladebalken, versuchte ihn mit seinen Gedanken zu beschleunigen.

»Das gibt's doch nicht ...«, sagte jetzt auch Finn. 98 %, 99 %, 100 %. Stannis Finger schwitzten. Vor ihm auf dem Bildschirm erschien die Welt von Tal Royal. Doch er befand sich nicht im Landeanflug über der Map, sondern stand mitten in Trippy Town, die bunten Häuser sympathisch schief wie eh und je.

»Alles ... alles ist weg!«, rief Max fassungslos.

Stanni schaute an sich herab. Siren hatte nicht mehr ihre Superheldenkleidung an, sondern das Starter-Outfit. Die Spitzhacke, die sie bei sich trug, war ebenfalls das absolute Standardmodell. Eigentlich hätten aber seine letzten Einstellungen gespeichert sein müssen.

Stanni öffnete hektisch die Übersicht für seine Emotes, aber sie war absolut leer. Keine Tänze, keine Posen, nichts.

»Leute, macht mal die Map auf«, sagte Finn.

Stanni drückte den Knopf für die Karte und sah es sofort. Sie war viel kleiner als sonst! Vorher hatte es hier bestimmt ein Dutzend Orte gegeben, die von Season zu Season hinzugekommen waren. Jetzt gab es nur noch vier: Trippy Town, den Hafen am Bouncy Beach, den Funky Forest und die Artic Alps. Es sah fast so aus, als ...

»Die ... die haben das ganze Spiel zurückgesetzt!«, keuchte Stanni. »Alles ist so, wie es ganz früher mal war!«

»Meine Tänze«, jammerte Max. »Und meine Emotes. Ich habe ewig gebraucht, bis ich die zusammenhatte! Die waren mein ganzer Stolz!«

»Ihr seid nicht die Einzigen, die alles verloren haben«, sagte Finn. »Hier laufen alle mit No Skins rum, schaut mal.«

Stanni sah sich um. Bei ihm in Trippy Town standen auch einige Spieler herum, die alle verwirrt in ihren Einstellungen herumscrollten und doch nicht fündig wurden. Was für ein Albtraum! Auf einen Schlag war alles verloren, für das hier jeder wochen-, vielleicht monatelang gearbeitet hatten. Kein Wunder, dass niemand ernsthaft die Runde spielte, sondern alle nur freudlos durch die Stadt geisterten. Einige loggten sich sogar ganz aus, zumindest sank die Anzahl der aktuellen Spieler in dieser Runde stetig. Schon jetzt waren von hundert Spielern nur noch siebzig übrig. Und Stanni konnte sie verstehen, das war echt nur noch frustrierend.

Auch er schlich jetzt durch Trippy Town und entdeckte überall die Veränderungen. Die Tankstelle war verschwunden, und die Reihe an Reklameschildern, hinter denen Stanni besonders gern in Deckung ging, gab es auch nicht mehr. Viele der Gebäude, in die man zuvor hatte reinlaufen können, waren jetzt nicht mehr zugänglich, sondern mit Brettern zugenagelt. Tja, so hatte das Spiel ganz früher mal ausgesehen, das stimmte wohl. Aber es gab ja einen Grund, warum es weiterentwickelt und verbessert worden war. Gerade diese ständigen Veränderungen und Neuerungen waren es, die dafür sorgten, dass so viele Spieler das Tal Royal liebten. Jetzt, wo alles weg war ...

Stanni sah bedrückt auf. Er stand inzwischen vor dem Rathaus, dem größten Gebäude am Marktplatz in der Mitte von Trippy Town. Jemand hatte große Buchstaben auf die Außenmauer des Hauses gemalt. Komisch. Daran konnte sich Stanni gar nicht erinnern.

»Habt ihr das Rathaus in Trippy Town gesehen?«, fragte Stanni. »Es ist total vollgekritzelt mit irgendwelchen Buchstaben.«

»Eine geheime Botschaft vielleicht?«, wunderte sich Finn. Er klang plötzlich wieder etwas aufgeregter. Das Entschlüsseln der Nachrichten, die vom Nullpunkt erzählten, hatte ihm besonders gefallen. Jetzt witterte er wohl das nächste Rätsel. »Was genau steht da?«

Stanni kniff die Augen zusammen. Die Schrift war ganz schön krakelig, als hätte jemand nicht besonders viel Zeit gehabt, sie an die Hauswand zu pinseln.

»ISLA…TALS…DRNTK?«, las Stanni langsam.

»Hast du grad einen Schlaganfall?«, fragte Finn.

»Das steht hier. Oder vielleicht auch … DARK…IS…LAST…TLN?«

»Was für 'ne blöde Geheimnachricht«, meldete sich Max genervt zu Wort. »Was soll'n das bitte sein?«

Stanni legte den Kopf schief, versuchte, die Buchstaben anders anzuordnen, aber nichts ergab wirklich Sinn.

»Tja«, sagte Finn nach ein paar Minuten, in denen er wohl online recherchiert hatte. »Andere Spieler haben das auch schon entdeckt, aber schlau wird irgendwie keiner draus. Die meisten glauben, dass es KRISTALLSTAND heißen soll.«

»Das wäre immerhin ein richtiges Wort. Aber was soll ein Kristallstand sein?«, grübelte Stanni.

»Vielleicht ein neues Item?«, schlug Max vor.

»Sie nehmen alle Inhalte raus, um ein einziges neues Item einzuführen?« Finn klang nicht sehr überzeugt. »Im Code steht von einem Kristall jedenfalls nichts.«

Stanni hatte in der Zwischenzeit das Wort KRISTALLSTAND auf einen Zettel auf seinem Schreibtisch gekritzelt und begann jetzt, die Buchstaben neu anzuordnen, um vielleicht so das Geheimnis hinter dem Wort zu entziffern.

KRISTALLSTAND. ANTARKTIS DLLS. DR ATLANTIS SLK.

»Findest du was zu Atlantis, Finn? Oder zur Antarktis?«, murmelte Stanni vor sich hin. Er hörte das Tastaturtippen auf der anderen Seite.

»Nope«, kam die Antwort nach wenigen Sekunden.

»Kannst dich ja umbenennen, in KRISTALLSTANDartskill, hehe«, kommentierte Max.

»Haha«, gab Stanni trocken zurück. Die Buchstaben vor ihm verschwammen. NASSKALT DILRT. KLARISSA DTTLN.

Moment. Stopp.

Die Buchstaben wirbelten umher. Verbanden sich neu. Stanni riss die Augen auf und setzte sich wieder richtig hin.

KRISTALLSTAND. STANDARTSKILL.

Das war sein Name! Jemand hatte die Buchstaben seines Namens an die Hauswand des Rathauses geschrieben. Das Internet hatte sie nur falsch zusammengesetzt. Das war wirklich eine geheime Nachricht! Aber sie war nicht für die anderen Spieler gedacht. Das war eine Nachricht an ihn, an ihn ganz allein. Und es gab nur eine Möglichkeit, wie diese Nachricht es an die Hauswand eines Gebäudes in Trippy Town geschafft hatte: Ein Bewohner von Los Lamas musste an die Oberfläche gekommen sein und sie dort hinterlassen haben, in der Hoffnung, dass Stanni sie finden würde.

Das war ein Hilferuf! Los Lamas brauchte Stannis Hilfe!

Stanni starrte auf den Bildschirm, er war schon ganz hibbelig vor Aufregung. Er musste einen Weg finden, wieder ins Spiel zu glitchen. Er musste wieder als Stanni nach Los Lamas. Aber wie, verfluxt noch mal, sollte er das anstellen?

Ihm fielen auf die Schnelle nur zwei Ideen ein. Er könnte natürlich versuchen, noch einmal einen der geheimen Zugänge nach Los Lamas zu finden. Hier in Trippy Town hatte es doch eine Laderampe gegeben. Jetzt, wo die Spieler nur umherirrten, anstatt zu spielen, könnte er in Ruhe nach einem Schalter suchen. Dass ihn das aber als Stanni ins Spiel ziehen würde, war leider nicht garantiert.

Oder aber er bat Finn um Hilfe. Immerhin war es damals die Schuld des Nachwuchs-Hackers gewesen, dass Stanni überhaupt ins Spiel hineingestolpert war. Vielleicht konnte er noch einmal im Code herumwühlen und einen weiteren Glitch auslösen. Allerdings mussten sie vorher Max loswerden. Der wusste ja nichts von Los Lamas, und das sollte auch so bleiben.

Puh, eine schwere Entscheidung.

Tja, und hier bist du gefragt. Ja, genau, DU! Denn auch dieses Mal ist Stanni auf deine Mithilfe angewiesen!

»Ich versuche auf eigene Faust, einen der geheimen Zugänge nach Los Lamas zu finden!«
Ob das wohl die richtige Taktik ist? Finden wir es heraus, auf Seite 22!

»Ich brauche deine Hilfe, Finn!«
Soll Finn noch einmal im Code des Spiels herumwühlen und einen neuen Glitch produzieren? Dann ab zu Seite 25!

»Ich versuche auf eigene Faust, einen der geheimen Zugänge nach Los Lamas zu finden«, sagte Stanni motiviert und griff nach dem Controller.

»Was für ein Lama?«, fragte Max neugierig.

Mist, eigentlich wollte Stanni das natürlich nicht laut sagen.

»Ich hab gesagt, dass das LAHM ist, nicht Lama, du Profi«, log Stanni spontan.

Max sagte erst nichts, als müsste er überlegen, ob er sich wirklich verhört hatte. Dann seufzte er.

»Ja, ist wirklich ziemlich lame alles. Kein Wunder, dass gerade keiner mehr spielen will.«

Stanni atmete auf. Noch mal Glück gehabt. Jetzt musste er nur noch einen Grund finden, sich unauffällig aus dem Voicechat zu verabschieden.

»Hey, Max«, meldete sich da Finn zu Wort. »Du wolltest mir doch schon die ganze Zeit dieses Spiel zeigen, in dem man Autos klauen muss! Hier passiert eh nichts mehr.«

Danke, Finn, dachte Stanni erleichtert. Offenbar hatte Finn die Situation sofort erkannt und verstanden, dass Stanni Hilfe brauchte.

»Ach, lässt deine Mami dich das denn spielen?«, hänselte Max. »Du bist doch erst ...«

»Dann lass ich euch Jungs mal in Ruhe zocken«, verabschiedete sich Stanni schnell. »Macht's gut, haut rein und so!«

Und damit trennte er die Verbindung. Er atmete kurz durch. Eine private Nachricht von Finn blinkte sofort auf. »Viel Glück!«, schrieb er.

»Dann wollen wir mal«, sagte Stanni laut und knackte mit den Knöcheln, ehe er seinen Controller in die Hand nahm. Kurz schaute er mit mulmigem Gefühl auf seine VR-Brille, entschloss sich aber schließlich, sie doch aufzusetzen. Immerhin hatte er sie auch getragen, als er das erste Mal ins Spiel geglitcht war. Sie war bestimmt wichtig!

Er verließ die aktuelle Runde und startete eine neue, ohne seine beiden Freunde. Hier landete er direkt auf dem Marktplatz von Trippy Town, weil er wusste, dass es hier eine geheime Laderampe gab, die hinunter in einen Tunnel führte. Bei seinem ersten Besuch im Tal Royal hatte Baumeisterin Sonja die Rampe mit einer Fernbedienung geöffnet, aber vielleicht gab es ja noch einen anderen Schalter.

Der Marktplatz sah so aus, wie er ihn verlassen hatte, doch normalerweise tummelten sich hier etliche Spieler, immerhin war das der Mittelpunkt der gesamten Map. Jetzt aber war weit und breit niemand mehr zu sehen, und ein kurzer Blick auf die Spielerzahlen verriet, dass nur noch weniger als fünfzig Leute in der aktuellen Runde waren. Der Rest hatte sich wohl frustriert ausgeloggt.

Perfekt für Stanni. Er begann, auf dem Boden herumzukriechen, genau dort, wo er die Rampe vermutete. Tja, nichts zu sehen. Er legte den Kopf schief und schielte nach irgendeiner verräterischen Erhebung. Aber nichts verriet, dass sich unter den Pflastersteinen eine versteckte Luke befand.

Aber was, wenn mal jemand die Fernbedienung vergaß? Es musste doch einen geheimen Schalter für den Notfall geben. Stanni sah sich um. Der Marktplatz war eigentlich kaum mehr als eine große, leere, gepflasterte Fläche. Die absolute Todeszone. Das Einzige, das hier vor versteckten Scharfschützen Deckung bot, war die Statue von Bürgermeister Trippington, die in der Nähe des Rathauses stand.

Mensch, das musste es sein! Die besten Verstecke sind eben immer die, die am auffälligsten sind. Weil da niemand suchen würde.

Stanni sprintete zur Statue. Trippington stand auf einem steinernen Sockel, die Hände wie immer in die Hüften gestemmt. Zunächst war daran nichts Ungewöhnliches zu entdecken. Erst als Stanni die Statue langsam einmal umrundete, sah er es: Im Sockel gab es eine kleine Vertiefung an der Seite. Sie war kaum größer als eine Münze, etwas länglicher, fast rechteckig. Und Stanni wusste sofort, was in diese Vertiefung passte.

Hektisch zog er sich die VR-Brille vom Kopf und beugte sich zu seiner Schreibtischschublade. Im obersten Fach, versteckt unter einigen losen Notizzetteln, lag eine Box. In ihr bewahrte er seine »Schätze« auf. Seine seltenste Pokémon-Karte. Einen Fidget Cube. Und vor allem den Anhänger, den er damals in Los Lamas bekommen hatte. Es war ein rechteckiges Metallplättchen mit einem Bild von Flux, seinem kleinen Würfelfreund aus Los Lamas, und darunter war Stannis Name eingraviert.

Aufgeregt befestigte er den Anhänger an seiner Glückskette, dann setzte er die VR-Brille wieder auf. Er blinzelte kurz, und schon war er zurück auf dem Marktplatz, direkt vor der Statue mit der Vertiefung.

»Bitte sei da«, murmelte Stanni und schaute am Körper seines digitalen Charakters hinab – und tatsächlich, um Sirens Hals baumelte nun der Anhänger, den sich Stanni gerade in der echten Welt angezogen hatte!

Stanni lehnte sich zum Sockel hin, griff mit zitternden Fingern nach dem Anhänger und presste ihn in die Vertiefung. Er passte perfekt. Es piepste einmal kurz.

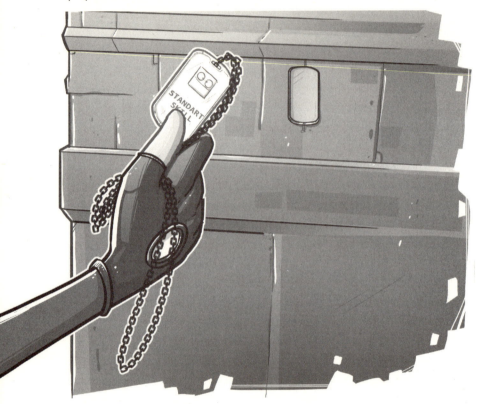

»Zugang bewilligt« ertönte eine freudige Computerstimme. Und dann versank alles um Stanni in einem grellen lilafarbenen Licht.

Lies jetzt weiter auf Seite 28!

»Ich brauche deine Hilfe, Finn!«, sagte Stanni entschlossen.

»Ach ja?«, fragte Finn neugierig.

»Tja, ähm, genau. Es geht um ... um die Lamas!«

Eine Weile herrschte Stille. Mist, hatte Finn die Anspielung nicht verstanden?

»Ooooh. *Die* Lamas!«, rief Finn dann aber doch übertrieben freudig.

»Hä?«, machte Max. »Habt ihr 'nen Schaden?«

Stanni räusperte sich. »Äh, ich brauche nur Hilfe bei ... einem Referat!«

»Über Lamas?«, fragte Max argwöhnisch.

»Ich bin so eine Art Profi!«, log Finn.

»Für ... Lamas?«

»Ja?«, krächzte Finn nicht gerade überzeugend. Stanni schlug sich die Hand gegen die Stirn.

Aber Max lachte laut los. »Alter, Stanni, was du immer für Leute anschleppst.«

Die anderen beiden fielen nervös in sein Lachen mit ein. Anscheinend hatte er es ihnen abgekauft. Noch mal Glück gehabt!

»Na ja, was auch immer«, sagte Max, nachdem er sich beruhigt hatte. »Ich hab keine Lust mehr auf den Mist hier. Ich zock was anderes. Könnt euch ja melden, wenn ihr mit euren Lamas fertig seid.«

Mit diesen Worten verabschiedete er sich aus dem Voicechat. Stanni atmete hörbar auf.

»Du willst wieder zurück ins Spiel, oder?«, riet Finn.

Clever, er hatte es gleich gecheckt.

»Die Kritzeleien auf dem Rathaus? Das ist mein Name!«, erklärte Stanni aufgeregt. »Nur die Buchstaben sind vertauscht. Die Leute in Los Lamas brauchen meine Hilfe!«

»Und du willst, dass ich dich wieder ins Spiel glitche?«, bohrte Finn nach. Er klang unsicher. Klar, beim letzten Mal, als er am Code des Spiels gebastelt hatte, war er selbst ins Tal Royal gezogen worden und hatte eine ganze Weile darin festgesteckt. Aber Stanni musste das Risiko eingehen.

»Mit Siren komme ich nicht nach Los Lamas, ich muss Stanni sein, anders geht es nicht«, seufzte er. »Und du bist der Einzige, der weiß, wie das geht.«

Finn schien kurz darüber nachzudenken. Vielleicht wägte er ab, was wohl passierte, wenn ihn die Macher des Spiels wieder erwischten. Vielleicht würde er dann für immer gebannt werden. Aber offenbar entschied er, dass es das Risiko wert war, denn Stanni hörte ihn hektisch auf seiner Tastatur tippen.

»Okay, du musst deine VR-Brille wieder aufsetzen«, befahl er in ernstem Ton.

Stanni gehorchte sofort, auch wenn ihm ein bisschen mulmig zumute war. Die Nummer mit dem Strudel hatte ihm ganz schön zugesetzt – und das war nicht mal echt gewesen!

Er zog sich die Brille trotzdem über den Kopf und schlüpfte wieder in die Rolle seines Avatars Siren. Vor ihm war noch immer das vollgekritzelte Rathaus. Kein Spieler war weit und breit zu sehen.

Finn klackerte noch immer auf seiner Tastatur.

»Wo hat dich der Glitch beim letzten Mal erwischt? Da musst du hin«, sagte er nun.

»Trippy Town Tanke«, sagte Stanni, ohne zu zögern. Das würde er wohl nie vergessen.

»Tanken und Freunde treffen«, murmelte Finn konzentriert; das war der Spruch, der auf einem Schild auf der Tankstelle stand. Stanni kicherte kurz. Selten dämlicher Spruch, aber immer wieder witzig.

Er rannte los, aber gerade als er um eine Häuserecke bog, fiel es ihm wieder ein.

»Wir haben da vielleicht ein kleines Problem«, merkte Stanni an. »Die Tankstelle gibt es nicht mehr. Oder noch nicht.«

»Oh«, machte Finn. »Das erklärt wohl, wieso ich die Location nicht im Code finde. Ich wollte die Tanke als Fokus benutzen. Ich weiß nicht, wie ich den Glitch sonst auf dich lenken soll.«

Stanni überlegte kurz. »Ich hab da vielleicht einen anderen Fokus für dich«, sagte er. »Warte kurz.«

Er setzte seine VR-Brille ab und öffnete die oberste Schublade seines Schreibtischs. Darin befand sich eine kleine Box, in der er seine wichtigsten Besitztümer aufbewahrte. Einen Fidget Cube. Eine seltene Pokémon-Karte. Und den Kettenanhänger, den er während seines letzten Abenteuers in Los Lamas bekommen hatte. Sein Name stand darauf, außerdem war ein Bild von Flux, dem kleinen Würfel, zu sehen, den er in Los Lamas kennengelernt hatte. Sogar ein bisschen angetrockneter Flux-Sabber klebte an dem Metall.

Stannis Idee war zwar verrückt, aber etwas anderes fiel ihm nicht ein. Er klipste den Anhänger an seine Glückskette, dann setzte er sich die VR-Brille wieder auf. Sofort war er zurück in Trippy Town, und – er schaute an sich herab – um Sirens virtuellen Hals baumelte jetzt tatsächlich ebenfalls der Anhänger, den er in der realen Welt gerade angelegt hatte. Er schien darauf zu reagieren, wieder in der digitalen Welt zu sein, denn er begann, mit einem leichten lilafarbenen Schimmer zu leuchten.

»Oh!«, machte da Finn, und Stanni hörte, wie er schneller auf der Tastatur herumtippte. »Eine neue Energiesignatur ist im Code aufgetaucht! Bist du das?«

Stanni lächelte schief. »Ich glaube schon.« Der Anhänger schien wie zur Antwort stärker zu pulsieren, lila Funken knisterten über die Oberfläche.

»Okay, damit kann ich arbeiten! Kurz die Überprüfung aushebeln ... die Koordinaten anpassen ... hier noch schnell eine Variable einfügen ...«, murmelte er aufgeregt.

Stanni trat nervös von einem Bein aufs andere. Der Anhänger an seiner Brust war mittlerweile richtig warm geworden.

»Tja, besser wird's nicht!«, sagte Finn endlich. »Dann drück mal die Daumen, dass das klappt. Jetzt. Geht's. LOS.«

Und wie auf Kommando leuchtete die ganze Welt um Stanni herum in grellem Lila auf.

Lies jetzt weiter auf der nächsten Seite!

ZURÜCK IN LOS LAMAS

Stanni fühlte sich wie schwerelos, als das grelle lilafarbene Licht ihn einhüllte. Er kniff geblendet die Augen zusammen, aber die Helligkeit drang selbst durch seine geschlossenen Lider hindurch.
Ein paar Sekunden lang passierte nichts. Dann ertönte ein lautes *PLOPP*, das Stanni stark an das Geräusch eines Korkens erinnerte, der aus einer Sektflasche flog. Das grelle Licht verschwand, stattdessen war es jetzt dämmerig, wie abends kurz vor Sonnenuntergang. Es wehte ein angenehmer Wind, der seine Haare unter der Kappe zerzauste.
Stanni blinzelte. Da, direkt vor sich, konnte er die Sonne sehen. Sie war ein großer oranger Ball, der über der Spitze einer riesigen Pyramide hing und nur noch ein wenig letztes Licht ausstrahlte.
Moment. Eine Pyramide?
Stanni riss die Augen auf. In diesem Moment wurden ihm zwei Dinge gleichzeitig bewusst. Erstens: Das war die unterirdische Sonne von Los Lamas! Ein riesiger künstlicher Ball aus Licht, der die Höhle, in der die Stadt lag, beleuchtete. Er hatte es also geschafft. Er war wieder zurück! Zweitens: Er befand sich im freien Fall! Der angenehme Wind, den er spürte, war in Wirklichkeit die Luft, die an ihm vorbeirauschte, während er auf die Stufen der Pyramide zustürzte. Und das würde wehtun, denn – so stellte er überrascht fest – er steckte nicht mehr in Sirens Körper, sondern war wieder er selbst. Ausgebeulte Jeans, lässiges T-Shirt, Kappe. Stanni eben!
»Whaaaaaaaaaa!«
Die Stufen der Pyramide sausten immer näher. Es musste doch eine Möglichkeit geben, seinen Sturz abzubremsen! Mit Siren hätte er jetzt einfach seinen Gleiter aktiviert, wäre bis zum Fuß des Monuments geschwebt und hätte sich dort geschickt abgerollt. Aber als Stanni hatte er keinen Gleiter auf dem Rücken, und was das coole Abrollen anging, be-

durfte es sicherlich auch Übung. Als Stanni konnte er gerade nur eines: fallen wie ein Stein.

Er schaute sich panisch um. Die gesamte Höhle erstreckte sich unter ihm, raste auf ihn zu. Die Pyramide und drum herum, in orangenes Licht gehüllt, Los Lamas und seine vielen, wild zusammengewürfelten Gebäude, die kleinen Gässchen und größeren Straßen, der glitzernde Fluss, der sich durch die Stadt schlängelte. Girlanden aus dicken Seilen mit Lampions und Fahnen hingen hier und da zwischen den Häusern und über dem großen Vorplatz der Pyramide, als hätte vor Kurzem ein Fest stattgefunden.

Stannis Blick blieb an den Girlanden hängen. Einige waren direkt mit der Spitze der Pyramide verbunden, und daran hingen jede Menge kleine bunte Laternen. Wenn er eine davon zu fassen bekommen könnte …

Stanni ruderte mit den Armen, um sich in der Luft zu drehen. Die Seile kamen näher. Er streckte die Hände aus und griff genau im richtigen Moment zu. Seine Finger schnappten nach der Halterung einer der Laternen, sein Gewicht zog das Seil direkt ein Stück nach unten, was seinen Sturz abfing. Die Girlande vibrierte wie eine angeschlagene Gitarrenseite. Die anderen Lampen schaukelten wild.

So hing Stanni nun da und kam sich vor wie ein Stück Wäsche auf der Leine. Doch er hatte kaum Zeit, sich über diesen Gedanken zu amüsieren, denn schon ging es in wilder Fahrt abwärts. Durch sein Gewicht rutschte die Laterne am Seil entlang Richtung Vorplatz der Pyramide. Stanni konnte nichts weiter tun, als sich verzweifelt an ihr festzuklammern und zu hoffen, dass er heil unten ankam.

Er hatte Glück. Erst als er fast am Boden angekommen war, gab das Seil nach, und mit einem fiesen *RATSCH* riss es auseinander und ließ Stanni über den Vorplatz purzeln. Cooles Abrollen sah wirklich anders aus.

Jetzt lag er schwer atmend auf dem Boden. Mit einer Hand rückte er sich seine Kappe auf dem Kopf zurecht. Ein Wunder, dass sie bei dieser Rutschpartie nicht verloren gegangen war.

Langsam richtete er sich auf, stöhnte. »Das gibt 'nen blauen Fleck«, seufzte er und rieb sich den Ellbogen. Aber immerhin besser, als beim Sturz auf die Pyramide zermatscht zu werden!

Stanni stemmte sich auf die Beine, klopfte den Staub von Hose und T-Shirt. Um seinen Hals hing der Anhänger, ein letztes lila Leuchten umgab das Metall. Er war also wirklich der Schlüssel gewesen, um wieder nach Los Lamas zu gelangen! Aber ein wenig angenehmer hatte sich Stanni die Ankunft doch vorgestellt. Na, zum Glück hatte niemand seine ungeschickten Purzelbäume gesehen.

Komisch eigentlich, dachte Stanni plötzlich, *dass hier absolut niemand ist.* Er sah sich langsam auf dem Platz um. Es war inzwischen dunkel geworden, die Höhlensonne über der Pyramide glomm nur noch leicht gräulich. Über der Stadt spannte sich die schwarze Höhlendecke. Bei Stannis letztem Besuch waren an ihr kleine, leuchtende Lichter wie Sterne erschienen, als die Nacht eingesetzt hatte. Jetzt aber lag sie absolut leer und bedrohlich über ihm.

Und auch der Rest der Stadt wirkte geisterhaft. Als er zum ersten Mal nach Los Lamas gekommen war, waren die Straßen und Gassen und Plätze von Laternen erleuchtet gewesen, und durch die Fenster der Gebäude war warmes Licht nach draußen gedrungen. Heute aber lag alles im Dunkeln, keine der Laternen an den Girlanden war entzündet, die Häuser waren nicht beleuchtet. Und es war gespenstig still.

Verunsichert setzte sich Stanni in Bewegung. Er musste zu den Puhmanns. Die Familie hatte ihn bei seinem letzten Abenteuer in Los Lamas bei sich aufgenommen, und sie wussten sicher eine Erklärung für das alles. Außerdem wären seine beiden Freunde Tilly und Paule Puhmann sowieso seine erste Anlaufstelle gewesen. Immerhin hatte er mit ihnen damals die gesamte Spielwelt gerettet! Er hätte natürlich auch zu Herrn Lama gehen können, dem verrückten alten Mann, der auf der Pyramide lebte und das ganze Tal Royal mit einem magischen Buch steuerte. Aber dafür hätte Stanni die unendlich vielen Treppen hochsteigen müssen, die er gerade eben so *nicht* heruntergepurzelt war. Und darauf hatte er nun wirklich keine Lust.

Vom Vorplatz der Pyramide aus bog Stanni in eine der angrenzenden Straßen ein. Er wusste genau, wo er das Haus der Puhmanns finden würde. Obwohl er damals gar nicht so viel Zeit in der Stadt unter der eigentlichen Map verbracht hatte, hatten sich ihm alle Details seines

Abenteuers ins Gehirn gebrannt. Er konnte es kaum erwarten, seine Freunde wiederzusehen.

Die Häuser links und rechts der Straße lagen weiterhin im Dunkeln, aber jetzt sah Stanni, dass in einigen Fenstern doch ein schwacher Schein zu erkennen war, flackernd und warm, wie Kerzenlicht. Das erinnerte ihn an ein starkes Gewitter vor einigen Jahren. Ein Blitz war in den Strommast in der Nähe seines Hauses eingeschlagen, und im ganzen Viertel herrschte daraufhin Stromausfall. Seine Mutter beleuchtete damals das Esszimmer mit Kerzen, damit sie nicht im Dunkeln essen mussten. Ob es wohl Gewitter und Blitze hier unten in der Höhle gab?

Nachdenklich bog er um eine Häuserecke, als er plötzlich einige Stimmen hörte. Und dort, etwas weiter die Straße runter, konnte er auch endlich jemanden sehen. Freudig ging er etwas schneller.

Es war ein Bautrupp, das erkannte er sofort, weil sie Strahler mit sich herumschleppten, schwere Energiekanonen, die mit blauen Tanks auf ihrem Rücken verbunden waren. Außerdem trugen sie die übliche Berufskleidung: enge weiße Anzüge und Schutzmasken. Sie standen vor einem Gebäude, auf das sie immer wieder zeigten. Es wurde heftig diskutiert. Auch eine Baumeisterin war anwesend, gut zu erkennen an ihrem blauen Schutzhelm und dem Tablet in ihrer Hand, auf dem sie herumtippte. Sie koordinierte den Trupp offensichtlich. Was wohl los war?

Stanni näherte sich vorsichtig, hob schließlich die Hand zum Gruß. »Hallo!«, sagte er.

Niemand reagierte.

»Natürlich ist es schade um das Gebäude«, erklärte die Baumeisterin gerade einem Kollegen. Ihr kurzes graues Haar schaute unter dem Helm hervor, auf der Nase trug sie eine schmale Brille, und unter ihren Augen waren dunkle Augenringe zu sehen. Sie wirkte müde. »Aber es hilft ja nichts«, seufzte sie.

»Aber müssen wir denn gleich alles abreißen?«, maulte der Kollege, den sie angesprochen hatte, ein kleiner, dürrer Kerl.

»Alles, was nur unnötige Energie verbraucht, muss weg. Und ein Café brauchen wir leider gerade nicht«, sagte die grauhaarige Baumeisterin bemüht streng, aber es klang eher erschöpft.

Auch der dürre Kerl schien keine Lust mehr auf die Diskussion zu haben. »Ich hoffe, Baumeisterin Sonja weiß, was sie tut«, murmelte er.

»Das hoffen wir alle«, antwortete die Grauhaarige, tippte etwas auf ihrem Tablet an und rief dann: »Also los, bauen wir es ab!«

Die Mitglieder des Bautrupps, die noch unschlüssig herumgestanden hatten, setzten sich in Bewegung. Sie richteten die Strahler aus, die blaue Flüssigkeit in ihren Rückentanks begann zu leuchten, und schon verwandelten sich vor Stannis Augen die Wände des Gebäudes Stück für Stück in flirrende Pixel, die nach und nach erloschen.

Es war ein schönes Gebäude, Fachwerk, bunt. Dass es ein Café war, erkannte man an den schmalen Tischen und Stühlen, die davorstanden, und an dem Schild, das über dem Eingang hing. »Zur lustigen Piñata« war da zu lesen, aber kaum hatte Stanni es entdeckt, leuchtete das Schild auch schon in blauen Pixeln auf, sodass nur noch seine Umrisse zu erkennen waren – und dann löste es sich auf. Auch die Stühle und Tische verschwanden auf diese Weise, dann die Fenster, die Tür.

Stanni hatte so etwas Ähnliches schon mal gesehen, nur umgekehrt. Normalerweise nutzten die Bautrupps ihre Strahler, um Gebäude und Gegenstände erscheinen zu lassen oder zu reparieren. Nach den Runden der Spieler gingen sie an die Oberfläche, um dort die Schäden, die beim Kämpfen entstanden waren, zu beseitigen. Hier aber war es genau andersrum, sie rissen ein unbeschädigtes Gebäude einfach ab!

Stanni trat an den dürren Kerl heran, der gerade seinen Strahler sinken ließ und sich Schweiß von der Stirn wischte, als hätte er die Hauswand mit eigener Kraft eingerissen und nicht etwa nur einige Knöpfe gedrückt. »Können Sie mir vielleicht erklären, was hier los ist?« fragte Stanni den Mann, der ihm den Rücken zugedreht hatte.

Der drehte sich erschrocken um. »Was?« Fast hätte er seinen Strahler fallen gelassen, ein paar Sekunden lang jonglierte er den Lauf der Energiekanone ungeschickt zwischen seinen Händen, fing ihn aber dann doch auf. »Wer bist du denn, Junge?«

Stanni runzelte die Stirn. Erkannte er ihn etwa nicht? Er wollte jetzt natürlich nicht angeben, aber immerhin hatte er diese Welt gerettet! Alle hatten ihm zugejubelt, seinen Namen gerufen! Na, vielleicht war es einfach zu dunkel, und man konnte sein Gesicht nicht richtig erkennen. Außerdem sah der Mann vom Bautrupp völlig fertig aus. Sogar unter seiner Schutzmaske konnte Stanni sehen, dass er mindestens genauso dicke Augenringe hatte wie die Baumeisterin mit den grauen Haaren. Es schien so, als ob die Leute hier ordentlich Überstunden schieben müssten.

»Ich bin nur jemand, der wissen will, warum ihr das Gebäude abreißt«, antwortete Stanni vorsichtig.

Der kleine Mann schaute ihn misstrauisch an. »Eigentlich sollte um diese Uhrzeit niemand mehr rumlaufen«, sagte er. »Es ist Sperrstunde!«

»Sperrstunde?« Stanni legte verwirrt den Kopf schief. Das klang so gar nicht nach dem fröhlichen, bunten Los Lamas, das er kannte.

»Hey, wer ist das denn?«, rief da plötzlich die grauhaarige Baumeisterin von weiter hinten. »Es sollte doch keiner mehr draußen sein!«

Jetzt drehten sich auch die anderen um, starrten ihn durch ihre gruseligen Gasmasken an. Der kleine Mann machte einen bedrohlichen Schritt auf ihn zu. Stanni hob abwehrend die Hände.

»Ähm«, sagte er. Was Besseres fiel ihm nicht ein. Er wich langsam zurück.

»Stanni!«, ertönten da plötzlich gleich mehrere Stimmen hinter ihm.

Er erkannte sie sofort. Erleichtert drehte er sich um.

»Tilly! Paule!«, rief er freudig. Mehr bekam er nicht raus, denn die Geschwister hatten ihn bereits erreicht, und Tilly fiel ihm sofort überschwänglich um den Hals. Ihre Umarmung war so fest, dass es Stanni fast den Atem raubte. Das musste sie von ihrem bärenstarken Vater geerbt haben. Der etwas kleinere Paule hingegen breitete seine Arme weit aus und umschloss fröhlich sowohl ihn als auch seine Schwester.

Über Tillys Schulter hinweg sah Stanni Frau Puhmann auf der Straße stehen, die ihm lächelnd zunickte. In ihrer Hand hielt sie etwas, das wie eine Fernbedienung aussah, mit einer langen Antenne an der Spitze. Aber viel wichtiger war, was jetzt von ihrer Schulter heruntersprang und freudig auf Stanni zuwürfelte. Flux, der kleine lila Würfel, leuchtete und brummte aufgeregt, glitchte kurz und teleportierte sich den letzten Meter an Stanni heran, um sich an sein Hosenbein zu schmiegen. Er fluxte zufrieden.

Tilly löste die Umarmung als Erste und grinste Stanni breit an. »Mensch«, sagte sie und zwinkerte. »Hast ja lange genug auf dich warten lassen!«

ENERGIEFLAUTE

Das Haus der Puhmanns sah von außen genau so aus, wie Stanni es in Erinnerung hatte. Es war noch immer ein kleines rotes Gebäude mit Balkon und einem Windrad auf dem Dach am Rande von Los Lamas. Nachdem ihnen beim letzten Mal wortwörtlich die Decke auf den Kopf gefallen war, mussten sie es wohl identisch wieder aufgebaut haben. Aber es wirkte nicht mehr ganz so einladend wie damals. Zunächst einmal lag es, wie alle anderen Gebäude auch, in völliger Dunkelheit, weder die Laternen im Garten noch die Lichter im Haus selbst waren eingeschaltet. Schlimmer noch war aber, dass alles, was das Haus vorher so gemütlich gemacht hatte, nun verschwunden war. Die Bäume, Sträucher und Beete im Garten waren gelöscht worden, nur eine karge Landschaft war zurückgeblieben. Und auch innen war alles vermeintlich Unnötige verschwunden: Bilder an den Wänden, Kissen auf den Sofas, Vorhänge und Tischdecken. Es war kaum wiederzuerkennen.

Stanni saß mit Familie Puhmann bei Kerzenschein am Küchentisch und kaute wenig begeistert auf einem Sandwich herum. Es schmeckte zwar hervorragend, aber die bedrückende Stimmung ließ einem echt den Appetit vergehen. Auf seinem Schoß lag Flux leise schmatzend und vor sich hin dösend.

»Wir sind sehr froh, dass du es zurückgeschafft hast«, sagte Frau Puhmann und drehte dabei nachdenklich die seltsame Fernbedienung in ihrer Hand. Mit dem Ding hatten sie und die Zwillinge ihn zuvor gefunden. Frau Puhmann war Erfinderin, und sie hatte ein Gerät gebaut, das registrieren konnte, wenn ein Spieler in die Welt glitchte. Sie versuchte zwar, ihm zu erklären, wie genau das funktionierte, aber Stanni verstand nicht einmal die Hälfte. Irgendwas mit Energiewellen, die sich veränderten. An diesem Abend war es jedenfalls endlich so weit gewesen: Das Ding hatte wie wild gepiepst und geklingelt und sie letztlich zusammengeführt.

Stanni ließ das Sandwich sinken. »Die Nachricht in Trippy Town, die kam von euch, oder?«

»Die Idee war von Paule«, sagte Tilly und knuffte ihren Bruder gegen den Oberarm.

Paule errötete leicht unter seinen Sommersprossen und der Brille. »Ich dachte nur, wenn jemand weiß, was zu tun ist, dann du, Stanni!«

Tilly lachte. »Er hat eines Morgens Papa einen Eimer mit Farbe in die Hand gedrückt und ihm gesagt, was er schreiben soll.«

Herr Puhmann nickte und lächelte, aber das war unter seinem Schnauzer kaum zu erkennen.

»Hat wunderbar funktioniert«, erwiederte Stanni grinsend. »Auch, wenn ich erst nicht kapiert habe, was die Buchstaben bedeuten sollen.«

»Wir wollten es nicht zu auffällig machen«, erklärte Tilly. »Um nicht wieder irgendwelche Hacker auf dumme Ideen zu bringen. Aber dass du so lange brauchen würdest, hätten wir echt nicht gedacht.«

Stanni wollte schon widersprechen, immerhin hatte er das Worträtsel in Rekordzeit gelöst und bald darauf herausgefunden, wie der Anhänger funktionierte, den Flux graviert hatte. Alles in allem quasi ein Speedrun! Aber dann erinnerte er sich wieder, dass die Zeit hier anders verging als in der echten Welt. Einige Minuten waren in Los Lamas gleich Stunden, ein paar Stunden wurden zu Tagen. Gut möglich also, dass die Bewohner von Los Lamas schon tagelang in Dunkelheit lebten und die Puhmanns ebenso lang darauf gewartet hatten, dass Stanni den Weg zu ihnen fand.

»Flux hätte eine Anleitung auf den Anhänger schreiben sollen«, sagte er daher nur mit einem Augenzwinkern. »Aber jetzt erklärt mir doch erst mal, was überhaupt los ist.«

Ein paar Sekunden lang schauten sich die Puhmanns unschlüssig an, offenbar unsicher, wer beginnen sollte.

»Das, was du als Nullpunkt-Event kennst«, setzte Frau Puhmann schließlich an, »war von langer Hand geplant.«

»Aber irgendwas ist gehörig schiefgegangen«, schloss Stanni und biss erneut in sein Sandwich.

Frau Puhmann seufzte. »Ich habe einen Fehler in meiner Berechnung gemacht. Eine einzige Nachkommastelle, mehr nicht.«

Herr Puhmann, der zwar immer noch groß und kräftig aussah, aber bedrückt und müde dreinschaute, legte seiner Frau eine schwere Hand auf die Schulter. »Jeder macht mal Fehler«, sagte er. Sein mächtiger Schnurrbart wackelte beim Sprechen.

»Das schwarze Loch, das dadurch entstand, hat alles eingesaugt. Einfach … alles«, erzählte Frau Puhmann weiter. Sie wirkte erschöpft, offenbar stark mitgenommen von dem Fehler, den sie zu verantworten hatte, und all den Konsequenzen, die daraus entstanden waren.

»Aber ehe wir verstanden haben, was eigentlich passiert ist«, führte Paule weiter aus, »wachen wir wieder auf, und alles ist wie immer. Die Pyramide, die Sonne, die Höhle und Tal Royal an der Oberfläche, alles ist wieder da. Die Welt hat sich irgendwie selbst repariert!«

»Tja.« Tilly zwirbelte an einem ihrer Zöpfe. »Nicht ganz.«

Stanni legte das halb gegessene Sandwich auf den Teller. Ihm war nun vollkommen der Appetit vergangen.

»Wir haben es natürlich gleich gemerkt, als wir auf die Oberfläche kamen«, sagte jetzt Herr Puhmann und rieb sich bedrückt den Schnauzer. »Die Bautrupps haben zusammen mit den Baumeistern über die Jahre hinweg so viele Dinge gebaut, so viele Gebäude eingerichtet und Gegenden dekoriert, und plötzlich war all die Arbeit verschwunden. So, als hätte es sie nie gegeben.«

Stanni kam sich echt mies vor. Vor Kurzem hatte er noch rumgeheult, weil seine Emotes in einem Videospiel nicht mehr da waren. Weil er es langweilig fand, dass die Runden jetzt nur noch in der alten, viel kleineren Map stattfinden sollten. Für die Bewohner von Los Lamas aber bedeutete das Zurücksetzen der Server, dass die Arbeit von Jahren vernichtet worden war. Tal Royal war das Lebenswerk der Bewohner. Und jetzt hatte sich das meiste davon einfach in Luft aufgelöst.

»Aber der Reset ist nicht mal das Schlimmste«, sagte jetzt Paule, der seine Arme auf der Tischplatte verschränkt und seinen Kopf betrübt darauf abgelegt hatte.

»Nein«, fügte Tilly hinzu. »Das Schlimmste ist, dass es immer weniger Spieler werden.«

Stanni schaute kurz verwirrt zu den Puhmanns. Was hatten denn die Spieler mit dem ganzen Schlamassel zu tun? Doch dann fiel es ihm wieder ein. Frau Puhmann hatte ihm damals den Grund erklärt, wieso der verrückte alte Herr Lama, der oben auf der Pyramide lebte, mit seinem Buch jeden Tag die Spielrunden erneut startete. Wieso alles in Los Lamas darauf ausgelegt war, das Tal Royal durch ständige Neuerungen interessant und aufregend zu gestalten. Die Spieler waren die Energiequelle dieser ganzen Welt!

»Ohne Spieler«, stellte Stanni entsetzt fest, »kriegt ihr keine Energie.«

Frau Puhmann nickte traurig. »Wir können das Tal Royal wieder aufbauen. Wir können den Fehler im Nullpunkt-Event beheben und es doch noch starten, dieses Mal richtig. Aber ohne die Spieler fehlt zu alldem die Energie.«

Jetzt verstand Stanni, warum draußen alles dunkel war und überflüssiger Schnickschnack wie Dekorationen und stillgelegte Gebäude abgebaut und gelöscht wurden.

»Langsam gehen uns die Möglichkeiten aus, um Energie zu sparen«, sagte Herr Puhmann. Er gähnte kräftig, wirkte aber nicht gelangweilt, sondern vor allem ernsthaft erschöpft. »Wir haben fast alle unnötigen Gegenstände entfernt und die Lichter bleiben genauso aus wie alle technischen Geräte.«

»Deshalb gab's heute auch keine leckeren Burger aus dem Ofen, den Mama gebaut hat«, sagte Paule entschuldigend und deutete auf die Küchenzeile. Dort stand der magische Ofen, der jedes nur erdenkliche Gericht auf Knopfdruck zubereiten konnte, und schlummerte vor sich hin.

Doch selbst die leckersten Burger hätte Stanni heute vermutlich ebenso wenig runterbekommen wie das Sandwich, das noch immer angebissen vor ihm auf dem Teller lag. Die Lage erschien echt ausweglos.

Herr Puhmann gähnte erneut, hielt sich viel zu spät die große Hand vor den Mund. »Puh, Mann!«, stöhnte er. »Lasst uns morgen weiterreden. Jetzt sollten wir erst mal alle ins Bett gehen.«

»Och, Papa, es ist noch gar nicht so spät!«, maulte Tilly und schaute zur Küchentür. Da, über dem Türrahmen, hatte beim letzten Mal eine Uhr gehangen, das wusste Stanni noch. Jetzt war kaum mehr als ein heller, runder Fleck geblieben, wo einst die Uhr gewesen war. Scheinbar gehörte sie zu all den unnötigen Dingen, die gelöscht worden waren, um Energie zu sparen.

Aber auch wenn Stanni die Uhrzeit nicht sehen konnte, wusste er, dass Tilly recht hatte. Die Sonne war ja eben erst untergegangen, als Stanni vom Himmel nach Los Lamas geplumpst war. Es war früher Abend, also noch längst keine Schlafenszeit. Andererseits sahen die Eltern Puhmann wirklich sehr müde aus, genauso wie die Mitglieder des Bautrupps und die Baumeisterin, denen Stanni zuvor begegnet war. Allen schien eine ordentliche Portion Schlaf zu fehlen.

»Ich würde gern noch eine Weile mit Tilly und Paule quatschen«, sagte Stanni. »Wir haben uns so lange nicht mehr gesehen, es gibt sicher einiges aufzuholen!«

Die Eltern Puhmann lächelten milde.

»Na klar doch.« Frau Puhmann erhob sich mühsam vom Stuhl. »Aber macht später alle Kerzen aus, ehe ihr ins Bett geht!«

Die Zwillinge und Stanni nickten pflichtbewusst. Auch Herr Puhmann war schwankend aufgestanden, legte Stanni jetzt seine große Pranke auf die Schultern. »Es ist gut, dich wieder hierzuhaben, Junge«, sagte er mit warmer Stimme.

»Es ist gut, wieder hier zu sein«, gab Stanni lächelnd zurück.

Mit einer Kerze in der Hand verschwanden Herr und Frau Puhmann aus der Küche. Kurz war es sehr still. Schließlich räusperte sich Tilly, sah sich verstohlen um, als erwartete sie, dass ihre Eltern doch noch zurück in die Küche kamen. Dann sagte sie leise: »Paule und ich sind wirklich sehr froh, dass du doch noch aufgetaucht bist.«

Paule nickte zustimmend. »Die Erwachsenen sind so langsam echt keine Hilfe mehr.«

»Wie meint ihr das?« Stanni schaute die beiden Geschwister abwechselnd verwirrt an.

»Hast du nicht gemerkt, wie müde alle sind?«, fragte Tilly.

Klar hatte er das gemerkt, er hatte bisher nur angenommen, das ginge auf eine Reihe an Überstunden zurück. Aber nach allem, was er an diesem Abend gehört hatte, drängte sich eine andere Erklärung auf.

»Die Energie fehlt auch ihnen?«, fragte Stanni schockiert.

Die Zwillinge nickten traurig.

»Die Erwachsenen sind ein Teil dieser Welt«, seufzte Paule. »Und so wie alles hier, brauchen auch sie die Energie der Spieler. Ohne die strengen Energiesparmaßnahmen würde jeder hier längst schlafen.«

»Einige tun es sogar schon«, flüsterte Tilly. In ihren Augen konnte Stanni sehen, welche Sorgen ihr das bereitete.

»Und wie geht es euch?«, fragte er zögerlich. »Seid ihr auch … müde?«

Tilly schüttelte den Kopf. »Bei den Jüngeren dauert es wohl länger. Vielleicht, weil wir noch keine feste Aufgabe haben. Aber die Schule ist schon seit Tagen geschlossen. Wer noch nicht schläft, der hilft bei den Bautrupps mit. Das Spiel muss ja irgendwie laufen.«

Stanni hätte nie gedacht, wie unheimlich schulfrei sein könnte. »Was sagt eigentlich Herr Lama zu der ganzen Geschichte«, fragte er daher, um das Thema zu wechseln.

»Gute Frage«, murmelte Paule. Er klang regelrecht beleidigt.

Auch Tilly verdrehte die Augen. »Den haben wir seit dem Event nicht mehr gesehen.«

»Was?« Stanni starrte sie entgeistert an. »Wer startet denn dann die Runden?«

»Die Runden starten wie immer«, erklärte Paule. »Ihm und dem Buch scheint es also gut zu gehen. Aber er kommt nicht mehr aus seinem Häuschen auf der Pyramide raus. Die ganzen wichtigen Entscheidungen trifft jetzt Baumeisterin Sonja.«

»Wenn du mich fragst«, sagte Tilly und schüttelte langsam den Kopf, »hat der alte Kauz endgültig den Verstand verloren.«

»Tilly!«, zischte Paule entsetzt.

Aber Tilly zwirbelte wieder nervös an einem ihrer Zöpfe und schaute beklommen aus dem Fenster in die Dunkelheit der frühen Nacht. »Ist doch wahr«, murmelte sie.

»Irgendwas stimmt da nicht«, sagte Stanni. Mit einer Hand strich er jetzt über Flux, der leise zu schnarchen begonnen hatte. Die andere legte er sich nachdenklich ans Kinn. »Herr Lama würde die Bewohner von Los Lamas doch niemals so im Stich lassen.«

»Wenn du willst, können wir ihm morgen früh einen Besuch abstatten«, schlug Paule vor. »Vielleicht kommt er raus, wenn er erfährt, dass du wieder hier bist!«

»Klingt nach einem Plan«, sagte Stanni motiviert, musste aber im nächsten Moment doch gähnen. Mit einer Hand strich er vorsichtig über seinen Ellbogen, der noch immer von seinem kleinen Girlanden-Stunt schmerzte. Ihn überkam eine gewaltige Müdigkeit. Noch vor wenigen Stunden war er in einen virtuellen Strudel gesaugt worden, und vor Kurzem war dann er aus dem Himmel gestürzt. Der Tag kam ihm schon jetzt unendlich lange vor. Vielleicht war es wirklich eine gute Idee, früh ins Bett zu gehen.

Also holten die Zwillinge die Luftmatratze hervor, auf der er damals schon die erste Nacht in ihrem Haus verbracht hatte, und entschuldigten sich dafür, dass sie nur eine dünne Decke und ein Kopfkissen ohne Bezug anbieten konnten. Offenbar gehörte auch Bettwäsche zu den Gegenständen, die gelöscht worden waren, um Energie zu sparen.

Aber als Stanni unter die Decke rutschte, merkte er sofort, dass beides kein Problem sein würde. Er war so müde, dass ihm sofort die Augen schwer wurden und zufielen. Flux hatte sich am Kopfende zusammengewürfelt und surrte gleichmäßig in seinem pulsierenden lilafarbenen Licht. Es dauerte nur wenige Minuten, da war Stanni in einen tiefen, traumlosen Schlaf weggedämmert.

HAUSBESUCH

Es war noch früh am Morgen, als sich Stanni gemeinsam mit Tilly, Paule und Flux aus dem Haus schlich. Sie hatten kaum Zeit verloren, hatten nur schnell jeder ein Butterbrot verdrückt und waren dann sofort aufgebrochen. Das Ziel: Herrn Lamas Hütte auf der Spitze der Pyramide.

Im nur trüben Licht der einst so hell leuchtenden unterirdischen Sonne gab Los Lamas ein noch bedrückenderes Bild ab als in der Dunkelheit des Abends zuvor. Jetzt konnte man die Leerstellen umso deutlicher erkennen. Wo einst Häuser, Bäume und Dekorationen gestanden hatten, waren nur Löcher im Boden geblieben. Parks waren kaum mehr als große, leere Flächen, ungemütlich und kahl. Die Straßen und Gassen waren grau und menschenleer.

»Ist etwa immer noch Sperrstunde?«, fragte Stanni unsicher und sah sich verwirrt nach irgendwelchen Anwohnern um.

»Nein«, sagte Tilly und seufzte. Sie ging voran und hatte wie immer ihren Gleiter zusammengefaltet auf dem Rücken. Ihre beiden Zöpfe wippten bei jedem Schritt. »Aber viele sind zu erschöpft, um rauszugehen. Wofür auch? Alles, was Spaß macht, wurde aus Energiesparzwecken gelöscht.«

»Nicht mal das Monstertraining findet noch statt«, jammerte Paule von hinten. Seine etwas kurzen Beine ließen ihn leicht zurückfallen. Er trug außerdem Flux in den Armen. »Selbst die kleinen Fussel sind zu müde, um noch Unfug anzustellen.«

»Eigentlich gibt es nur noch einen Ort, an dem derzeit was passiert«, meinte Tilly.

Stanni hob die Augenbrauen. Tilly lächelte leicht. Dann bog sie spontan in eine Seitengasse ab. Das war definitiv nicht der direkte Weg zur Pyramide, Stanni konnte die Spitze und die milchige Sonne darüber von hier genau erkennen. Aber vielleicht kannten die Zwillinge ja eine Abkürzung.

Als sie am anderen Ende der schmalen Gasse wieder herauskamen, erkannte Stanni sofort, wo sie waren. Es war die breite Straße, die links und rechts von Werkstätten und Geschäften gesäumt war, in denen die Bewohner von Los Lamas die Gegenstände für die Spieler an der Oberfläche produzierten. Als Stanni das erste Mal hier gewesen war, hatte hier reges Treiben geherrscht. Schmiede hatten Waffen und Rüstungsteile auf riesigen Ambossen in Form gehämmert, Tränke waren in bauchigen Kesseln angerührt worden, und Herr Puhmann und die übrigen Befüller hatten Loot in Goodie-Kisten gepackt, damit diese später im Tal verteilt und von den Spielern gefunden werden konnten.

Obwohl es noch sehr früh war, waren auch dieses Mal einige fleißige Bewohner bei der Arbeit. Aber auch sie wirkten so erschöpft und müde, wie die Puhmanns es am Abend zuvor gewesen waren. Die körperliche Arbeit fiel ihnen sichtlich schwer. Eine Schmiedin musste mehrfach den Hammer ablegen und durchatmen, die Befüller mussten die Goodie-Kisten zu dritt auf den Transporter stapeln, ein Tränkebrauer war glatt auf seinen großen Holzlöffel gelehnt eingeschlafen.

»Das Spiel an der Oberfläche muss weitergehen«, sagte Tilly hinter ihm, »damit zumindest noch ein paar Spieler kommen.«

»Aber lange halten die Arbeiter hier auch nicht mehr durch«, seufzte Paule neben ihm.

»Keine Sorge«, sagte Stanni entschlossen. »Gemeinsam finden wir eine Lösung.« Tatsächlich fühlte er sich bei dem Anblick der träge umherschlurfenden Arbeiter aber weit weniger zuversichtlich. Er war sogar froh, als sie die Handwerksgasse wieder verließen. Doch die Gedanken kreisten weiter in seinem Kopf. Das Spiel brauchte mehr Energie von Spielern, damit es wieder spannend wurde. Die Spieler aber würden nur mitspielen und damit ihre Energie einbringen, wenn ein Spiel spannend war. Eine klassische Pattsituation. Wie sollten sie dieses Problem bloß lösen?

So grübelte er weiter vor sich hin, bis sie schließlich den Vorplatz der Pyramide erreicht hatten. Vor ihnen ragte das riesige Gebäude auf, auf dessen oberster Plattform das Haus von Herrn Lama stand. Stanni blinzelte hinauf zur falschen Sonne, die Hunderte Stufen über ihnen schwebte und fahles Licht verbreitete.

»Puh, Mann!«, sagte Paule und klang dabei sehr wie sein Vater. Er hatte die Augen mit einer Hand abgeschirmt und starrte ebenfalls die Treppe hinauf. Er schien genauso viel Respekt vor dem Aufstieg zu haben wie Stanni.

Aber es musste sein! Stanni seufzte, setzte dann entschlossen den Fuß auf die erste Stufe.

»Was soll das werden, wenn ich fragen darf?«, ertönte plötzlich eine mürrische Stimme hinter ihnen.

Alle drei hielten inne, drehten sich dann langsam um. Hinter ihnen stand niemand anders als Baumeisterin Sonja höchstpersönlich, die Arme vor der Brust verschränkt und einen gewohnt miesepetrigen Ausdruck im Gesicht. Hinter ihr drängten sich nicht nur gut ein halbes Dutzend Mitglieder ihres Bautrupps, sondern zu allem Überfluss auch noch Belix, ihr wichtigtuerischer Sohn.

Na toll. Den konnte Stanni gerade gar nicht brauchen. Sie hatten eigentlich stillschweigend Frieden geschlossen, nachdem Stanni Los Lamas gerettet hatte. Als Zeichen hatte Stanni ihm sogar seinen Hockeyschläger geschenkt, mit dem er sein erstes Abenteuer hier bestritten hatte. Genau den trug Belix gerade auch auf dem Rücken. Aber es fiel ihm trotzdem schwer, daran zu glauben, dass zwischen ihnen alles in Ordnung war. Belix war jemand, der andere ohne jeden Grund mobbte, einfach aus Gewohnheit. Ob er sich wirklich geändert hatte? Der arrogante Blick, den der blonde Junge ihm gerade zuwarf, sprach eher dagegen.

Stanni, Tilly und Paule traten langsam von der Treppe weg, wandten sich jetzt ganz dem Bautrupp zu und lächelten verlegen.

»Baumeisterin Sonja!«, sagte Stanni endlich übertrieben freundlich. »Lange nicht gesehen! Und Mensch, Belix, bist ja auch hier! Na, alles fit?«

Belix musterte Stanni finster, fuhr sich mit der Hand durch die stark gegelten blonden Haare.

Sonja hob nur eine Augenbraue. »Hätte ja nicht gedacht, dich hier noch mal wiederzusehen, Bug«, sagte sie schließlich spöttisch. Sie musste weit nach oben schauen, um Stanni unter ihrem blauen Schutzhelm hervor ins Gesicht sehen zu können, so klein war sie.

Stanni traute seinen Ohren nicht. Nachdem er Los Lamas beim letzten Mal eigenhändig gerettet hatte, beschimpfte sie ihn immer noch als Bug? Als Fehler im System?! Er wollte schon zu einer wütenden Entgegnung ansetzen, da sah er, dass sich ihre Lippen kräuselten. Versuchte sie etwa, ein Lächeln zu unterdrücken?

»Ich mache nur Scherze, Junge!«, erklärte die Baumeisterin in dem Moment lachend und bestätigte damit Stannis Vermutung.

Er atmete hörbar aus. »Gut gespielt«, stöhnte er erleichtert.

Baumeisterin Sonja zwinkerte ihm unbeholfen zu – man merkte, dass sie so was wohl eher selten tat – und hielt ihm die Hand hin. Stanni ergriff sie dankbar und schüttelte sie kräftig. Er war froh, dass sie sich, im Gegensatz zu dem Bautrupp von gestern Nacht, noch an ihn und seine Heldentaten erinnerte.

»Du hast einen schlechten Zeitpunkt für deinen Besuch gewählt, befürchte ich«, sagte Sonja beinahe entschuldigend und machte eine Geste mit den Händen, die ganz Los Lamas einschloss.

»Die Puhmanns haben mir schon alles über die aktuelle Situation erzählt«, erklärte Stanni. »Und ich bin hier, um zu helfen.«

Sonja nickte nachdenklich, aber Belix verdrehte sichtbar die Augen. »Wir brauchen keine Hilfe von einem *Spieler*«, schnaubte er genervt. Stanni schaute ihn böse an. Das war natürlich typisch Belix. An ihren Waffenstillstand erinnerte er sich ganz offensichtlich nicht, obwohl er Stannis Abschiedsgeschenk mit sich herumtrug wie eine Trophäe.

Doch bevor Stanni etwas Schnippisches erwidern konnte, hatte sich Tilly schon vor ihn gedrängt. »Dieser *Spieler* hat dir und uns allen beim letzten Mal das Leben gerettet, falls du es vergessen hast.«

Belix öffnete den Mund und holte schon zu einer Antwort aus, da hob Baumeisterin Sonja bestimmt die Hand.

»Nur die Ruhe, Kinder«, sagte sie beschwichtigend. Belix klappte widerwillig den Mund zu. »Wir freuen uns natürlich über jede Hilfe«, fuhr sie fort. »Aber auf der Pyramide habt ihr wirklich nichts zu suchen.«

»Ich will nur mit Herrn Lama sprechen«, sagte Stanni ruhig.

Baumeisterin Sonja hob überrascht die Augenbrauen. »Junge, es darf doch nicht einfach jeder bei Herrn Lama ins Haus spazieren, wie es ihm gefällt!«

»Er hat sicher nichts dagegen, wenn Stanni ihn besucht«, meldete sich da Paule leise zu Wort. Er schob nervös seine Brille die Nase hoch. Auf seinem Arm hockte noch immer Flux, der leise surrte und Belix böse anstarrte. Flux besaß anscheinend hervorragende Menschenkenntnisse und mochte den blonden Jungen ebenso wenig wie Stanni.

Baumeisterin Sonja schien wenig beeindruckt von Paules Argument. Sie hatte mittlerweile ihr Baumeister-Tablet hervorgeholt und begann gerade, betont unbeeindruckt darauf herumzuwischen.

»Die Pyramide«, sagte sie ruhig, ohne aufzusehen, »ist unser Heiligtum, und Herr Lama möchte ganz sicher seine Ruhe haben. Ihr bleibt also schön hier unten.«

Damit war die Diskussion für die Baumeisterin abgeschlossen. Sie drehte sich mit einem letzten freundlichen, aber bestimmten Lächeln um und begann, Befehle an ihren Bautrupp zu verteilen. Die Arbeiter schwärmten daraufhin sofort aus und verteilten sich über den Platz. Einzig Belix blieb neben seiner Mutter stehen und schaute ihr neugierig über die Schulter, während sie geschickt auf dem Tablet herumtippte.

Stanni warf genervt die Arme in die Luft, fluchte laut und hockte sich dann auf die oberste Stufe der Pyramide. Tilly und Paule setzten sich links und rechts neben ihn, stützten beide den Kopf auf ihre Hände.

»Und was jetzt?«, fragte Paule vorsichtig. Flux war von seinem Arm auf den staubigen Boden gehüpft und starrte die drei verwirrt an.

»So leicht geben wir nicht auf«, schnaubte Stanni und schaute rüber zum Bautrupp. Der hatte damit begonnen, die Girlanden, die zwischen Pyramide und Häusern gespannt waren, zu löschen. Stanni bedankte sich rasch beim großen Lama im Himmel, dass sie damit nicht schon gestern Abend begonnen hatten. Sein Sturzflug wäre ansonsten sicherlich anders ausgegangen.

Baumeisterin Sonja rief weiterhin Befehle, Belix hingegen starrte immer wieder zur Treppe und machte deutlich, dass er sie nicht aus den Augen lassen würde.

»Wenn ich den Wichtigtuer und seine Mutter ablenke«, meldete sich Tilly plötzlich und grinste die beiden Jungs an, »meint ihr, ihr könnt unauffällig und schnell die Treppe hochklettern?«

»Unauffällig ja«, sagte Stanni langsam.

»Aber bestimmt nicht schnell«, murmelte Paule mit einem Blick die schier endlosen Stufen hinauf.

Tilly zuckte amüsiert mit den Schultern. »Das muss reichen.«

Mit diesen Worten stand sie auf und griff nach dem Gleiter, der auf ihren Rücken geschnallt war. Langsam stieg sie noch ein paar Stufen weiter hoch, dann faltete sie den Gleiter mit einem Knopfdruck auseinander und hielt ihn über ihren Kopf. Sie zwinkerte den beiden Jungs kurz zu, stieß sich dann von der Treppe ab und segelte elegant in die Luft.

Stanni kannte niemanden, der einen Gleiter so beherrschte wie Tilly. Natürlich kannte er sowieso niemanden in der echten Welt, der überhaupt einen Gleiter beherrschte. Aber auch verglichen mit Spielern war Tilly ihnen allen weit überlegen. Sie wusste genau, wie man den Wind so unter die Flügel leitete, dass man nach oben gedrückt wurde, oder wie man einen Sturzflug gerade rechtzeitig abbremste. Und auch jetzt rauschte sie geschickt über ihre Köpfe hinweg und gewann sofort an Höhe, obwohl sie kaum Anlauf genommen hatte.

»Wooohoooooo!«

Sie flog noch ein Stück höher und drehte gekonnt eine Schraube. Der Bautrupp samt Baumeisterin Sonja und Belix drehte irritiert die Köpfe.

»Flux«, zischte Stanni und streckte seine Hand nach dem Würfel aus, ohne den Blick vom Gleiter zu nehmen, der nun ins Trudeln kam und an Höhe verlor. »Komm her.«

Flux gehorchte sofort und löste sich in kleine lila Pixel auf, ehe er auf Stannis Schulter wieder auftauchte.

»Aaaaaaachtung da unten«, schrie jetzt Tilly auf der anderen Seite des Platzes. Die Jungs konnten sie deutlich lachen hören, aber die Bautruppler stoben trotzdem panisch auseinander, als Tilly nur wenige Zentimeter über ihre Köpfe hinwegrauschte, eine kurze Schleife flog und dann ganz eindeutig nur so tat, als würde sie die Kontrolle über ihr Fluggerät verlieren.

»Oh jeeee!«, rief sie in gespieltem Entsetzen. »Ich kann nicht mehr richtig lenken!«

Dabei lenkte sie sehr geschickt genau auf Belix zu, der die Augen weit aufriss und vor Schreck vergaß auszuweichen. Mit einem lauten Knall raste Tilly volle Kanne in den Jungen hinein, sodass beide über den Platz rollten.

Was danach passierte, bekamen Stanni und Paule nicht mehr mit. Sie hatten den vorgetäuschten Absturz als Signal erkannt und waren sofort die Treppe der Pyramide hinaufgerannt. Zumindest für die ersten zwanzig Stufen. Dann wurde es zu einem gemütlichen Joggen. Einem ächzenden Gehen. Und schließlich war es kaum mehr als ein Kriechen.

Erst als sie ganz oben angekommen waren, blickten sie zurück auf den Platz. Alle waren jetzt sehr klein und kaum mehr zu erkennen, aber wie erwartet schien niemand verletzt. Tilly durfte sich vermutlich nur eine ordentliche Standpauke zum Thema Flugsicherheit anhören. Das Verschwinden von Stanni und Paule aber hatte offenbar keiner bemerkt.

Ein paar Minuten lagen die beiden erst mal nur auf der Plattform vor dem Haus von Herrn Lama und schnappten nach Luft. *Vielleicht*, dachte Stanni, *sollte ich doch mehr Sport machen*. Schließlich stand er schwankend auf, half Paule ebenfalls auf die Beine, und gemeinsam schleppten sie sich zum Eingang von Herrn Lamas Haus.

Da Stanni keine Klingel entdecken konnte, klopfte er zögerlich gegen die Holztür.

Keine Antwort.

Er klopfte erneut, diesmal kräftiger.

Immer noch keine Antwort. Aus dem Haus drang nichts als Stille.

Stanni schaute fragend zu Paule, aber der schüttelte ratlos den Kopf.

Als er gerade ein drittes Mal klopfen wollte, begann Flux auf seiner Schulter plötzlich zu vibrieren.

FLUX.

Stanni nahm den kleinen Würfel irritiert in die Hand, hielt ihn vor sich.

»Was ist denn los, Kleiner?«

FLUX!

Der Würfel hüpfte in seiner Hand auf und ab.

»Vielleicht hat er was gehört«, überlegte Paule.

FLUX!

Der Würfel sprang ein weiteres Mal in die Höhe – und verschwand in einer pixeligen lila Wolke. Stanni starrte überrascht auf seine nun leeren Hände, dann drehte er sich einmal im Kreis, schaute sich um. Wohin hatte sich Flux geglitcht? Er war nirgends zu sehen. Normalerweise tauchte er nur wenige Meter entfernt von dem Flecken auf, von dem er verschwunden war. War er etwa …?

Etwas klopfte von innen gegen die Haustür.

Stanni starrte entsetzt zu Paule. Paule starrte entsetzt zurück.

Es klopfte noch mal gegen die Tür, diesmal lauter und bestimmter.

FLUX!, ertönte es nun deutlich von innen. Das Klopfen wurde noch ein weniger stärker. *FLUXFLUXFLUX!* Irgendwas schien den Würfel ganz schön zu beunruhigen.

»Wir müssen da rein!«, sagte Stanni aufgeregt.

»Aber wie? Die Tür kriegen wir nie eingetreten.« Paule hüpfte nervös von einem Bein aufs andere.

Stanni sah sich schnell um. Nur einen Meter neben der Eingangstür gab es ein schmales, hohes Fenster. Dichte Vorhänge versperrten den Blick ins Innere.

»Durchs Fenster!«, rief Stanni und lief sofort hin. Er drückte gegen den Rahmen in der Hoffnung, dass das Fenster vielleicht nur angelehnt war, aber es gab nicht nach. Mist!

Da segelte knapp an Stannis Kopf ein Stein vorbei und schlug klirrend durch das Fensterglas. Erschrocken sprang er rückwärts, drehte sich um. Paule stand hinter ihm, einen weiteren Stein in der Hand. Er hatte die Schultern bis an die Ohren hochgezogen und fühlte sich sichtlich unwohl.

»Es ist ein Notfall, oder?«, stammelte Paule entschuldigend.

»Es ist definitiv ein Notfall!«, bestätigte Stanni. »Aber das nächste Mal warnst du mich vor.«

Paule grinste nervös und nickte, hielt ihm dann den anderen Stein hin. Mit seiner Hilfe entfernten sie genug Glasscherben, um den Griff im Inneren packen zu können. Langsam schwang das Fenster auf, drückte den Vorhang zur Seite.

»Pass mit den Scherben auf«, warnte Stanni, als er ins Innere von Herrn Lamas Haus sprang. Unter seinen Sneakern knirschte das Glas, und er verhedderte sich halb in den Gardinen.

»Herr Lama wird sicherlich furchtbar wütend sein, dass ich sein Fenster zerdeppert habe«, jammerte Paule, während er ungeschickt rückwärts durchs Fenster kletterte.

»Ich glaube«, sagte Stanni tonlos, »ein kaputtes Fenster ist gerade sein kleinstes Problem.« Er hatte endlich den Vorhang zur Seite geschoben und konnte nun das Innere von Herrn Lamas Haus in seiner Gänze betrachten.

Es sah aus, als wäre ein Wirbelsturm durch das Zimmer gefegt. Überall waren Möbel umgekippt, Bücher und Kleidungsstücke lagen verstreut auf dem Boden. Zwei gemütlich aussehende Sitzsäcke aus Leinen waren der Länge nach aufgeschlitzt worden und hatten ihren Inhalt, kleine weiße Kügelchen, im ganzen Raum verteilt. Ein großer, altmodischer Röhrenfernseher, der in der Mitte des Raumes stand, zeigte nur lautloses weißes Rauschen. Ein an der Wand stehendes Aquarium hatte einen langen Riss in der Glaswand. Zum Glück war nicht alles Wasser auf den darunterliegenden Teppichboden gelaufen. Die bunten Fische drängten sich in der übrig gebliebenen Flüssigkeit.

»Verfluxt noch mal, was ist denn hier passiert?«, fragte Paule entsetzt, als auch er sich durch den Vorhang gekämpft hatte.

»Sieht fast so aus, als hätte hier ein Kampf stattgefunden«, sagte Stanni und ging vorsichtig durch das Chaos, hob nachdenklich einige Bücher auf und stellte eine Lampe wieder richtig hin. Da entdeckte er endlich Flux, der aufgeregt vor einer Truhe auf und ab hüpfte.

FLUX!

Stanni kniete sich neben den Würfel und schaute auf die Kiste. Sie sah ein wenig aus wie die Goodie-Kisten, die unten in der Stadt mit Loot gefüllt wurden. Diese hier schien allerdings nicht zu leben, zumindest reagierte sie nicht auf die Besucher.

»Was hast du entdeckt, Flux?«, fragte Stanni vorsichtig und strich mit den Fingern über das Holz der Truhe, die daraufhin plötzlich zum Leben erwachte! Sie rappelte und klapperte wie wild. Aber die Truhe verursachte diese Geräusche nicht selbst, sondern etwas in ihrem Inneren! Zum Glück war sie nur mit einem einfachen Riegel verschlossen. Von innen hatte man natürlich keine Chance, den zur Seite zu schieben, aber von außen war es easy. Kaum hatte Stanni den Deckel der Kiste aufgeklappt, sprang ihm auch schon ein schwarzer Schatten mit einem lauten Kreischen entgegen.

»Aaaah!«, machte Stanni und kippte nach hinten.

»Aaaah!«, machte Paule hinter ihm und riss schützend den Vorhang vor sich.

FLUUUUX!, machte Flux vergnügt.

Der Angreifer saß jetzt auf Stannis Cap und kreischte ohrenbetäubend. Mit nadelspitzen Krallen grabschte er nach Stannis Ohren, um sich festzuhalten, während Stanni selbst wie wild um sich schlug und versuchte, den Schatten abzuschütteln. Ob es ein Monster war? Ein Fussel? Oder ein Dämon? Wer wusste schon, was der verrückte Herr Lama in seinen Kisten aufbewahrte!

»Hilf mir, es loszuwerden!«, schrie er zu Paule, doch der lachte einfach nur. Was war denn daran bitte schön witzig?

»Schau doch!«, rief der Junge und kam hinter der Gardine hervor.

Stanni hörte auf, sich zu wehren, und tastete nun vorsichtiger nach dem Geschöpf auf seinem Kopf. Er spürte weiches, warmes Fell, dann krabbelte das Etwas flink seinen Arm hinunter und kugelte in seinen Schoß. Der Schatten war niemand anders als Murmel, das kleine Äffchen, Herrn Lamas ständiger Begleiter! Erleichtert atmete Stanni aus.

Murmel hatte sich wohl ebenso erschrocken wie die beiden Jungs, denn das Äffchen keuchte heftig und schaute zitternd zu Stannis auf.

»Murmel!«, rief Stanni fröhlich und drückte das kleine Pelztier kurz an sich, ehe er es vorsichtig auf den Boden setzte und hinter den großen Ohren kraulte.

Murmel sah ganz schön zerzaust aus. Und auch ein wenig abgemagert. Er musste schon eine Weile in der Truhe gefangen gewesen sein. Nicht auszudenken, was passiert wäre, wenn Stanni und Paule nicht eingebrochen wären! Stanni nickte Flux dankbar zu, denn immerhin war es der kleine Würfel gewesen, der Murmel entdeckt hatte.

»Was ist hier nur passiert, kleines Kerlchen?«, fragte Stanni besorgt und zeigte auf das Chaos in Herrn Lamas Haus. Das Äffchen musste wissen, wo sein Besitzer steckte, denn die beiden waren unzertrennlich.

Murmel legte den Kopf schief. Dann hob er seine kleinen felligen Fäuste und imitierte einen Boxer, schlug einen rechten Haken, knockte sich dann gespielt selbst aus und zeigte schließlich auf die Truhe.

»Es hat also wirklich einen Kampf gegeben!«, schloss Paule, der nun neben Stanni stand. »Und dann hat der Angreifer dich in die Truhe gesteckt?«

Murmel nickte aufgeregt.

Stanni stemmte sich langsam wieder auf die Beine.

»Wohin ist Herr Lama verschwunden?«, fragte er.

Eine Weile schien Murmel nachzudenken, ergriff schließlich eines der lose herumliegenden Bücher und legte es auf ein niedriges hölzernes Podest, das Stanni bisher übersehen hatte. Das Äffchen schlug das Buch auf und tat so, als würde es etwas hineinschreiben.

»Das große Buch!«, riefen Stanni und Paule gleichzeitig. Das große Buch war auf magische Weise mit dem Kern des Spiels verbunden, mit dem Code selbst. Nur Herr Lama konnte es benutzen, und was er hineinschrieb, das wurde Wirklichkeit im Tal Royal. So startete Herr Lama jeden Tag aufs Neue die Spielrunden oben im Tal, indem er einfach hineinschrieb, dass sie starteten. Da das noch immer passierte, zumindest laut den Puhmanns, musste Herr Lama das Buch noch bei sich haben, wo immer er auch steckte.

Murmel nickte wieder wild, um zu bestätigen, dass sie richtig geraten hatten. Dann zeigte er auf das halb ausgelaufene Aquarium. Die beiden Jungs drehten sich verwirrt danach um.

»Fische haben Herrn Lama und das Buch entführt?«, riet Stanni unsicher.

Murmel schien enttäuscht zu seufzen und schüttelte den kleinen Kopf. Obwohl er sichtlich entkräftet war, kletterte er nun schwerfällig zum Aquarium, steckte seinen Kopf in den halb leeren Glaskasten hinein und sah die beiden Jungs fragend durch die Scheibe an.

»Er ist auf der Jagd nach exotischen Pflanzen für sein Aquarium verschollen!«, versuchte es Paule.

Murmel kniff genervt die Augen zu.

Paule kratzte sich am Kopf. »Er ist … auf einer Schatzsuche?«

Murmel schlug sich die kleine Pfote gegen die Stirn. Mit einer Kralle deutete er auf den Rest Wasser im Becken.

»Herr Lama ist … untergetaucht?«, schlug Stanni zögerlich vor und war überrascht, dass Murmel so etwas Ähnliches wie Zustimmung zeigte.

»Abgetaucht?«, riet er weiter. Doch das war es auch nicht.

»Der Einzige, der Murmel verstanden hat, war Herr Lama«, schmollte Paule, aber Stanni wollte noch nicht aufgeben.

»Er ist zum Tauchen gegangen?«

Das Köpfchen von Murmel ruckte aus dem Aquarium hinaus, und ein Daumen an seiner Pfote schnellte zustimmend in die Höhe.

Stanni ging auf den Glaskasten zu und griff nach dem Äffchen, das sich müde an sein T-Shirt klammerte.

»Er macht einen Ausflug zu Tauchen?«, wiederholte Stanni ungläubig. »Das ergibt doch keinen Sinn! Wir sollten zurück zu Tilly gehen. Vielleicht wird sie aus der Sache schlau. Und Murmel hat sich absolut eines der Sandwiches von deinem Vater verdient.«

Stanni grinste, und Murmels Augen wurden sehr groß.

Paule lächelte und bückte sich zu Flux hinunter, um den Würfel liebevoll zu tätscheln. »Nicht nur Murmel.«

RETTUNGSAKTION

Stanni und Paule wurden bereits erwartet, als sie den Fuß der Pyramide erreichten. Baumeisterin Sonja hatte die Arme verschränkt, und ihr Blick verriet eine Mischung aus Verärgerung und Enttäuschung. Hinter ihr standen Belix, der sich mürrisch den vom Sturz schmerzenden Ellbogen rieb, und Tilly, die breit grinsend auf ihrem zusammengeklappten Gleiter lehnte. Der Rest des Bautrupps arbeitete ein wenig abseits. Mittlerweile hatten sie wohl alle Girlanden und Lichterketten gelöscht, jetzt versuchten sie gerade, eine kleine Lama-Statue abzubauen, die in der Nähe der Pyramide stand.

Sonja setzte bereits an, etwas zu sagen – vermutlich eine ähnliche Standpauke, wie auch Tilly sie nach ihrem Flugmanöver erfahren haben musste. Aber ehe sie zu Wort kam, wurde sie von Tilly zur Seite geschoben.

»Murmel?«, rief das Mädchen erstaunt und eilte zu Stanni hin, der das Äffchen noch immer im Arm trug. Besorgt strich sie dem zerzausten Murmel durchs Fell und sah dabei Stanni und Paule fragend an.

»Wir haben ihn in Herrn Lamas Haus gefunden, eingesperrt in einer Kiste«, erklärte Stanni.

»Aber von Herrn Lama keine Spur«, fügte Paule aufgeregt hinzu. »Nur ein völlig verwüstetes Haus!«

»Verwüstet?«, schaltete sich da Baumeisterin Sonja ein und drängte sich zwischen die Freunde.

Stanni schaute zu ihr hinab und nickte. »Als hätte ein Kampf stattgefunden. Überall lagen Bücher verteilt, und Möbel waren umgeworfen.«

Belix schnaubte verächtlich. Alle drehten sich erstaunt zu ihm. Er hatte sich gerade runtergebeugt, um seinen Hockeyschläger wieder aufzuheben, den er wohl beim Zusammenstoß mit Tilly verloren hatte. Als er merkte, dass ihn alle anstarrten, zuckte er mit den Schultern.

»Ich meine ja nur«, versuchte er zu erklären und richtete sich wieder auf. »Der alte Kauz ist halt verrückt.«

»Belix!«, ermahnte ihn seine Mutter und ließ entsetzt das Tablet sinken. »Ein wenig mehr Respekt, wenn ich bitten darf!« Sie sah entschuldigend hinauf zur Spitze der Pyramide, als könnte Herr Lama von dort oben alles Gesagte mitbekommen.

Belix schob beleidigt den Sand auf dem Platz mit der flachen Seite des Hockeyschlägers hin und her. »Wenn's doch so ist«, murmelte er.

Baumeisterin Sonja seufzte und schaute zurück zu Stanni. »Zugegeben«, sagte sie vorsichtig. »Herr Lama ist durchaus manchmal etwas … verwirrt.«

»Etwas ist gut«, flüsterte Tilly.

Aber Baumeisterin Sonja musste sie entweder nicht gehört oder beschlossen haben, sie zu ignorieren, denn sie fuhr unbeirrt fort. »Wir machen gerade alle eine schwere Zeit durch, da ist es verständlich, wenn man mal eine Weile nicht aufräumt.«

Stanni schüttelte energisch den Kopf. »Wenn ich's doch sage! Das waren Kampfspuren! Murmel wurde eingesperrt! Und weit und breit kein Herr Lama in Sicht!«

»Das Buch ist auch verschwunden«, fügte Paule eilig hinzu.

Tilly riss die Augen auf. »Klingt so, als hätte man ihn und das Buch entführt!«

Baumeisterin Sonja seufzte erneut. »Hört zu«, sagte sie und klang nun deutlich erschöpfter als noch kurz zuvor. »Wir haben zurzeit wichtigeres zu tun, als uns Gedanken darüber zu machen, wohin es unseren, nun ja, exzentrischen Anführer beim Morgenspaziergang verschlagen hat.«

»Aber er würde doch niemals ohne Murmel irgendwohin gehen!«, warf Tilly sofort ein.

Damit hatte sie absolut recht, wie Stanni fand. Wenn er eines bei seinem letzten Besuch gelernt hatte, dann dass Herr Lama und sein Äffchen unzertrennlich waren. Murmel schien als Einziger zumindest ansatzweise zu verstehen, was im Kopf des kauzigen Alten vorging. Dass Herr Lama einfach so mit dem Buch unterm Arm, aber ohne seinen besten Freund aus dem Haus gegangen sein sollte, kam Stanni völlig undenkbar vor.

Aber Baumeisterin Sonja schien nicht sonderlich überzeugt von dem Argument, sondern stemmte nur ihre Hände in die Hüfte. »Und wer bitte soll Herrn Lama entführt haben? Und warum?«

Tilly und Paule schauten ratlos zu Stanni hinüber, der darauf allerdings auch keine Antwort hatte. Aber dann plötzlich hob er Murmel in die Höhe. Das Äffchen blinzelte verwirrt in die Runde.

»Murmel hat gesehen, was passiert ist!«, rief Stanni aufgeregt.

Sonja hob skeptisch eine Augenbraue. »Ach ja?«

»Tja, also ...«, stammelte Stanni und ließ das Äffchen wieder sinken.

»Wir haben keine Ahnung, was genau Murmel uns sagen will«, sagte Paule verlegen. »Nur, *dass* er uns irgendwas sagen will.«

»Es hat irgendwas mit einem Aquarium und Fischen zu tun«, erklärte Stanni jetzt, kam sich dabei aber ziemlich doof vor. Immerhin hatten sie absolut keinen Schimmer, was Murmel gemeint hatte.

»Oder er wollte irgendwohin zum Tauchen gehen«, warf Paule ein. »Murmel hat jedenfalls ganz klar auf das Aquarium und das Wasser gezeigt. Also ist Herr Lama am Wasser. Oder *im* Wasser.«

Baumeisterin Sonja schüttelte genervt den Kopf. Gerade öffnete sie den Mund, wahrscheinlich um der Diskussion ein für alle Mal ein Ende zu bereiten, da fiel ihr Belix ins Wort.

»Könnte er nicht am Meer sein, Mama?«, fragte er nachdenklich. »Du weißt schon, das Projekt vor dem Reset ...«

Alle Blicke richteten sich sofort auf ihn, und Murmel, der schläfrig in Stannis Arm gelegen hatte, wurde auf einmal sehr munter und fiepte zustimmend.

»Was für ein Projekt?«, fragte Tilly neugierig und trat einen Schritt auf Belix zu. Der wich sofort von ihr zurück und hielt den Hockeyschläger abwehrend vor sich. Wahrscheinlich befürchtete er, dass sie ihn wieder umreißen könnte.

»Nein, nein, das vergesst ihr mal schnell wieder!«, rief Baumeisterin Sonja nun laut und schob sich zwischen ihren Sohn und die drei Freunde. »Und du, Belix, solltest wirklich lernen, wann du deinen Mund zu halten hast«, zischte sie in Richtung ihres Sohnes, der feuerrot anlief und betreten auf seine Schuhe starrte.

Stanni verstand natürlich nicht, von welchem Projekt sie sprachen, aber dass auch die Zwillinge keine Ahnung hatten, worum es ging, fand er schon merkwürdig. Ebenso auffällig war, dass Murmel so deutlich reagierte. Das Äffchen wand sich jetzt aufgeregt in Stannis Arm, zerrte an seinem Shirt und schaute immer wieder zwischen ihm und Belix hin und her. Was wussten die Baumeisterin und ihr Sohn, was Stanni und die Zwillinge nicht wussten?

»Was hat es mit diesem Projekt auf sich?«, fragte er bestimmt.

Baumeisterin Sonja schüttelte heftig den Kopf und presste ihr Tablet an die Brust. »Das ist eine Sache, die nur Baumeister etwas angeht. Und eventuell solche, die es werden wollen, wenn sie denn das Zeug dazu haben«, fügte sie leiser hinzu und schaute wieder missbilligend zu ihrem vorlauten Sohn hinüber.

»Verstehen Sie nicht?«, fragte Stanni nun verzweifelt. »Es geht hier vielleicht um Leben oder Tod!«

Sonja sah mit zusammengekniffenen Augen zu ihm hoch. Auch wenn sie um einige Köpfe kleiner war als er, wirkte sie trotzdem bedrohlich. Von der anfänglichen Freundlichkeit war nichts mehr zu spüren.

»Glaubst du, das wissen wir hier nicht? Das Projekt ist Geschichte, instabil seit dem Reset. Herr Lama würde niemals …«

Ein lautes, durchdringendes *DING DONG* unterbrach sie mitten im Satz. Es hallte durch die Höhle und brach sich in zahllosen Echos an den Wänden. Alle rissen erstaunt die Köpfe hoch, auch Belix, der zuvor angestrengt seine Schuhe betrachtet hatte, und sogar die Bautruppler, die gerade ihre Energiestrahler auf eine Parkbank gerichtet hatten.

»Liebe Spielerinnen und Spieler!«, ertönte eine blecherne Computerstimme in übertrieben freundlichem Tonfall. »Findet ihr nicht auch, dass ihr viel zu wenig Zeit in Tal Royal verbringt? Weil wir euch so gern zu Gast haben, haben wir die Dauer der Runden auf ganze fünf Stunden erhöht! Da kommt Freude auf! Genügend Zeit also, um unser neues Waffensystem zu testen. Eure geliebten Goodie-Kisten werden ab jetzt nur noch gegen einen kleinen Geldbetrag eine Waffe beinhalten. Wenn ihr also nicht kalt erwischt werden wollt, haltet euren Geldbeutel bereit! Tal Royal – Bleibt doch ein Weilchen länger!«

Die letzten Worte der Durchsage echoten noch nach, dann wurde es sehr still. Alle standen wie angewurzelt da und tauschten ungläubige Blicke. Auch Stanni wusste nicht, was gerade passiert war. Die Runden sollten fünf Stunden dauern? Das war ja völlig absurd! Und Waffen musste man jetzt mit echtem Geld kaufen? Wer war denn auf diese vollkommen verrückten Ideen gekommen – und vor allem, warum? Waren das verzweifelte Versuche, mehr Spieler ins Spiel zu locken, nachdem das missglückte Event viele dazu gebracht hatte, sich womöglich für immer auszuloggen? Dann wusste derjenige, der dahintersteckte, aber offenbar überhaupt nicht, was Spieler interessierte!

Das Tablet von Baumeisterin Sonja begann plötzlich, laut zu piepsten. Verwirrt schaute sie hinab auf den Bildschirm, nur kurz, dann starrte sie entsetzt in die Runde. »Die Spieler«, flüsterte sie. »Sie verschwinden schneller denn je.«

Die falsche Sonne auf der Spitze der Pyramide, die ohnehin nur noch milchig hell geschienen hatte, flackerte bedrohlich bei ihren Worten, als hätte sie einen Wackelkontakt. Sonjas Tablet leuchtete kurz auf und erlosch dann komplett.

Nervöses Gemurmel und einige verwirrte Rufe kamen aus der Richtung des Bautrupps. Stanni erkannte den Grund für den Tumult gleich. Eben noch waren die Bauleute damit beschäftigt gewesen, letzte Dekorationen abzubauen, jetzt flackerten die Energiestrahlen ihrer Geräte nur noch schwach oder wurden ganz unterbrochen, als fehlte auch hier die nötige Power.

»Alle herhören!«, rief Baumeisterin Sonja laut. Ein leichtes Zittern in ihrer Stimme verriet, dass auch sie nervös wurde. »Zunächst einmal sollten wir alle Ruhe bewahren!«

»Dieses Mistding«, fluchte ein Bautruppler, dessen Stimme von der Gasmaske auf seinem Kopf gedämpft wurde. Er schüttelte seinen Strahler und schlug gegen den Lauf, doch das Gerät verweigerte weiterhin den Dienst. Unglücklicherweise schien der Mann nicht gerade das hellste Mitglied seines Teams zu sein, denn als Nächstes stellte er den Strahler zwischen seinen Füßen auf und starrte geradewegs in den Lauf, als vermutete er, etwas blockiere ihn von innen. Selbst Stanni wusste, dass das keine gute Idee war, auch wenn er Waffen nur aus Videospielen kannte.

Auch Sonja hatte das ungeschickte Manöver ihres Kollegen bemerkt. »Nobby!«, rief sie dem Bautruppler zu. »Nimm sofort die Nase aus dem Strahler!«

Der Bautruppler namens Nobby schaute ertappt zu ihr hinüber und nahm seinen Strahler rasch wieder in die Hände. Nun zeigte der Lauf zum Glück nicht mehr direkt auf sein Gesicht, sondern in Richtung Pyramide.

»Das Ding ist eh tot«, sagte er und drückte zum Beweis den Abzug durch.

Schlagartig entlud sich ein gleißend hellblauer Strahl, zischte nach oben hin weg auf die Spitze der Pyramide zu und schlug dann in das Stahlseil ein, das die Höhlensonne hielt. Mit einem Geräusch wie ein Peitschenschlag zerriss das Seil, und die riesige leuchtende Kugel krachte schwer auf die obere Plattform der Pyramide, zermalmte Herrn Lamas Haus unter sich und rollte langsam, aber sicher auf die Treppe zu. Glas knirschte über Steinbrocken und Metallstreben. Der Lärm war ohrenbetäubend. Alle Umstehenden waren vor Schreck wie gelähmt und konnten ihre Blicke nicht von der Sonne abwenden. Nur Nobby, der unbeabsichtigt den Schuss abgegeben hatte, starrte entsetzt auf den Strahler in seiner Hand.

Die Zeit schien so zäh zu fließen wie Honig, den man in den Kühlschrank gestellt hatte. Zentimeter um Zentimeter schob sich der leuchtende Ball weiter vor, dann ertönte das erste Rumpeln, als die Sonne die Kante der obersten Stufen erreichte und ihren Weg nach unten begann – auf die kleine Menschenmenge am Fuß der Pyramide zu.

Stannis Herz setzte einen Schlag aus, dann taumelte er zurück und durchbrach so endlich seine Schockstarre. Er sah sich panisch um. Im flackernden Licht der fallenden Sonne wirkte alles unwirklich, wie in Zeitlupe. Er konnte beobachten, wie auch die Bautruppler wieder zu sich kamen, ihre Strahler und Tanks von sich warfen und zur Seite sprinteten. Er sah Tilly, die längst eine Hand an ihrem Gleiter hatte, um ihn auseinanderzuklappen, und Paule, der bereits losgerannt war, mit Flux im Arm. Und auch Baumeisterin Sonja hatte die Lage erkannt und lief jetzt schneller davon, als ihre kurzen Beine es eigentlich erlaubten, ihr Tablet fest an die Brust gedrückt. Sogar der erschöpfte Murmel ließ sich nun von Stannis Arm fallen und suchte das Weite.

Einzig Belix bewegte sich nicht. Er hielt seinen Hockeyschläger umklammert und starrte wie versteinert zur Höhlensonne, die immer schneller und schneller wurde, von einer Stufe auf die nächste donnerte.

Stanni kämpfte gegen den Drang an, einfach wegzurennen. Er konnte nicht zulassen, dass die riesige leuchtende Kugel jemanden zerquetschte. Klar, das war nur Belix, nicht gerade sein bester Freund. Aber jegliche Streitereien erschienen plötzlich völlig unwichtig. Hier ging es darum, ein Leben zu retten!

Blitzschnell sah sich Stanni um. Da, einige Meter von Tilly entfernt, war einer der Strahler samt Tank gelandet, den einer der Bautruppler panisch von sich geworfen hatte. Wenn er den Strahler rechtzeitig erreichte, konnte er versuchen, Stücke der Kugel zu löschen, damit sie eine Schieflage bekam, dadurch ihre Flugbahn änderte und eine Kurve um Belix rollte. Er musste nur schnell genug hinrennen.

Aber das war natürlich mit einem großen Risiko verbunden. Stannis Gedanken rasten, überschlugen sich in seinem Kopf genauso, wie die Kugel vor ihm es tat. Er hatte so ein Ding noch nie benutzt, er wusste nicht, wie schwer es sein würde oder ob es irgendwas zu beachten gab.

Die Alternative war, Belix irgendwie aus der Schockstarre zu befreien und ihn mit sich zu ziehen. Der ältere Junge war allerdings einen ganzen Kopf größer als Stanni, einfach würde das nicht werden. Außerdem war die Sonne überdimensional groß. Es würde nicht reichen, Belix einfach umzuschubsen, er musste ihn ein ganzes Stück weit mit sich schleifen, um ihn sicher aus der Gefahrenzone zu bringen.
Ihn und mich selbst auch!, fuhr es Stanni wie ein Blitz durch den Kopf. Sein Blick raste zwischen dem Strahler und Belix hin und her. Es blieb einfach keine Zeit, sich länger darüber Gedanken zu machen. Er musste handeln! Strahler oder Belix? Vielleicht musste sein Bauchgefühl entscheiden.

Und dieses Bauchgefühl, das bist wieder du. Nur du kannst diese schwere Wahl für Stanni treffen.

»Tilly! Der Strahler!«
Soll Stanni versuchen, den Strahler zu benutzen? Dann lies weiter auf Seite 66.

»Belix, wir müssen hier weg!«
Ist die richtige Taktik eher, direkt zu Belix zu rennen und ihn aus dem Weg zu ziehen? Das findest du heraus auf Seite 71.

»Tilly! Der Strahler!«, rief Stanni laut.

Tilly hatte bereits ihren Gleiter ausgebreitet und wollte schon lossegeln. Aber jetzt hielt sie inne und schaute erst zu Stanni, dann zu der Strahlenkanone in einigen Metern Entfernung. Sie nickte entschlossen.

»Alles klar!«, gab sie zurück und katapultierte sich mit wenigen Schritten in die Höhe. Mit dem Gleiter war sie gleich doppelt so schnell und zischte knapp über den Boden hinweg auf den Strahler zu, packte dann den Tank mit einer Hand und zerrte ihn mit sich.

Stanni ging währenddessen auf Position, ein Knie auf dem Boden, das andere Bein aufgestellt, um einen möglichst stabilen Stand zu haben. Er wusste ja nicht, welche Power in diesen Strahlern steckte, und er wollte nicht vom Rückstoß umgeworfen werden. Tilly trudelte auf ihn zu, diesmal war es allerdings nicht gespielt, der Kanister schien das Steuern wirklich schwer zu machen.

»Fang!«, schrie sie, und gerade als sie über Stanni hinwegflog, ließ sie den Tank mit dem Strahler fallen.

»Uff!«, machte Stanni, als ihm das schwere Ding in den Arm fiel. Gut, dass er sich hingekniet hatte, denn das Gewicht des Tanks hätte ihn sonst glatt umgerissen. Stattdessen konnte er ihn neben sich auf den Boden stellen und schnell nach dem Strahler greifen. Der sah zum Glück nicht sonderlich kompliziert aus, eher wie eine der Glitterkanonen, die man im Tal Royal aus den Goodie-Kisten bekam.

Oder bekommen hatte. Das hatte sich ja jetzt wohl geändert ...

Keine Zeit, darüber nachzudenken! Die Höhlensonne hatte den Fuß der Pyramide fast erreicht und rollte erbarmungslos auf Belix zu, der kreidebleich die Augen zukniff und den Hockeyschläger an sich presste. Er hatte wohl mit seinem Schicksal abgeschlossen.

Aber nicht mit Stanni! Zitternd vor Nervosität krümmte der den Finger um den Abzug und hoffte inständig, dass sein Plan funktionierte. Mit einem Donnern rollte die Sonne die letzten Stufen hinab und prallte auf den Platz. Die gesamte Höhle bebte unter ihrem Gewicht. Nur noch wenige Meter trennten sie und Belix. Jetzt oder nie!

Stanni zielte auf die Kugel und drückte ab. Sofort schoss ein bläulicher Energiestrahl durch die Luft, der allerdings gar nicht so einfach zu kontrollieren war. Der Strahler vibrierte heftig in Stannis Händen, und der blaue Strahl tanzte wild über die Sonne, löschte aber nur kleinste Brocken, sodass sich zwar eine mondartige Oberfläche bildete, sie aber trotzdem weiter unbeirrt auf Belix zuwalzte.

Tja, so viel zu seinem Aim. Für diese Strahler brauchte man wohl ordentlich Muskeln. Aber er war ja nur der normale Stanni, nicht die durchtrainierte Siren. Allein konnte er dieses Ding unmöglich bändigen! Die Kugel schlingerte jetzt zwar ein wenig, aber mit ihrem enormen Umfang würde sie ihn und Belix trotzdem in wenigen Augenblicken erwischen. Es war zu spät, um ihr noch auszuweichen. Trotzdem hielt Stanni den Strahler weiter auf sie gerichtet, stemmte sich mit aller Kraft gegen den Rückstoß, biss die Zähne zusammen und holte das letzte bisschen Kraft aus sich heraus – als sich plötzlich noch weitere Hände um den Lauf legten und den Energiestrahl stabilisierten. Es waren Paule und Tilly!

»Bringt euch in Sicherheit!«, keuchte Stanni.

»Keine Chance«, zischte Tilly zwischen zusammengebissenen Zähnen.

»Wir lassen niemanden im Stich«, bestätigte Paule.

FLUX!, machte Flux auf Paules Schulter, die Pixel-Augen zu grimmiger Entschlossenheit zusammengekniffen.

Stanni lächelte dankbar, nickte dann und konzentrierte sich wieder auf den Strahler. Gemeinsam konnten sie ihn ausrichten. Wie mit einem heißen Messer fuhren sie jetzt durch den Ball. Eine fette Scheibe der Kugel leuchtete erst pixelig lila auf, wurde dann leicht durchscheinend und verschwand schließlich komplett. Jetzt nicht mehr perfekt rund, kam die Sonne sofort ins Schleudern, eierte durch den Dreck, und als sie dann auf die nun flache Seite rollte, blieb sie ächzend und knirschend liegen. Kies und Sand spritzten auf, das Leuchten erlosch beinahe vollständig, und eine Staubwolke erhob sich und hüllte alles ein.

Stanni ließ den Strahler aus seinen zitternden Händen fallen und zog sich das Shirt über Mund und Nase. Trotzdem schmeckte er Staub und Sand auf der Zunge. Taumelnd kam er wieder auf die Füße, bedeckte die Augen notdürftig mit dem Unterarm und stolperte in die Richtung, in der er Belix vermutete. Er wollte den Namen des Jungen rufen, musste jedoch so sehr husten, dass nur ein Krächzen hervorkam, auf das er keine Antwort erhielt. Hatten sie zu lange gebraucht? War Belix doch unter der Kugel zerquetscht worden, ehe sie angehalten hatte?

Irgendwo rief noch eine andere Person Belix' Namen. Das musste Baumeisterin Sonja sein, doch durch die Staubwolke konnte Stanni sie nicht sehen. Er hörte weitere Stimmen rufen, als wäre plötzlich jeder in Los Lamas, der noch nicht eingeschlafen war, auf den Beinen. Doch noch immer kein Wort von Belix.

Stanni tastete sich weiter vor. Langsam legte sich der Staub. Das fahle Leuchten der Höhlensonne glomm wie durch dichten Nebel dahinter hervor. Und da, die Augen noch immer zusammengekniffen, stand Belix. Die Kugel war nur eine Handbreit vor ihm zum Stehen gekommen und berührte fast seine Nasenspitze.

Stanni atmete erleichtert aus.

»Das war knapp«, keuchte er und trat an Belix heran, der nun endlich blinzelnd die Augen öffnete und an sich herabsah, als könnte er nicht glauben, dass er noch in einem Stück war. Stanni klopfte ihm kumpelhaft auf die Schulter, und Belix nickte ihm tatsächlich schwach und dankbar zu.

»Seid ihr verletzt?« Die Stimme von Baumeisterin Sonja schnitt scharf durch das laute Getöse der Anwohner. Sie rannte auf die beiden Jungs zu und kam völlig außer Atem vor ihrem Sohn zum Stehen.

»Nein, Mama, alles gut«, sagte Belix tonlos, noch immer überwältigt. Sonja nickte, und die Sorge verschwand aus ihrem Gesicht. Zurück blieb ein Ausdruck der Erschöpfung, als sie sich zu Stanni umdrehte. »Nach Paragraf 34, Absatz B der Bautrupp-Verordnung ist es nur ausgebildeten Mitgliedern des Bautrupps erlaubt, einen Energiestrahler zu halten und abzufeuern.«

War das ihr Ernst? Er hatte gerade eine ziemlich epische Rettungsaktion hingelegt und ihren Sohn davor bewahrt, zu einem Teil des bunten Mosaiks auf dem Platz zu werden – und sie kam ihm mit irgendwelchen Paragrafen und Regeln? Er schnaubte verächtlich.

»Mama!«, schaltete sich Belix ein. »Er hat mir das Leben gerettet!«

Sonja schaute langsam zwischen den beiden Jungs hin und her. Sie wirkte noch müder als zuvor. Der erneute Energieverlust schien auch ihr jetzt richtig zuzusetzen. Sie seufzte auf ihre gewohnte Art.

»Dieses Mal lasse ich dir das durchgehen«, sagte sie und zeigte dabei auf Stanni. »Aber die Strahler sind kein Spielzeug! Als Nächstes sollte ich das wohl Nobby noch mal erklären.« Sie legte ihrem Sohn kurz die Hand auf den Unterarm, dann wandte sie sich ab und ging hinüber zu der Versammlung aus Bautrupplern und Anwohnern, die ratlos herumstanden.

Kaum hatte Sonja ihnen den Rücken zugekehrt, verdrehte Stanni die Augen. »Ist die immer so drauf?«, fragte er.

Belix ließ die Schultern hängen. »Sie war schon immer streng. Aber so richtig schlimm ist es erst, seit die Sache mit dem Event schiefgegangen ist.«

Stanni nickte langsam. »Sie wirkt sehr erschöpft, so wie die meisten Erwachsenen hier.«

Belix kratzte sich nachdenklich am Hinterkopf, schaute dann zu Stanni. »Du glaubst wirklich, dass Herr Lama entführt worden ist?«

Stanni nickte entschlossen. »Hundertpro.«

»Und ihr könnt ihn zurückholen?«

»Ich habe diese Welt schon einmal gerettet, oder?« Stanni zwinkerte ihm zu, und Belix machte einen leicht säuerlichen Gesichtsausdruck, als ob er ungern daran erinnert werden wollte. Er schaute über den Platz zu den Bautrupplern, die sich alle entkräftet auf die Stufen der Pyramide gesetzt hatten. Baumeisterin Sonja versuchte wohl gerade, sie neu einzuteilen, aber offenbar fehlte ihr auch dazu die nötige Energie.

»Ich weiß, ich sollte euch nicht davon erzählen«, sagte Belix. »Aber ich glaube, ich weiß, wo Herr Lama ist.«

»Das Projekt?«, fragte Stanni vorsichtig.

Belix nickte. »Es ist ein Teil der Map, an dem die Bautrupps schon seit Ewigkeiten arbeiten. Ein Unterwassertempel. Supergeheim. Sollte eigentlich bei diesem Event enthüllt werden.«

Stanni legte den Kopf leicht schief und grinste. »Woher hast du nur all diese Top-Secret-Infos? Soweit ich weiß, bist du noch kein Baumeister.«

Belix hustete nervös und wurde rot. »Eventuell habe ich was darüber gelesen, als meine Mutter ihr Tablet, ähm, offen hat rumliegen lassen.«

»Verstehe.« Stanni zwinkerte ihm zu.

»Wenn ihr wirklich dorthin wollt«, sagte Belix, »müsst ihr zum Bouncy Beach. Oben, an der Oberfläche, meine ich. Dort gibt es eine Jacht, mit der kommt man zum Tempel.«

Die Jacht! Die kannte Stanni, und zwar nicht nur, weil er sie erst am Abend zuvor bei dem missglückten Event gesehen hatte. Die gab es wirklich schon seit Beginn des Spiels, genauso wie den Hafen. Krass, dass die Bautrupps schon so lange an dieser Map-Location arbeiteten.

»Vielen Dank, Belix«, sagte Stanni. »Glaub mir, du tust das Richtige.«

Belix schielte zu Baumeisterin Sonja rüber, nickte dann aber doch. »Meine Mutter will davon zwar nichts hören, aber wenn jemand weiß, wie man das hier wieder geradebiegt, dann ist es dieser verrückte Kauz.«

»Wir bringen ihn und das Buch wieder zurück, Ehrenwort«, versprach Stanni ernst.

Belix nickte, schien dann ein paar Sekunden über etwas nachzudenken und hielt Stanni letztlich den Hockeyschläger hin. »Hier«, sagte er. »Den kannst du an der Oberfläche besser brauchen als ich hier unten.«

»Ich leih ihn mir nur aus«, gab Stanni zurück und griff nach dem Schläger. »Du kriegst ihn wieder, wenn wir mit Herrn Lama zurück sind. Deal?«

»Deal.« Belix grinste.

Lies jetzt weiter auf Seite 78!

»Belix, wir müssen hier weg!«, rief Stanni laut und sprintete auf den Jungen zu, der noch immer wie versteinert dastand. Belix reagierte überhaupt nicht.

Weiter hinten konnte Stanni sehen, wie sich Tilly mit ihrem Gleiter abstieß und rasend schnell aus der Bahn der rollenden Sonnenkugel segelte, und auch Murmel, Paule und Flux waren mittlerweile bestimmt in Sicherheit. Um seine Freunde musste sich Stanni also zum Glück keine Sorgen mehr machen.

Anders sah es mit Belix aus. Auch als Stanni ihn erreicht hatte, regte er sich nicht, hatte jetzt sogar panisch die Augen zugekniffen und umklammerte seinen Hockeyschläger, als könnte der ihn davor bewahren, von einer riesigen leuchtenden Kugel zerquetscht zu werden.

Stanni kannte solche Situationen, in denen einen einfach die Panik übermannte. Dann ging wirklich nichts mehr. Das war ihm im Spiel schon einige Male passiert, wenn plötzlich ein besonders gut ausgerüsteter Spieler vor ihm stand und Stanni selbst nur eine kleine Glitterpistole vorweisen konnte. Klar konnte man so ein Duell mit genug Skill trotzdem gewinnen, aber manchmal erwischte es einen eiskalt, und dann war man wie versteinert – ehe man in bunte Konfetti-Fitzel verwandelt wurde.

Genauso eine Situation war das gerade mit Belix, nur dass hier kein Spieler vor ihnen stand, sondern eine gigantische Sonne auf sie zurollte. Ob das Ergebnis ein bunter Konfettihaufen sein würde oder etwas wesentlich Unangenehmeres, wollte Stanni nicht herausfinden.

Er begann an Belix zu zerren, aber er war kaum zu bewegen. Er war größer und wesentlich stämmiger gebaut als Stanni, und gerade wirkte es, als wäre er wirklich zu Stein erstarrt.

»Komm schon!«, rief Stanni verzweifelt. »Wir müssen hier weg, sonst wirst du plattgemacht!«

Keine Reaktion.

Stanni sah zur leuchtenden Kugel hinauf. Sie donnerte von einer Stufe auf die nächste, nahm dabei immer mehr Fahrt auf. Bald schon würde sie die letzte Stufe erreichen und auf den Platz krachen. Vielleicht würde sie dadurch etwas langsamer, aber wenn er und Belix hier stehen blieben, würden sie trotzdem Matsch werden.

Es half alles nichts. In einer verzweifelten Situation musste man manchmal verzweifelte Dinge tun.

KLATSCH!

Belix riss erstaunt die Augen auf und schüttelte sich. Das hatte gesessen. Stanni hatte ihm eine ordentliche Ohrfeige verpasst.

»Was soll das denn?!«, blaffte Belix ihn an und drückte sich eine Hand gegen auf die Wange, auf der sich ein roter Handabdruck von Stanni bildete. Mit der anderen Hand schwang er den Hockeyschläger, um Stanni auf Abstand zu halten.

»Renn!«, rief der aber nur und packte Belix wieder am Arm.

Diesmal ließ er sich mitziehen, wenn auch steif und unbeholfen. Der Anblick der Höhlensonne lähmte ihn noch immer.

»Heiliges Lama!«, stammelte er immer wieder vor sich hin und schaute die ganze Zeit über die Schulter zurück, was sie natürlich nicht schneller vorankommen ließ.

»Reiß dich zusammen, verdammte Sch–!«, brüllte Stanni. Das letzte Wort wurde vom Knirschen der Kugel verschluckt, die in diesem Moment auf dem sandigen Boden aufprallte und die gesamte Höhle zum Beben brachte. Sie hatte die beiden Jungs fast erreicht und hüllte alles in einen dichten Staubnebel ein, der ihnen die Sicht nahm.

Die Bedrohung direkt im Rücken ließ sie noch schneller rennen. Der Staub brannte in Stannis Hals, ließ ihn husten und keuchen. Erst viel zu spät wurde Stanni bewusst, dass sie geradewegs auf eine Sackgasse zusteuerten. Vor ihnen tauchte die dunkle Höhlenwand aus dem Staubnebel auf, die Los Lamas ringsherum einschloss. Sie ragte steil empor, hatte kaum Vorsprünge, an denen man sich hochziehen konnte, oder Risse, um sich darin zu verstecken. Hinter ihnen die donnernde Sonne, vor ihnen nur nackter Fels. Sie waren schnurstracks in eine Falle gelaufen.

Tja, das war es dann wohl mit Standart Skill. Zerquetscht von einer riesigen digitalen Sonne. Damit hätte er nun wirklich nicht gerechnet, aber jetzt sah es ganz danach aus. Stanni schluckte den sandigen Kloß in seinem Hals runter und war drauf und dran, einfach stehen zu bleiben und aufzugeben, als er im Schatten der Höhlenwand vor sich einen leuchtenden lilafarbenen Punkt entdeckte, der wie ein Warnlicht hektisch aufblinkte und wieder verschwand, aufblinkte und wieder verschwand. Nein, das war kein Punkt, es war ein Viereck. Genauer gesagt ein Würfel!

FLUX!, machte Flux laut und sprang aufgeregt in einem dunkeln Tunneleingang auf und ab. Bei den schummrigen Lichtverhältnissen – und vielleicht auch, weil er ein ganz klein bisschen in Eile war – hatte Stanni den Eingang nicht bemerkt. Das war ihre Rettung!

»Belix!«, schrie Stanni über das Getöse der immer näher kommenden Sonne hinweg dem anderen Jungen zu. Für mehr reichte seine Puste nicht. Stattdessen hob er im Laufen die Hand und zeigte auf das dunkle Quadrat des Tunneleingangs und den darin wild hüpfenden Flux.

Zum Glück kapierte Belix sofort, was Sache war. Er nickte knapp, da auch ihm offensichtlich die Luft ausging. Aber für tiefgründige Unterhaltungen war nun ohnehin keine Zeit.

Die gigantische Kugel im Nacken, sprinteten die beiden in Richtung Tunneleingang. Es würde verdammt knapp werden, aber Stanni hatte nicht vor, als matschiger Abdruck auf der Höhlenwand zu enden, und Belix schien es ähnlich zu gehen.

»Spring!«, brüllte Stanni, als sie nur noch wenige Meter von dem Tunnel trennten. Er hechtete nach vorne und rutschte über den staubigen Boden ins Dunkel. Neben ihm rollte Belix durch den Dreck und in die Sicherheit des Tunneleingangs, seinen Hockeyschläger noch immer fest umklammernd.

Keine Sekunde zu früh, denn hinter ihnen krachte die Sonne mit ohrenbetäubendem Lärm gegen die Höhlenwand. Geröll löste sich aus der Decke und den Wänden und prasselte auf ihre Köpfe. Direkt neben Belix schlug ein baseballgroßer Steinbrocken ein. Ein paar Zentimeter weiter rechts, und der blonde Junge wäre von der riesigen Sonne verschont worden, nur um von einem herabfallenden Felsstück erschlagen zu werden. Entsprechend ungläubig war sein Gesichtsausdruck, als er auf die Einschlagstelle am Boden starrte, die in Flux' pulsierendem Licht lila aufleuchtete.

»Das, äh ... war doppelt knapp«, stammelte er und wischte sich den Staub aus den Augen.

Stanni nickte erschöpft. Sie waren in Sicherheit, saßen aber noch immer in der Klemme, wie ihm ein Blick zum Tunneleingang verriet. Die Höhlensonne spendete ihr fahles Licht, das den Tunnel geisterhaft erhellte – weil sie genau vor dem Eingang in den Fels gekracht war und ihn so blockierte.

Aber das war Stanni erst mal egal. Er lag schwer atmend auf dem Boden und hielt sich den Bauch, durch den sich ein mieses Seitenstechen zog. Er sollte *wirklich* mehr Sport machen.

FLUX!, machte der kleine Würfel und sprang freudig um seinen Kopf herum.

»Danke, Flux«, keuchte Stanni, noch immer außer Atem, und setzte sich vorsichtig auf. »Rettung in letzter Sekunde!«

Neben ihm rappelte sich jetzt auch Belix halb auf, hustete und schüttelte sich den Staub aus den Haaren. »Ohne dich und den kleinen Glitch wäre ich längst Geschichte«, sagte er krächzend. »Danke! Ehrlich.«

Stanni grinste ihn an. »Klar. Ich konnte dich ja schlecht einfach da stehen lassen. So ehrenlos ist doch keiner!«

Von draußen vor dem Tunnel war nun aufgeregtes Stimmengewirr zu hören. Es klang fast so, als wäre jeder Bewohner von Los Lamas, der noch nicht eingeschlafen war, auf den Platz gelaufen.

»Irgendjemand verletzt?«, drang die Stimme von Baumeisterin Sonja gedämpft durch die Wand. In ihrem gewohnt strengen Tonfall schwang nun deutliche Sorge mit.

»Wir sind okay«, antwortete Belix und stemmte sich mithilfe seines Hockeyschlägers auf die Beine. Er klopfte sich etwas Dreck von der Hose, dann hielt er Stanni die Hand hin. Der griff dankbar danach und ließ sich hochziehen.

»Gut!« Sonjas Stimme war die Erleichterung anzuhören. »Geht bitte an den ganz linken Tunnelrand! Wir schneiden euch jetzt raus!«

Stanni und Belix rückten so weit nach links, wie sie nur konnten. »Rausschneiden« klang nicht so, als wollten sie dazwischengeraten. Auch Flux drängte sich an die Wand, dabei hätte der Würfel auch einfach durch sie hindurch nach draußen glitchen können. Stanni war ihm dankbar, dass er ihnen trotzdem Gesellschaft leistete.

Vor dem Eingang ertönte jetzt ein lautes »ZUGLEICH!«, dann folgte ein gläsernes Knirschen und Knacken, als die Bautruppler ihre Strahler auf die Sonne richteten. Die blauen Energiestrahlen drangen durch sie hindurch wie durch Butter, auch wenn sie hier und da stotterten und ausfielen, weil noch immer nicht genug Energie vorhanden war. Die beiden Jungs mussten sich die Augen zuhalten, so hell wurde es.

Erst als sie das feine Britzeln von sich auflösenden Pixeln spürten, spähten sie vorsichtig zwischen ihren Fingern hervor. Die Baumeister hatten eine Scheibe aus der Sonne geschnitten, als wäre sie eine überdimensionale Tomate. Letzte Partikel flirrten noch an der Höhlendecke, ehe auch sie sich auflösten. Belix und Stanni waren frei! Überglücklich stolperten sie aus dem Tunnel auf den Platz.

Draußen wurden sie sofort von Sonja empfangen, die zunächst ihren Sohn genauestens inspizierte und dann Stanni. Sie seufzte erleichtert, als sie erkannte, dass beide zwar sehr staubig, aber ansonsten erstaunlich unverletzt waren.

»Lama sei Dank, dass euch nichts passiert ist«, sagte sie und legte Stanni und Belix jeweils eine Hand auf den Arm. Jetzt, wo die Sorgen aus ihrem Gesicht verschwunden waren, wirkte sie nur noch erschöpft. Mit einem müden Kopfnicken ließ sie die beiden wieder los und drehte sich zu ihrem Bautrupp um, der gerade begonnen hatte, eine Seite der Höhlensonne scheibchenweise mit den Strahlern zu löschen. Wahrscheinlich wollten sie sie auf die abgeschnittene Seite drehen und so stabilisieren.

Stanni sah sich langsam um und nahm das ganze Chaos der Situation in sich auf. Tatsächlich waren einige Bewohner aus der Stadt auf den Platz geströmt, um sich das Ausmaß der Zerstörung anzusehen. Ein paar Bautruppler hielten die Schaulustigen auf Abstand, unter ihnen auch Tilly und Paule. Sie schauten fragend zu Stanni rüber. Der streckte den Daumen in die Luft, als Zeichen dafür, dass alles in Ordnung war.

»Wie soll hier jemals wieder alles normal werden?«, fragte Belix neben ihm und seufzte.

Das fragte sich Stanni auch. Gerade sah es echt düster aus, im wahrsten Sinne des Wortes. Im gräulichen Licht der abgestürzten Sonne wirkte die Stadt ohne all ihre Dekorationen und Lichter einfach nur traurig.

»Herr Lama wird wissen, was zu tun ist, ganz sicher«, sagte Stanni entschlossen. Klar, der Alte war ein wenig verrückt, aber er wusste mehr über diese Welt als jeder andere. Und er konnte in das Buch schreiben! Er wusste sicher einen Ausweg.

»Und ihr könnt ihn zurückholen?«, fragte Belix unsicher.

»Wenn nicht wir, wer sonst? Wir haben diese Welt schon mal gerettet, oder?« Stanni zwinkerte ihm zu.

Belix lächelte nur matt zurück. »Ich weiß, ich sollte euch nicht davon erzählen. Aber ich glaube, ich weiß, wo Herr Lama ist.«

»Das Projekt?«, fragte Stanni vorsichtig.

Belix nickte. »Das ist ein Teil der Map, an dem die Bautrupps schon seit Ewigkeiten arbeiten. Ein Unterwassertempel. Supergeheim. Sollte eigentlich bei diesem Event enthüllt werden.«

Stanni grinste. »Klingt so, als hättest du den einen oder anderen Blick in das Tablet deiner Mutter geworfen.«

Belix hustete nervös und stocherte mit dem Stiel des Hockeyschlägers im Sand. Er war aber offenbar zu erschöpft von ihrem Sprint, um sich gegen den Vorwurf zu wehren.

»Wenn ihr wirklich dorthin wollt«, sagte er schließlich, »müsst ihr zum Bouncy Beach. Oben, an der Oberfläche, meine ich. Dort gibt es eine Jacht, mit der kommt man zum Tempel.«

Stanni kannte diese Jacht! Sie ankerte schon seit Beginn des Spiels vor dem Hafen, und es gab die wildesten Theorien darüber, was ihr Zweck war. Krass, dass die Bautrupps schon so lange an dieser Map-Location arbeiteten.

»Vielen Dank, Belix«, sagte Stanni. »Glaub mir, du tust das Richtige.« Belix seufzte. »Ich hoffe, du hast recht.« Dann schien er einige Sekunden angestrengt über etwas nachzudenken. »Nimm«, sagte er schließlich. »Den kannst du an der Oberfläche besser brauchen als ich hier unten.« Er hielt Stanni den Hockeyschläger hin.

Stanni nahm ihn dankbar entgegen und wog ihn in der Hand, froh, ihn endlich wieder halten zu können. Der Schläger hatte ihm bei seinem letzten Abenteuer gute Dienste geleistet.

»Aber nur geliehen!«, machte Belix sofort klar. »Wenn ihr wieder zurück seid, will ich ihn wiederhaben. Geschenkt ist geschenkt! Deal?«

»Deal«, gab Stanni mit einem breiten Grinsen zurück.

Lies jetzt weiter auf der nächsten Seite!

VORBEREITUNGEN

Nach ihrem Gespräch hatte sich Belix nur kurz unbeholfen verabschiedet und war dann im Wirrwarr der Bewohner und Bautruppler verschwunden, die um die Höhlensonne herumwuselten. Stanni hingegen wurde von Tilly und Paule in Empfang genommen, die bereits in der Nähe auf ihn warteten. Auch Murmel war zurückgekehrt und saß jetzt auf Tillys Schulter. Flux würfelte aufgeregt zwischen Stanni und den Zwillingen hin und her, sichtlich froh darüber, dass niemandem etwas passiert war. Trotzdem sahen sie alle ziemlich durch den Wind aus. Kein Wunder, wenn man das Durcheinander der letzten Minuten bedachte. Die demolierte Sonne schien das perfekte Sinnbild dafür zu sein, wie kaputt sie sich alle fühlten.

»Das war ganz schön heftig«, flüsterte Paule ehrfürchtig und hob Flux vom Boden hoch, der soeben anfangen wollte, an Stannis Schnürsenkeln zu kauen. Flux liebte es einfach, Dinge vollzusabbern.

Tilly nickte. »Hätte nicht gedacht, dass ihr es schafft.« Sie zeigte auf den Hockeyschläger in Stannis Hand. »Hat Belix den zum Dank wieder rausgerückt?«

»Jap. Und das ist nicht das Einzige, mit dem er rausgerückt hat«, antwortete Stanni geheimnisvoll.

Die Zwillinge hoben neugierig die Augenbrauen, aber Stanni wollte erst außer Hörweite der Bautruppler und vor allem ein Stück weg von Baumeisterin Sonja sein. Man übersah diese winzig kleine Person einfach viel zu schnell, und er konnte nicht riskieren, dass sie sich wieder einmischte. Daher gab er seinen Freunden mit einem Wink seiner Hand zu verstehen, dass sie ihm folgen sollten. Erst als sie den Platz hinter sich gelassen und die erste der schmalen Gassen auf dem Weg zu den Puhmanns erreicht hatten, setzte er zu einer Erklärung an.

»Belix hat etwas von einem geheimen Unterwassertempel erzählt. Die Baumeister arbeiten wohl schon seit Ewigkeiten daran. Mit einer Jacht, die im Hafen liegt, sollen wir zum versteckten Map-Bereich gelangen können.«

Alle Blicke wanderten zu Murmel, der bei Stannis Worten auf Tillys Schulter zu hüpfen begonnen hatte. Das Äffchen streckte nun beide Pfoten aus und reckte die Daumen in die Luft.

»Sieht so aus, als wäre es das gewesen, was Murmel euch sagen wollte«, schlussfolgerte Tilly. »Ein geheimer Tempel unter dem Wasser, wahrscheinlich mitten im Meer. Na toll.«

Stanni musste zugeben, dass »Unterwassertempel« auch für ihn nicht zwingend wie ein sehr leicht zu erreichender Ort klang.

»Wusste Belix auch etwas über diese seltsame Durchsage?«, fragte Paule.

Stanni schüttelte den Kopf. In dem ganzen Durcheinander hatte er die gruselige Computerstimme und die angekündigten Neuerungen im Spiel fast vergessen, dabei waren die ja der Auslöser für den erneuten Energieverlust gewesen. Belix hatte die Durchsage nicht erwähnt, unwahrscheinlich also, dass die Bautrupps etwas damit zu tun hatten.

»Irgendjemand versucht, mehr Spieler anzulocken«, grübelte Stanni, während sie durch die noch immer leeren Straßen von Los Lamas gingen.

»Nicht besonders erfolgreich«, murmelte Paule.

»Derjenige muss das große Buch dazu benutzen!«, sagte Tilly grimmig.

Natürlich! Da hätte Stanni auch selbst draufkommen können. Alles, was Herr Lama in das große Buch schrieb, wurde wahr. Bestimmt hatte man den alten Kauz und das Buch deswegen entführt! Offenbar wurde er jetzt gezwungen, absurde Änderungen heraufzubeschwören. Die Frage war allerdings: Was wollte die Person, die dahintersteckte, damit erreichen? Mehr Spieler anzulocken war ja eine gute Idee, immerhin brauchte diese Welt sie dringend. Aber wer auch immer die Kontrolle über das Buch übernommen hatte, verstand nicht viel davon, was Spieler wollten.

»Mama weiß bestimmt, was jetzt zu tun ist!«, sagte Paule überzeugt, als sie das Haus der Puhmanns erreicht hatten. »Die weiß einfach alles!«

»Wenn wir wieder an die Oberfläche müssen, kann uns Papa bestimmt helfen!«, fügte Tilly aufgeregt hinzu und drückte die Haustür auf. »Er muss als Befüller ja für Nachschub an Goodiekisten im Tal sor–«

Sie brach mitten im Satz ab. Im Inneren des Hauses war es sehr still. Zu still.

»Mama? Papa? Wir sind wieder da!«, riefen die Zwillinge laut.

Keine Antwort.

Sie tauschten besorgte Blicke aus, dann stürmten Tilly und Paule in die Küche, Stanni direkt hinter ihnen her. Murmel wurde durch den Ruck beinahe von Tillys Schulter geschleudert und konnte sich gerade noch an einem ihrer Zöpfe festkrallen. Flux blinkte voller Alarmbereitschaft lila auf.

In der Küche sah alles so aus wie bei ihrem Aufbruch, mit einem ganz wesentlichen Unterschied. Herr und Frau Puhmann saßen am gedeckten Frühstückstisch, die Köpfe auf der Tischplatte, und schliefen tief und fest. Der Schlaf musste sie einfach überrascht haben, denn Herr Puhmann hielt mit einer schlaffen Hand noch eine Kaffeetasse umschlossen, als hätte er gerade noch daraus trinken wollen. Frau Puhmann lag mit dem Kopf auf einem kleinen Papierstapel. Die Seiten waren mit Graphen und mathematischen Formeln vollgekritzelt, die sie wohl studiert hatte, ehe sie eingeschlafen war.

Stanni blieb wie angewurzelt stehen. Die Zwillinge neben ihm gaben ein erschrockenes Geräusch von sich, dann sprangen sie sofort zu ihren Eltern hin, schüttelten sie vorsichtig, um sie zu wecken. Aber die Erwachsenen drehten sich nur murmelnd zur Seite und schliefen weiter. Auch Flux und Murmel versuchten zu helfen, Flux mit kleinen Elektroschocks, Murmel, indem er den Erwachsenen abwechselnd die Pfoten in die Ohren steckte. Vergebens.

»Keine Chance«, seufzte Tilly irgendwann, nachdem sie sogar versucht hatten, die beiden Schlafenden mit einem Schwall Wasser ins Gesicht aufzuwecken. »Sie schlafen wie die anderen in der Stadt auch.«

»Was machen wir denn jetzt?«, fragte Paule leise. Er war sehr blass geworden.

Kein Wunder, dachte Stanni, und sein Magen fühlte sich an, als säße ein riesiger Stein darin. So langsam bekam auch er es mit der Angst zu tun.

»Sie werden erst wieder aufwachen, wenn die Energie zurück ist, oder?«, flüsterte er.

Tilly nickte traurig. »Wir brauchen Herrn Lama«, sagte sie. »Nur mit ihm und dem Buch können wir sie retten.«

»Aber wer soll uns helfen?«, fragte Paule verzweifelt, eine Hand auf der Schulter seines Vaters, der leise in seinen buschigen Schnauzer schnarchte. »Baumeisterin Sonja glaubt ja nicht mal, dass er entführt wurde!«

»Dann müssen wir eben allein zu diesem Unterwassertempel!« Tilly ballte entschlossen die Hand zur Faust.

»Du willst an die Oberfläche? Gerade läuft eine Runde!«, rief Paule.

»Na und?«, gab Tilly zurück. »Das hat uns beim letzten Mal auch nicht aufgehalten! Und damals haben wir die Welt gerettet.« Sie sah zu Stanni hinüber, als erwartete sie Unterstützung.

»Es sind sicherlich kaum Spieler in der Runde«, überlegte Stanni. »Sollte also relativ easy sein, zum Bouncy Beach und auf die Jacht zu kommen.«

Tilly lächelte dankbar, aber Paule runzelte noch immer die Stirn, offenbar nicht besonders überzeugt von der Idee, sich in Gefahr zu begeben. Sein Blick wanderte zurück zu seinen schlafenden Eltern. Murmel zog gerade an den langen Nasenhaaren von Herrn Puhmann, den das allerdings nicht störte. Bei dem Anblick schien Paule klar zu werden, dass ihnen nicht mehr viele Möglichkeiten blieben. Manchmal musste man sein Schicksal eben selbst in die Hand nehmen.

Der Junge nickte langsam und rückte sich die Brille zurecht. »Okay«, sagte er schließlich und hob dann einen drohenden Zeigefinger Richtung Tilly. »Aber ich fliege nicht wieder mit deinem Gleiter mit Raketenantrieb nach oben!«

Tilly grinste breit. »Schade, ich habe gerade erst ein neues Modell gebaut. Ihr verpasst was.«

Stanni schüttelte lachend den Kopf, während er sich an den halsbrecherischen Flug erinnerte. Tilly hatte sich damals Paule und Stanni einfach unter den Arm geklemmt, und dann waren sie in einem Mordstempo durch die Luft gerast. Stanni wurde heute noch etwas schummrig bei dem Gedanken. »Ich wäre auch für eine Alternative«, sagte er.

»Mann, seid ihr langweilig«, seufzte Tilly.

Paule indessen kramte in einer Schüssel, die auf einem Tischchen neben der Küchentür stand. Sie war randvoll mit Schlüsseln aller Art, von kleinen, schmalen, die aussahen, als wären sie für ein Fahrradschloss gedacht, bis hin zu altmodischen eisernen Schlüsseln mit verschnörkelten Köpfen. Der Schlüssel, den Paule schließlich mit einem triumphierenden »Aha!« hervorzog, sah aus wie ein moderner Autoschlüssel mit allerlei kleinen Knöpfchen drauf.

»Das ist Papas«, erklärte er. »Damit kommen wir in die Wartungsgänge und können uns dann über die Rampe nach Trippy Town schleichen!«

»Gut mitgedacht!«, sagte Tilly und klopfte ihrem Bruder stolz auf die Schulter.

Stanni wog nachdenklich den Hockeyschläger in der Hand. Beim letzten Mal waren sie völlig unvorbereitet an die Oberfläche gegangen, ohne Waffen und Ausrüstung, und das wäre ihnen beinahe zum Verhängnis geworden, als sie von anderen Spielern angegriffen worden waren. Das Risiko wollte er nicht noch mal eingehen, auch wenn in der aktuellen Runde nur wenige Leute aktiv waren.

Tilly, die seinen Blick auf den Schläger bemerkt haben musste, schien seine Gedanken zu erraten. »Wir sollten uns wohl besser vorbereiten«, sagte sie.

»Oh!« Paule klatschte in die Hände. »Zeig ihm die Sachen!«

»Die … Sachen?«, fragte Stanni verwirrt.

Tilly grinste nur breit und bedeutete ihm dann, ihr zu folgen.

»Geh ruhig«, sagte Paule und nickte ihm zu. »Ich mach derweil ein paar Sandwiches für unterwegs.«

Murmel, der gerade versuchte, sich mit dem kalten Kaffee aus Herrn Puhmanns Tasse wieder etwas neue Energie zu verschaffen, schreckte bei dem Wort »Sandwiches« auf und sprang in einem großen Satz auf die Küchentheke. Dort hockte er und starrte Paule erwartungsvoll – und hungrig – an.

Stanni ließ Paule mit Murmel und Flux in der Küche zurück und folgte Tilly tiefer ins Haus hinein. Sie führte ihn geradewegs in ein Zimmer, das Stanni als das Schlafzimmer der Zwillinge erkannte. Obwohl auch hier einige Gegenstände und Dekorationen gelöscht worden waren, war dieser Raum im Vergleich zu den anderen im Haus noch erstaunlich lebhaft eingerichtet.

Rechts von Stanni stand ein Etagenbett, das sofort verriet, wer oben und wer unten schlief. Oben war die Wand zugeklebt mit Postern und Zeichnungen von Gleitern, Jetpacks und Skatern, unten lag eine Auswahl an Fussel-Plüschtieren neben dem Kopfkissen. Paule trainierte die kleinen diebischen Monster in seiner Freizeit, damit sie im Spiel nicht für Ärger sorgten und die Spieler beklauten.

Es gab noch eine Kommode im Raum, in der Stanni Kleidung vermutete, und ein Bücherregal, das überraschend leer wirkte, genauso wie die übrigen weißen Wände, an denen helle Flecken erahnen ließen, dass hier einmal Bilder und Poster gehangen hatten, die aber mittlerweile gelöscht worden waren.

Unter dem einzigen Fenster des Raumes stand ein großer Schreibtisch, breit genug, dass man von beiden Seiten daran sitzen konnte. Hier ließ sich nicht mehr so gut erkennen, welcher Zwilling welche Seite benutzte, denn auf der Tischplatte herrschte absolutes Chaos. Zeichnungen, Bücher und Stifte teilten sich den Platz mit Schrauben, Schrottteilen und Werkzeugen.

Tilly stand an der Kommode und zog gerade die unterste Schublade auf. Stanni beäugte skeptisch die Auswahl an bunten Strümpfen, die nun zum Vorschein kamen.

»Du willst uns mit Wollsocken bewaffnen?«, fragte er.

»Pah«, machte Tilly und schob einige von ihnen aus dem Weg, um an eine kleine, verborgene Lasche zu gelangen. Mit der hob sie den Boden der Schublade mitsamt Inhalt einfach heraus. Ein Geheimfach! Und darin ... jede Menge Schrott?

»Tada!«, rief Tilly stolz.

»Äh«, machte Stanni.

»Ja, vieles davon sind noch Einzelteile, aber ein paar Waffen habe ich schon zusammengeschraubt. Schau!«

Sie schob die Schrottteile auseinander, und jetzt erkannte Stanni auch einige der Gegenstände. Das Blaue, Lange da war der Lauf eines Glitter-Gewehrs, die bunten Kugeln waren eindeutig die Überreste von Haftgranaten, und die gebogenen Metallstangen gehörten zu einer Schleimfalle.

»Manchmal gehen einige der Loot-Items in den Runden kaputt«, erklärte Tilly. »Eigentlich soll Papa die Reste dann zum Einschmelzen in die Werkstätten bringen.«

»Aber du zweigst dir vorher was davon ab«, ergänzte Stanni.

Tilly nickte. »Vieles davon kann man noch reparieren oder für andere Bastelprojekte benutzen. Hier.« Sie schob ein Glas mit kleinen, nicht explodierten Paintballpatronen aus dem Weg und zog eine Konfetti-Flinte hervor. Das war eindeutig nicht das Standardmodell, sondern aus mehreren anderen Waffen zusammengezimmert. Sie griff nach dem Glas mit den Paintball-Kugeln und schraubte es kopfüber auf die Flinte, da, wo normalerweise die dicken, mit Konfetti gefüllten Hülsen reinkamen.

»Eine Paintball-Flinte!«, sagte Stanni erstaunt. »Hammer Teil!«

Tilly grinste stolz. »Das Design ist von Paule. Ich habe es zusammengebastelt. Für die meisten unserer Ideen fehlen uns allerdings noch Materialien. Schau mal, ob du noch was findest, was wir mitnehmen können.«

Das war ja fast wie Weihnachten! Freudig wühlte sich Stanni durch die Schublade. Er konnte sofort erkennen, welche der Waffen neue Kreationen der Zwillinge waren. Immerhin kannte er das übliche Arsenal von Tal Royal im Schlaf. Aber die Designs von Tilly und Paule konnten sich echt sehen lassen. Kein Wunder, ihre Mutter war ja auch eine begnadete Erfinderin!

Nach einigen Minuten hatten Stanni und Tilly eine ordentliche Auswahl beisammen. Zu der Paintball-Flinte gesellte sich eine Steinschleuder, die Tilly aus alten Metallteilen und Gummibändern gebaut hatte. Sie war groß genug, um sowohl kleine Farbbälle als auch Glitter-Granaten problemlos zu verschießen. Tilly packte außerdem noch Munition, einige Granaten und eine Schleimfalle in einen Rucksack. Auf diese Weise bestens ausgestattet, gingen die beiden schließlich zurück in die Küche, wo Paule gerade einige wirklich verboten gut aussehende Sandwiches in Butterbrotpapier wickelte.

»Cool, oder?«, fragte Paule und zeigte auf die Steinschleuder, die sich Stanni in eine der Gürtelschlaufen seiner Hose gesteckt hatte.

»Megacool«, stimmte Stanni zu. Dann sah er rüber zu den Eltern Puhmann, die noch immer friedlich am Küchentisch schliefen. Paule hatte ihnen zwischenzeitlich Decken übergeworfen und Kissen unter die Köpfe geschoben. »Eure Eltern wären stolz auf eure Designs.«

»Meinst du?«, fragte Paule verlegen.

»Absolut«, sagte Stanni.

Paule wickelte weiter die Brote ein und steckte sie dann zu den Waffen und der Munition in den Rucksack. »Murmel hat drei ganze Brote verdrückt«, erzählte er und zeigte auf das Äffchen, das satt und zufrieden auf einem Deckenzipfel auf dem Küchentisch zusammengerollt lag.

»Ich denke, wir sollten ihn hierlassen«, sagte Tilly. »Er muss sich wirklich erst mal erholen.«

Sie trat an Murmel heran und kraulte ihn hinter dem Ohr. Das Äffchen gluckste zufrieden im Schlaf, doch Stanni hörte noch ein anderes Geräusch. Ein rhythmisches Piepsen, ganz leise, als wäre es weit weg oder tief vergraben. Er hob die Hand. »Hört ihr das?«

Alle hielten kurz die Luft an und horchten. War es weg? Hatte Stanni sich das Geräusch nur eingebildet? Nein! Da war es wieder. Er glaubte, diesen Ton schon einmal gehört zu haben. War das ...?

»Das Stanni-Aufspürgerät!«, sagten alle drei gleichzeitig.

Das war die seltsame Fernbedienung mit Antenne dran, die Frau Puhmann gebaut hatte, um Spieler zu orten, die in diese Welt glitchten. Aber wieso piepste sie jetzt? Und wo war das verfluxte Ding?

»Es muss unter irgendwas drunterliegen«, vermutete Stanni. »Los, durchsucht alles!«

Tilly kroch bereits über den Boden, Paule öffnete alle Küchenschränke, und sogar Flux würfelte in die kleinsten Ecken hinter den Möbeln. Nichts.

»Hier wird es lauter«, rief Stanni schließlich aus dem Hausflur. Er lag jetzt flach auf den Dielen, das Ohr gegen das Holz gepresst. »Es ist … im Boden?« Verwirrt schaute er zu den Zwillingen hoch, die sich über ihn beugten.

»Oh«, machte Paule schuldbewusst und lief rot an. »Moment!« Er legte die Hände an den Mund und stieß eine Reihe von seltsam fauchenden Geräuschen aus, durchmischt mit einem hohen Pfeifen.

Keine Sekunde später antwortete ein Kratzen unter den Dielen auf seinen Ruf. Und da, halb unter einem Schuhschränkchen, aus einer Lücke im Holz, kroch … ein Fussel!

Das pelzige Monsterchen hatte zwei kleine Hörner, die ihm nicht oben auf dem Kopf wuchsen, sondern rechts und links wie Ohren abstanden. Mit großen Augen sah es zu Paule auf. In seinem Maul, festgehalten von vielen nadelspitzen Zähnchen, trug es die Fernbedienung. Langsam kam es unter dem Schrank hervorgewuselt, wie hypnotisiert von den Geräuschen, die Paule machte.

Als der Fussel nah genug herangekommen war, schnappte sich Stanni schnell die piepsende Fernbedienung. Aufgeschreckt von der hastigen Bewegung und dem dreisten Mundraub erwachte der Fussel aus seiner Trance und starrte Stanni empört aus seinen Knopfaugen an.

Paule ließ seine Hände sinken. »Eigentlich wollte Papa, dass ich den kleinen Fussel aus dem Haus jage«, sagte er nun verlegen. »Die Biester klauen ja für ihr Leben gern Sachen.«

»Deshalb verschwinden meine Bleistifte andauernd!«, rief Tilly und stemmte die Hände in die Hüfte, konnte sich aber ein Grinsen nicht verkneifen.

»Aber sie sind einfach so niedlich«, seufzte Paule und beugte sich zu dem Fussel hinab, um ihn zwischen den Hörnchen zu kraulen.

Das Monster hatte seinen mürrischen Blick mittlerweile weg von Stanni und stattdessen auf den herangewürfelten Flux gerichtet. Es knurrte, als könnte es den Würfel nicht so richtig leiden. Paule seufzte erneut und gab dem Wesen einen kleinen Schubs Richtung Schuhschrank, wo es langsam zwischen den Dielen verschwand. Flux kicherte triumphierend.

Stanni hielt indessen die Fernbedienung in den Händen und drehte sich langsam im Kreis. Das Piepsen wurde mal schneller, mal langsamer.

»Was das wohl ist?«, wunderte sich Tilly. »Ein anderer Spieler wird es wohl kaum sein.«

»Finden wir es raus«, sagte Stanni und zog sich den Rucksack an, der mit all der Munition und den dicken Sandwiches richtig schwer geworden war. Den Hockeyschläger verstaute er zwischen Rücken und Schultergurt. Gemeinsam mit den Zwillingen blickte er noch einmal zurück in die Küche, wo die Puhmanns und Murmel friedlich schliefen, dann verließen sie das Haus.

Hier piepste die Fernbedienung noch lauter. Anscheinend war, was auch immer sie empfing, nicht mehr weit weg die Straße runter. Die drei schauten sich besorgt an.

FLUX! HICKS!, machte Flux nervös, verpixelte kurz und glitchte sich in Paules Arme.

»Ganz deiner Meinung«, murmelte Stanni, dem auch überhaupt nicht wohl bei dem Gedanken war, was für eine Überraschung sie nun schon wieder erwarten würde.

Langsam schlichen sich die vier vorwärts. Die Fernbedienung bimmelte immer lauter. Was hatte Frau Puhmann noch mal gesagt? Veränderte Energiewellen? Stanni starrte auf das Ding in seiner Hand und wünschte sich, er hätte im Physikunterricht besser aufgepasst. Dann hätte er vielleicht eher verstanden, wie es funktionierte und ob das Klingeln jetzt bedeutete, dass tatsächlich ein weiterer Spieler in die Welt geglitcht oder doch etwas völlig anderes passiert war.

Aber kaum einen Augenblick später wurde diese Frage auch schon beantwortet. Denn als er seinen Blick wieder nach vorne richtete, sah er überdeutlich, worauf die Fernbedienung reagierte. Genau vor ihnen, auf Augenhöhe über der Straße, mitten im Nichts, hatte sich ein Riss in der Luft aufgetan. Ja, es sah fast so aus, als wäre die Luft dort gesplittert, so, als hätte man einen Ball durch eine Glasscheibe geworfen.

»Ihr seht das auch, oder?«, flüsterte Paule ängstlich. »Bitte sagt mir, dass ihr das auch seht.«

Tilly und Stanni nickten beide langsam.

Durch das Loch in der Luft konnte Stanni etwas erkennen, verschwommen und undeutlich, als wäre wirklich etwas auf der anderen Seite eines Fensters. Konnte das etwa eine Art Portal sein? Er machte einen Schritt vorwärts.

»Nicht näher gehen!«, rief Paule panisch, aber Stanni hob bereits die Hand. Er musste einfach wissen, was auf der anderen Seite war.

Das Portal knisterte und knirschte, ganz wie zerbrochenes Glas, als Stanni näher kam. Dumpfe Musik drang daraus hervor. Er kniff die Augen zusammen, um das Verschwommene im Inneren besser zu erkennen. Es sah aus wie ein Display, Bilder flackerten darüber. War das etwa ... ein Katzenvideo?

Stanni traute seinen Augen nicht. Mit offenem Mund stand er vor dem seltsamen Portal und starrte auf das Video mit den niedlichen Katzen, das über einen schwebenden Bildschirm flimmerte. Die Videoplattform erkannte er sofort, da war er selbst öfters unterwegs.

Dann flackerte das Bild kurz auf und verschwand, wurde sofort ersetzt durch eine andere Website. Diesmal war es ein langer Text mit vielen unterstrichenen Wörtern und einigen Bildern und Grafiken, vermutlich ein Online-Lexikon. Wieder ein Flackern. Der Artikel verschwand und wurde durch die Startseite eines Blogs ersetzt, der viele Screenshots aus Videospielen zeigte. Es flackerte wieder, eine neue Website tauchte auf. Dann noch eine. Im Sekundentakt wechselten die Seiten über den schwebenden Bildschirm. Das musste das Internet sein!

Stanni war vollkommen verwirrt, aber viel Zeit zum Staunen blieb ihm nicht, denn plötzlich knirschte und knackte es besonders laut. Erstaunt stolperte er einige Schritte zurück und sah, wie sich die gesplitterten Ränder des Portals zusammenzogen, bis das Loch und zuletzt auch die kleinen Risse in der Luft verschwanden. Schließlich war es, als wäre dort nie etwas gewesen. Die Fernbedienung in seiner Hand gab keinen Laut mehr von sich.

Stanni drehte sich langsam zu den Zwillingen um, die ihn fragend anschauten. Aber was sollte er ihnen sagen? Er müsste ihnen ja erst mal erklären, was das Internet war! Dass sie selbst nur Simulationen in einer virtuellen Welt waren, die gar nicht wirklich existierte! Er glaubte nicht, dass er ihnen das begreiflich machen könnte. Und selbst wenn sie es verstehen würden – er *wollte* gar nicht, dass sie es wussten. Er wollte nicht, dass sie sich für unecht hielten. Sie waren seine Freunde und in dieser Welt genauso real und aus Fleisch und Blut wie er in seiner.

»Wer auch immer das Buch hat«, sagte Stanni stattdessen, »stellt damit gerade jede Menge Unfug an.«

ZURÜCK IN TRIPPY TOWN

Als sie die Wartungsgänge betraten, musste Stanni feststellen, dass die Erde unter dem Tal Royal durchlöchert war wie ein Schweizer Käse. Es gab weit mehr als den »Wartungsschacht 13«, der sie bei ihrem ersten Abenteuer an die Oberfläche geführt hatte. Was natürlich logisch war, denn nur ein besonders schlechter Architekt würde dem einzigen existierenden Gang die »Nummer 13« geben.

Aber es gab auch weit mehr als dreizehn Gänge insgesamt. Neben den großen Tunneln, die breit genug für die Fahrzeuge der Bautruppler waren, gab es unzählige Seitengänge, die dazu dienten, jederzeit auf schnellste Art und Weise von Los Lamas an die Oberfläche zu gelangen. Der ganze Boden musste von diesen Tunneln durchzogen sein. Auf ihrem Weg kamen Stanni, die Zwillinge und Flux an Dutzenden abzweigenden Schächten vorbei, die sich links und rechts in der Dunkelheit verloren. Manche endeten jedoch auch einfach in der flachen Wand, als wäre es dort früher einmal weitergegangen. Sicherlich hatten sie vor dem Reset zu Bereichen der Map geführt, die es jetzt jedoch nicht mehr gab. Selbst wenn sie also eine Karte dieses unterirdischen Systems gehabt hätten, wären sie damit nicht besonders weit gekommen. Auch der direkte Zugang zum Marktplatz in Trippy Town über den Vorplatz der Pyramide war keine Option. Hier standen ja gerade alle Bewohner und Bautruppler um die Höhlensonne versammelt. Sie wären niemals unbemerkt an ihnen vorbeigekommen, und Sonja hätte sie mit Sicherheit wieder nach Hause geschickt.

Zum Glück hatten sie Flux dabei. Der Würfel war eine kleine Suchmaschine – solange er wusste, wonach er suchen sollte. Verlorene Gegenstände, beschädigte Daten oder eben unbekannte Wege. Sie hatten ihn gebeten, sie unauffällig nach Trippy Town zu bringen. Hier war die Map weitestgehend unverändert, und sie konnten sich besser orientieren. Daher leuchtete er ihnen nun die Richtung, die sie einschlagen mussten.

Normalerweise wäre der Marsch durch die langen, grauen und überaus eintönigen Wartungsgänge zum Einschlafen langweilig gewesen. Der Weg an die Oberfläche war ziemlich weit, besonders dann, wenn man nicht auf dem Beifahrersitz eines Geländewagens saß, sondern die Strecke zu Fuß zurücklegen musste. Aber nach den Ereignissen der letzten Stunden fand Stanni es fast beruhigend, einfach stur dem Gang zu folgen, der kontinuierlich leicht anstieg. Es störte ihn noch nicht mal, dass die meisten der Lampen im Gang ausgefallen waren, und die restlichen flackerten wie in einem schlechten Horrorstreifen. Vor nicht einmal zwei Stunden wäre er fast von einer gigantischen Sonne überrollt worden, dagegen war ein etwas gruseliger Gang ein Kinderspiel. Flux' Licht reichte völlig, um etwas zu erkennen.

Paule schien das anders zu sehen. Er hatte den kleinen Würfel fest an sich gedrückt und schaute sich unentwegt nervös um, spähte in jeden der abzweigenden Gänge, als lauerten dort Monster, und schob immer wieder seine Brille die Nase hoch.

Tilly schien zwar keine Angst vor dem allgemeinen Gruselfaktor der Gänge zu haben, war aber tief in Gedanken versunken – untypisch für das Mädchen. Normalerweise war sie der quirlige, lebhaftere Part der beiden Geschwister und wirkte oft, als könnte ihr nichts etwas anhaben. Aber die Ereignisse der letzten Stunden mussten auch ihr zugesetzt haben, und sicher sorgte sie sich sehr um ihre Eltern. Fast bereute Stanni es jetzt, dass sie nicht mit Tillys Raketengleiter an die Oberfläche gesaust waren. Das panische Gekreische der beiden Jungs hätte sie sicherlich aufgeheitert.

Sollte Stanni etwas Aufmunterndes sagen? Dass alles gut werden würde? Er biss sich nachdenklich auf die Unterlippe. Er war nicht so gut mit Worten, sondern ließ lieber seine Taten sprechen. Sein Avatar Siren hätte jede Menge Emotes für solche Situationen gehabt. Sie konnte auf Knopfdruck heroische Reden schwingen und heldenhafte Posen einnehmen. Im echten Leben war das irgendwie nicht so einfach.

Aber bis vor Kurzem hatte Stanni auch noch gedacht, dass er niemals so etwas Verrücktes schaffen würde, wie an einer Girlande die Länge einer Pyramide hinunterzurutschen oder einer riesigen rollenden Sonne zu entkommen. Er hatte eine ganze Welt gerettet beim letzten Mal, und das nicht als Siren, sondern als er selbst, als Philipp, ein ganz normaler Junge. Eigentlich müsste er also in der Lage sein, anderen Mut zuzusprechen.

Doch selbst wenn ihm eine passende Motivationsrede eingefallen wäre, Stanni kam nicht dazu. Vor ihnen endete der Gang endlich. Aus ihrem kleinen Schacht traten sie hinaus in einen wesentlich größeren Tunnel, den Stanni sofort wiedererkannte. Hinter ihnen schlängelte er sich in die Dunkelheit hinab, und vor ihnen endete er scheinbar direkt in der Höhlendecke. Sie standen unter der Rampe, die nach Trippy Town führte!

»Und jetzt?«, fragte Tilly neben Stanni und sah hinauf zur Rampe.

Paule setzte Flux ab, kramte kurz in seiner Hosentasche herum und zog den Schlüssel seines Vaters hervor, mit dem er schon die Zugangstür zu den Wartungsschächten aufgesperrt hatte.

»Der sollte auch für die Rampe funktionieren«, erklärte er. »Wäre ja sonst ein ziemlich nutzloser Universalschlüssel.«

»Warte noch«, sagte Stanni schnell, zog den Rucksack aus und stellte ihn auf den Boden. »Bevor wir da rausgehen, sollten wir uns ausrüsten.«

Er breitete die Waffen und Munition, die sie in Los Lamas eingepackt hatten, auf dem Boden aus, nahm die Paintball-Flinte und reichte sie Tilly zusammen mit dem Glas Farbkugeln. Dann sah er Paule an.

»Ähm«, machte der Junge verlegen und friemelte an seiner Brille herum. »Ich bin nicht so gut im Kämpfen.«

Stanni hielt ihm trotzdem die Steinschleuder und ein Säckchen Munition hin. »Nur für alle Fälle«, erklärte er. »Damit kannst du auf Abstand bleiben.«

Paule nickte unsicher und nahm die Gegenstände an sich. Er zog probeweise einige Male an dem Gummiband der Steinschleuder, traute sich aber nicht, richtig durchzuladen.

»Komm, ich zeig's dir«, schlug Stanni vor und nahm dem Jungen die Schleuder ab. »Du brauchst einen festen Stand«, machte er vor und zeigte dabei auf seine Füße. »Linker Arm nach vorne, leichte Drehung im Oberkörper ...«

Paule stellte sich neben Stanni und ahmte dessen Bewegungen nach.

»Tilly, Munition bitte!«, wies Stanni an und hielt die rechte Hand auf, in die Tilly eine Farbpatrone legte. »Geschoss in der Lasche platzieren und durch das Gummiband gut festhalten«, fuhr er mit seinem Unterricht fort. »Das Gummi zwischen Daumen und Zeigefinger so weit zurückziehen, wie du kannst, aber die Hand immer seitlich vom Körper halten, sonst haust du dich selbst. Dein Ziel muss sich genau zwischen den beiden Armen der Zwille befinden. Anvisieren und dann loslassen. Verstanden?«

Paule nickte eifrig und streckte seine Hand aus, um es selbst zu probieren. Stanni reichte ihm die Schleuder samt Munition und trat sicherheitshalber einen Schritt zurück. Paule nahm die Position ein, die er gerade bei Stanni gesehen hatte, spannte das Gummi und grinste.

»Gar nicht so schwer!«, freute er sich und zog noch fester. Seine rechte Hand war nun beinahe hinter seinem Ohr, beide Arme zitterten vor Anstrengung.

»Übertreib's lieber nicht«, warnte Stanni. »Wenn du so zitterst, triffst du nur daneb–«

Paule konnte das Gummiband nicht mehr länger halten. Es rutschte ihm aus den Fingern, sauste nach vorn und katapultierte die Farbpatrone auf den Boden – direkt neben den arglosen Flux. Der Würfel riss die Pixelaugen weit auf vor Schreck, begann heftig zu blinken und schaute ungläubig von dem dicken Farbklecks neben sich zu Paule und zurück. Von seiner Seite tropfte es blau.

»Oh nein, Flux, es tut mir so leid!«, rief Paule entsetzt, ließ die Schleuder fallen und lief zu dem Glitch hinüber. »Bist du verletzt?«, fragte er und inspizierte den Würfel, doch bis auf den unfreiwilligen blauen Anstrich ging es Flux zum Glück gut. Er sammelte seine Energie und ließ kleine Stromstöße über die blaue Seite laufen, unter denen die Farbe einfach verdampfte.

»Puh, Mann!«, stieß Tilly erleichtert aus. Nachdem sie gesehen hatte, dass niemandem etwas passiert war, konnte sie sich ihr Lachen kaum verkneifen. »Für den ersten Versuch war das doch gar nicht schlecht. Fast getroffen!«

»Ja, äh, danke, schätze ich.« Paule hob die Schleuder wieder auf und knotete sie zusammen mit dem Säckchen Munition an die Gürtelschlaufen seiner Hose. Anschließend setzte er Flux auf seine Schulter und grinste verlegen. »Verlasst euch besser nicht zu sehr auf mich.«

»Es kann halt nicht jeder so einen guten Aim haben wie ich«, tröstete Stanni den Jungen und wies auf seinen Hockeyschläger, seinen treuen Begleiter aus dem letzten Abenteuer. Er führte ein paar kurze Schläge in der Luft damit aus, dann verstaute er ihn mitsamt Rucksack wieder auf seinem Rücken.

»Okay«, sagte er laut. »Sobald die Rampe sich öffnet, schlüpfen wir so unauffällig wie möglich raus und suchen sofort hinter der nächsten Hauswand Deckung, um die Lage zu checken.«

Die Zwillinge nickten.

FLUX!, machte Flux auf Paules Schulter, die Pixelaugen zu grimmiger Entschlossenheit zusammengekniffen.

»Paule«, sagte Stanni feierlich. »Öffne die Rampe!«

Paule nickte und hielt den Schlüssel in die Höhe. Er richtete ihn auf die Höhlendecke, dorthin, wo die Rampe sich absenken würde, und drückte einen der Knöpfe. Nichts passierte. Er drückte einen anderen Knopf. Die wenigen Lampen, die noch funktionierten, gingen kurz aus, dann wieder an und begannen, in den verschiedensten Regenbogenfarben zu blinken.

»Ups«, machte Paule und starrte auf die vielen Knöpfe auf dem Schlüssel. Er drückte einen anderen. Das Licht wurde wieder normal, dafür begann laute Fahrstuhlmusik aus den Lautsprechern des Tunnels zu trällern.

»Wieso haben sie diesen Knopf überhaupt?«, jammerte Paule und drückte jetzt planlos auf dem Schlüssel herum. Irgendwann hörte die Musik wieder auf, und endlich war ein metallisches Knarzen zu hören, als sich die Rampe über ihnen langsam absenkte.

Sonnenlicht flutete das Innere des Tunnels. Draußen war helllichter Tag. Klar, gerade lief ja auch eine Runde.

Stanni huschte geduckt die Rampe hinauf und winkte dann, damit die anderen ihm folgten. Oben angekommen, rollte er sich wie ein Ninja aus der Öffnung auf den Marktplatz von Trippy Town hinaus und krabbelte dann schnell in Richtung der schützenden Hauswände rings um den Platz. Hinter ihm taten die Zwillinge es ihm gleich, auch wenn es vor allem bei Paule nicht ganz so elegant wirkte. Und das lag nicht nur an dem gut sichtbaren, lila leuchtenden Würfel auf seiner Schulter. Trotzdem machten sie einen ganz passablen Geheimagenten-Eindruck, fand Stanni.

Im Schutz des ersten Hauses hielten sie inne. Tilly und Paule standen aufrecht an die Mauer gepresst, Stanni hockte im Schatten, um noch gut um die Ecke sehen zu können. Hinter ihnen schloss sich die Rampe mit einem lauten Zischen und einem anschließenden *RUMMS*.

Stanni hielt die Luft an und horchte. Wenn – wie durch ein Wunder! – keiner der Spieler die Rampe gesehen hatte, würden sie spätestens bei dem Geräusch neugierig werden. Trippy Town war der Mittelpunkt der Map, und hier gab es das meiste Loot, daher trieben sich immer besonders viele Gegner hier herum.

Aber nichts passierte. Keine Schritte von heranlaufenden Spielern waren zu hören, keine Schüsse aus einem Scharfschützengewehr zischten über sie hinweg.

Langsam schob Stanni den Kopf weiter um die Ecke und betrachtete den Marktplatz. Es herrschte gähnende Leere. Nur ein einsamer Ball losen Gestrüpps rollte träge wie in einem Western-Film vorbei. Der einzige Spieler, den Stanni sah, war ein No-Skin, der offenbar AFK neben der Statue von Bürgermeister Trippington tanzte.

Langsam stand Stanni auf und verließ seine Deckung. So leer hatte er Trippy Town während einer laufenden Runde noch nie gesehen. Kein Wunder, dass in Los Lamas kaum noch Energie ankam.

»Krass«, murmelte er und drehte sich zu den Zwillingen um, die noch immer die Luft anhielten. »Ihr könnt kommen. Hier ist absolut niemand.«

Die beiden Geschwister pirschten sich zögerlich vor.

»Eigentlich müsste ich es schrecklich finden, dass hier niemand ist«, seufzte Paule und klopfte auf die Schleuder an seinem Gürtel. »Aber gerade bin ich ganz froh, dass wir uns den Weg nicht freikämpfen müssen.«

Auch Stanni war insgeheim erleichtert. Ohne Spieler hatten sie zumindest ein Problem weniger. Fürs Erste.

»Also gut«, sagte Tilly, während sie sich misstrauisch umsah, als erwartete sie doch noch einen Hinterhalt. »Wo müssen wir lang?«

Eine Karte hatten sie natürlich nicht, aber Stanni kannte das Tal in- und auswendig, Reset hin oder her.

»Trippy Town liegt in der Mitte des Tals«, erklärte er und rief sich die alte Map aus den Anfangszeiten des Spiels ins Gedächtnis. »Die Berge der Arctic Alps sind im Norden. Das Meer ist im Süden, und der Hafen ...« Er ging im Kopf die Eselsbrücke durch, die er mal in der Schule gelernt hatte. *Nie Ohne Seife Waschen.* »... der Hafen müsste im Südosten sein!«

»Ist es sehr weit bis dorthin?«, fragte Paule und schüttelte seinen einen Fuß, der offenbar vom langen Marsch durch den Wartungsgang schmerzte.

»Wir könnten natürlich den Gleiter ...«, begann Tilly.

»NEIN«, kam es sofort von den Jungs zurück.

Tilly hob abwehrend die Hände. »War nur eine Idee.«

Gestern Abend noch hatten Stanni und Max sich über Finn lustig gemacht, weil er versehentlich in Trippy Town gelandet war und den ganzen Weg nach Bouncy Beach zu Fuß hatte laufen müssen. Jetzt fand er das gar nicht mehr so witzig.

Stanni drehte sich einmal im Kreis, um sich zu orientieren. »Weiß jemand, wo Südosten ist?«, fragte er und kratzte sich verlegen am Kopf.

Tilly grinste. »Moment!«, sagte sie und trat hinter Stanni, um in dem Rucksack zu wühlen, den er trug. Schließlich zog sie einen kleinen, rund-

lichen Gegenstand hervor, den sie den Jungs triumphierend präsentierte.
»Wusste doch, dass es sich lohnt, einen Kompass einzupacken.«

»Du denkst wirklich an alles!«, lachte Stanni voller Bewunderung. Der Kompass sah aus, als hätte Tilly auch ihn aus allerlei Restmetall selbst gebaut, aber er schien tadellos zu funktionieren. Die Nadel hinter der Glasscheibe im Inneren drehte sich immerzu zitternd gen Norden, egal wie man das Ding hielt.

»Wenn wir nach Südosten wollen«, erklärte Tilly, »müssen wir einfach immer etwas links von der entgegengesetzten Richtung gehen, in die die Nadel zeigt.«

Gegen diese Logik hatte niemand etwas einzuwenden, und so marschierten sie los. Es war verrückt, wieder als Stanni in dieser Welt herumzulaufen. Es fühlte sich anders an als in Los Lamas. Der unterirdische Ort war noch immer neu und ungewohnt für ihn, so als besuchte er eine fremde Stadt. Hier oben aber war es fast so, als käme Stanni nach Hause. Auch wenn seine Erinnerungen an die alte Map erst nach und nach zurückkamen, kannte er prinzipiell jede Hausecke, jeden Strauch und jedes Geheimversteck im Tal Royal.

Na ja, fast jedes Geheimversteck. Dass die Jacht am Hafen von Bouncy Beach etwas zu verbergen hatte, wusste Stanni erst seit Kurzem. Ein bisschen aufregend fand er den Gedanken schon, bald einen Teil der Map zu sehen, den vorher noch kein anderer Spieler zu Gesicht bekommen hatte. Aber wichtiger war, dass sie dort Herrn Lama und das Buch fanden. Und dass sie denjenigen aufhalten würden, der es missbrauchte, um das Spiel nach seinen seltsamen Vorstellungen zu verändern und dabei irgendwelche Risse ins Netz zu öffnen.

Als hätte dieser geheimnisvolle Gegner Stannis Gedanken gehört, ertönte wie aus dem Nichts wieder das durchdringende, laute *DINGDONG*. Hier an der Oberfläche hallte es zum Glück nicht vielfach wider, aber woher das Geräusch genau kam, ließ sich trotzdem nicht sagen. Zumindest konnte Stanni nirgendwo Lautsprecher erkennen.

»Liebe Spielerinnen und Spieler«, dröhnte die blecherne Computerstimme von überall und nirgendwo her. Beim letzten Mal hatte sie übertrieben freundlich geklungen, jetzt wirkte sie wesentlich kühler. »Wie schade! Ihr verbringt noch immer nicht genug Zeit im Tal Royal. Gefallen euch unsere Neuerungen nicht? Wir haben noch mehr auf Lager!«

Stanni sah unschlüssig zu den Zwillingen, die gemeinsam mit ihm stehen geblieben waren und nun verwirrt in den Himmel schauten, als käme die Stimme von dort.

»Wir haben analysiert, was euch an anderen Spielen gefällt«, fuhr die Stimme nun fort, »und wollen euch auch hier nur das Beste vom Besten bieten. So wird es nie langweilig! Tal Royal - bleibt doch ein Weilchen länger!«

Damit verklang die Stimme, und Stille kehrte wieder ein.

Stanni runzelte die Stirn. »Habt ihr das kapiert?«

Tilly zuckte mit den Schultern. »Keine Langeweile? Klingt eigentlich ganz cool«, gab sie zu.

»Und wie cool findest du das da?!«, warf Paule ein und zeigte hinauf in den Himmel. In einiger Entfernung bildete sich gerade mit leisem Knistern und Knacken ein Riss in der Luft, genau so einer, wie sie ihn unten in Los Lamas gesehen hatten. Und passenderweise begann Frau Puhmanns Stanni-Aufspürgerät in Stannis Hosentasche wieder zu bimmeln. Ein neues Portal!

»Ganz und gar nicht cool«, antwortete Tilly und verzog das Gesicht.

Mittlerweile hatten sich weitere Risse gebildet, die sich sternförmig von einem Mittelpunkt nach außen hin verästelten. Es klirrte und knackte laut, als zersplitterte eine gigantische Fensterscheibe, dann tat sich ein dunkles Loch über ihnen auf.

Stanni schirmte seine Augen gegen das Sonnenlicht ab, um besser sehen zu können. Aus dem Portal fiel etwas heraus, ein großer, massiver Gegenstand. Dann ein weiterer. Und noch einer! Sie rasten in einem Wahnsinnstempo auf den Boden zu.

»Soll das ein Scherz sein?«, keuchte er erstaunt, als er erkannte, was da vom Himmel fiel. Aus dem Portal über ihnen regnete es Autos! Waschechte Traumkarren, deren Luxuslackierungen und verchromte Felgen das Sonnenlicht reflektierten. Die Luft zischte und pfiff an ihnen vorbei, während sie unaufhaltsam auf die Erde zustürzten. Es war ein absolut absurder Anblick.

Ein Anblick, den sie nicht lange genießen konnten, denn jetzt wurde klar, dass ihre kleine Gruppe nah genug unter dem Riss stand, um beim Aufprall der Autos von herumfliegenden Einzelteilen getroffen zu werden.

»Äh, Stanni …?«, sagte Tilly zögerlich und zupfte an seinem Ärmel, ohne den Blick von den fallenden Autos zu lösen. »Wir sollten hier weg. Ganz schnell.«

Stanni schluckte schwer, riss dann endlich den Blick von dem ungewöhnlichen Regenschauer und sah sich rasch nach einem Ort um, an dem sie Schutz suchen konnten. Sie hatten gerade erst den Stadtrand von Trippy Town erreicht, wo nur noch vereinzelt Häuser standen. Vor dem Reset waren sie begehbar gewesen und hatten jede Menge Loot verborgen, jetzt aber waren die meisten Eingangstüren mit Brettern vernagelt.

»Hier entlang!«, rief Stanni und zeigte auf ein Gebäude mit einer überdachten Terrasse. Die Holzkonstruktion wirkte, als hielte sie einiges aus. Sicherlich kein abstürzendes Auto, aber immerhin umherfliegende Reifen.

Die Freunde sprinteten zur Terrasse. Der Lärm um sie herum war ohrenbetäubend. Die Autos schlugen ein wie Meteoriten, eines nach dem anderen, in all ihrer Pracht. Sie wirbelten ordentlich Staub auf, der bald alles um sie herum einhüllte. Es brach Stanni das Herz, mit anhören zu müssen, wie die wunderschönen Karren zerschellten. Es war zum Heulen. Die Zwillinge hielten sich die Ohren zu und starrten mit einer Mischung aus Entsetzen und Faszination auf den ungewöhnlichen Schauer außerhalb ihres Verstecks.

Es dauerte keine Minute, da war das Spektakel auch schon wieder vorbei. Das Portal, durch das die Autos gefallen waren, schloss sich klirrend. Es hatte seinen Zweck offenbar erfüllt. Stanni atmete durch.

Tilly neben ihm nahm die Hände von den Ohren. »Was war das denn bitte?«, fragte sie verwirrt.

»Das«, antworte Stanni tonlos, »war eine Tragödie.«

Damit meinte er natürlich all die tollen Autos, die nun vermutlich Schrott waren. Er hatte viele der Fahrzeuge sofort erkannt. Modelle und Typen, die es im wahren Leben gar nicht gab, zumindest nicht so. Das waren Karren aus einem Spiel, das Stanni fast genauso gern spielte wie Tal Royal. Er hatte immer davon geträumt, mal im echten Leben hinter dem

Steuer eines solchen Flitzers zu sitzen. Vielleicht sogar irgendwann mal einen eigenen zu kaufen. Von einem davon erschlagen zu werden, stand allerdings nicht auf seiner Liste. Aber hier in diesem Spiel hatten sie ohnehin nichts zu suchen. So schamlos bei anderen Games zu klauen wäre den Machern vom Tal Royal nie eingefallen. Das musste einfach das Werk des mysteriösen Bösewichts sein. Was genau er damit bezweckte, war Stanni allerdings nicht klar.

Der Staub um sie herum legte sich langsam. Stanni hatte echt keine Lust mehr auf all den Dreck. Bei seiner Aktion mit der Riesensonne hatte er auch einiges davon geschluckt, er konnte gern auf mehr verzichten. Es knirschte schon zwischen seinen Zähnen.

»Wow«, sagte Paule neben ihm und hob eine Hand. »Schaut mal!«

Stanni, der sich gerade das staubige Gesicht mit dem Ärmel seines Shirts abwischte, spähte unter dem Vordach ihres Verstecks hervor. Und da stand er, in all seiner Pracht: sein Traumwagen. Er konnte es nicht fassen. Das Auto hatte tatsächlich unbeschadet überlebt, lediglich etwas aufgewirbelter Dreck und Sand bedeckten den matten Lack.

»Krasser Wagen«, hauchte Stanni ehrfürchtig und trat von der Terrasse herunter. Der Flitzer war flach und stromlinienförmig, der mattgelbe Lack ein herrlicher Kontrast zu den schwarz glänzenden Felgen und Heckspoilern. Das Ding lag wie ein Blitz auf der Straße, das wusste Stanni, immerhin hatte er ihn auf der Konsole schon Hunderte Male gefahren, kannte das Handling wie im Schlaf. Er wusste, wie man damit die Kurve nahm und wann man den Booster zuschaltete, um die maximale Geschwindigkeit rauszuholen. Er seufzte verträumt.

Die Zwillinge gingen derweil um das Auto herum und beäugten es misstrauisch. Tilly trat unsicher gegen die Reifen, wohl um zu testen, ob noch genügend Luft in ihnen war, während Paule sich hinkniete und versuchte, die Unterseite des Wagens zu checken.

»Da muss doch was kaputt sein, der setzt schon fast auf dem Boden auf«, bemerkte er.

»Nein, nein«, meinte Stanni grinsend. »Das ist Absicht. So kriegt man die Kurven besser.«

»Scheint mir unpraktisch«, murmelte Paule.

Ein Geländewagen war das nicht, klar. So ein Zweisitzer war für die Rennstrecke oder eine freie Autobahn gebaut, nicht unbedingt für Waldwege oder den Vorgarten eines Hauses in Trippy Town.

Flux war mittlerweile auf den schicken Ledersitz des Autos gehüpft und sabberte ihn voll.

»He!« Stanni verzog angewidert das Gesicht und versuchte, den kleinen Würfel zu packen.

FLUX! HICKS!, machte der vor Schreck, und einige kleine lila Blitze schossen aus ihm heraus und direkt in die Armatur des Autos. Mit einem lauten Brummen sprang der Motor des Wagens an und schnurrte dann wie ein Tiger. Der Sound war Musik in Stannis Ohren.

»Alles klar«, sagte er, grinste breit und kletterte in den Fahrersitz. »Alle einsteigen!«

Tilly warf ihm einen fragenden Blick durch die Windschutzscheibe hindurch zu. »Bist du sicher, dass du das Ding fahren kannst?«

Stanni verzog beleidigt das Gesicht. »Klar!«, sagte er und klopfte aufmunternd auf den Beifahrersitz. Wie kompliziert konnte das schon sein? Er musste ja nicht wissen, wo Blinker und Scheibenwischer waren, sondern nur das Gaspedal finden und am Lenkrad drehen.

Die Zwillinge sahen wenig überzeugt aus, als sie sich neben ihn auf den Beifahrersitz quetschten. Da es keine Rücksitze gab, mussten sie sich den Platz leider teilen.

»Tilly, dein Ellbogen!«, maulte Paule und schob den Arm seiner Schwester beiseite, der ihm spitz in die Seite stach.

»Besser, als zu Fuß zu gehen«, sagte Tilly mit einem Schulterzucken, das etwas merkwürdig aussah, weil ihr Bruder halb über ihrem Schoß hing und sie nur einen Arm wirklich bewegen konnte.

»Anschnallen, bitte!«, sagte Stanni und rückte seinen Sitz nach vorne, sodass er mit beiden Füßen an die Pedale kam. Er fühlte den Wagen unter sich vibrieren, hörte das Röhren des Auspuffs, konnte es kaum erwarten, den Rausch der Geschwindigkeit zu spüren.

Er packte das Lenkrad fest mit beiden Händen, drückte das Gaspedal durch und … der Wagen machte einen heftigen Satz nach hinten und prallte scheppernd gegen einen Baum.

Tja. Offenbar übertrugen sich Stannis Fahr-Skills aus dem einen Spiel nicht zwangsläufig auf ein anderes.

»Sorry«, sagte er peinlich berührt und schielte zu den Zwillingen rüber, die mürrisch zurückstarrten. Flux hickste und fluxte erschrocken im Fußraum, in den er beim Aufprall gekullert war.

»Sag mal, hast du überhaupt einen Führerschein?«, fragte Tilly vorwurfsvoll.

»Ähm.« Stanni räusperte sich und tippte nervös mit den Fingern auf das Lenkrad. »Nicht so ganz.«

Das Mädchen seufzte. »Raus aus dem Fahrersitz«, befahl sie.

»Wollt ihr also doch lieber zu Fuß gehen?«, fragte Stanni gekränkt.

»Ich kann fahren«, bemerkte Paule kleinlaut und öffnete die Türe. »Papa lässt mich manchmal ans Steuer vom Goodie-Transporter.«

Stanni konnte sich Paule im Leben nicht hinter dem Lenkrad eines solchen Sportwagens vorstellen, glaubte aber auch nicht daran, dass Tilly ihn einen zweiten Versuch starten lassen würde. Grummelnd stieg er aus, während die Zwillinge eher aus dem Auto purzelten. Stanni betrachtete den Schaden an der Rückseite des Autos, wo es gegen den Baum geprallt war. Ein Rücklicht war zerbrochen, und der Auspuff hing schief. Er seufzte.

»Sorry, Auto«, sagte er und strich dem Wagen über die mattgelbe Lackierung.

Paule war mittlerweile hinters Steuer geklettert. Er war deutlich kleiner als Stanni und musste den Sitz so weit nach vorne rücken, dass seine Brust schon gegen das Lenkrad stieß. Darüber hinweggucken konnte er kaum. Als sich Stanni und Tilly neben ihm auf den Beifahrersitz quetschten und anschnallten, kontrollierte er gerade alle Seiten- und Rückspiegel.

Wie so ein Fahrschüler, dachte Stanni.

»Dann wollen wir mal«, sagte Paule mit überaus wenig Selbstbewusstsein in der Stimme, machte einen Schulterblick und setzte tatsächlich den Blinker. Als ob sie hier mit viel Gegenverkehr zu rechnen hätten! Langsam, sehr langsam, bewegte sich der Wagen nach vorne.

Er wurde auch nicht schneller, als sie ein Stück weit gefahren waren. Paule blieb allen Ernstes durchgehend im Standgas! Stanni konnte es nicht glauben. Der kleine Junge klemmte wie eine kurzsichtige Oma hinter dem Steuer und tuckerte mit Schrittgeschwindigkeit über die grüne Wiese. Jedem Steinchen und jedem Ast wich er pflichtbewusst aus, auch wenn das bedeutete, dass er meterweit drum herumfahren musste.

Stanni vergrub das Gesicht in den Händen und schüttelte ungläubig den Kopf. Er hatte nicht einmal gewusst, dass ein solcher Sportwagen überhaupt in der Lage war, so langsam zu fahren. Da wären sie ja zu Fuß doch noch besser vorangekommen!

Aber es half nichts. Paule blieb eisern bei seinen zehn Stundenkilometern. Und so machten sie sich auf den Weg zum Bouncy Beach. Kein röhrender Auspuff, kein Rausch der Geschwindigkeit. Das konnte eine lange Reise werden.

DIE GEHEIMAGENTEN

Die Landschaft zog langsam am Fenster des Sportwagens vorbei. Müde blinzelte Stanni nach draußen. Das sanfte Brummen des Motors und die übervorsichtige Fahrweise von Paule machten es schwer, die Augen aufzuhalten. Immer wieder nickte Stanni kurz weg und wachte nur wieder auf, weil sein Kopf gegen die Fensterscheibe rutschte.

Tilly saß neben ihm auf den Sitz gequetscht und hatte den Rucksack, den Stanni bisher getragen hatte, auf dem Schoß. Sie umschloss ihn mit beiden Armen, hatte ihren Kopf darauf abgelegt und schien zu dösen.

Auch Flux hatte die Müdigkeit überkommen. Er schlummerte auf dem Armaturenbrett, wo er in den Kurven langsam mal nach links oder rechts rutschte.

Seine erste Fahrt in einem echten Luxuswagen wie diesem hatte sich Stanni irgendwie aufregender vorgestellt ...

»Leute, aufwachen!«, rief Paule und trat plötzlich heftig die Bremse durch. Ein Ruck ging durch den Wagen, der alle in ihre Anschnallgurte presste. Flux purzelte gegen die Windschutzscheibe.

Stanni blinzelte irritiert und wischte sich einen Speichelfaden aus dem Mundwinkel. Peinlich. War er etwa richtig eingeschlafen?

»Was'n los?«, murmelte Tilly neben ihm benommen. Sie hatte einen Abdruck vom Rucksack im Gesicht.

Paule lehnte sich mit Mühe über das Lenkrad. »Ich kann das Meer sehen!«, sagte er aufgeregt.

Stanni blickte nach draußen. Sie waren auf einer leichten Anhöhe zum Stehen gekommen und hatten einen fantastischen Ausblick. Die Sonne stand noch immer hoch am Himmel, und da, unter ihnen, wurde sie von der glitzernden Oberfläche des Ozeans reflektiert. Weißer Sandstrand zog sich wie ein Band in beide Richtungen am Wasser entlang und mittig, ziemlich genau vor ihnen den Hügel hinab, lag der Bouncy Beach.

»Perfekt navigiert!«, stellte Tilly fest und knuffte ihren Bruder anerkennend in die Seite.

Paule lächelte verlegen und ließ sich wieder in den Sitz zurückfallen.

»Und wohin jetzt? Wo ist die Jacht?«

Stanni kniff die Augen gegen das Sonnenlicht zusammen und starrte hinab zum Meer. Das Fischerdorf in den Dünen gab es immer noch. Ebenso den Hafen dahinter und die vielen Strandliegen und Sonnenschirme, die wie bunte Farbtupfer im weißen Sand schimmerten. Seltsam, das alles jetzt so idyllisch im Sonnenschein liegen zu sehen, wo hier doch am Tag zuvor noch ein gigantischer Strudel gewütet hatte.

Stanni zeigte in die ungefähre Richtung des Hafens. »Wir müssen durch das Dorf zum Anlegesteg am Hafen. Die Jacht liegt kurz davor vor Anker.«

Paule nickte und gab langsam Gas. Gemütlich rollten sie die Anhöhe hinab Richtung Fischerdorf.

Um wieder richtig wach zu werden, ließ Stanni die Fensterscheiben runter. Angenehm kühler, frischer Wind blies ins Innere des Autos und brachte salzige Seeluft mit sich. Gestern noch hatte er am virtuellen Strand gestanden und davon geträumt, das Salz schmecken zu können, und heute schon war sein Wunsch in Erfüllung gegangen – wenn auch nicht gerade so, wie er sich das vorgestellt hatte. In Zukunft sollte er vielleicht besser darauf achten, was er sich wünschte.

Als sie die ersten Fischerhütten erreichten, wurde Paule, auch wenn es kaum möglich schien, noch etwas langsamer. Spielende Kinder oder Fußgänger, die plötzlich vor den Wagen sprangen, hatten sie hier wohl kaum zu erwarten. Und selbst wenn es ein paar Spieler hierher verschlagen haben sollte, bei dem Tempo, das Paule draufhatte, könnten sie rückwärts mit Krückstock noch aus dem Weg humpeln.

Aber wie erwartet herrschte gähnende Leere. Kein Vergleich zum Andrang beim gestrigen Event, als auf jedem Hüttendach mindestens ein Spieler gesessen hatte. Stanni schauderte kurz, als er wieder an den gigantischen Strudel dachte. Er hoffte inständig, dass er dem nicht noch mal begegnen würde, vor allem jetzt, wo er nicht mehr einfach offline gehen konnte, ehe er verschlungen wurde.

Am Ende der Straße tauchte ein breites Gebäude auf, das nicht so recht zum Rest des Dorfes passen wollte. Im Gegensatz zu den hölzernen Hütten, von denen einige sogar auf Stelzen standen, war das hier wie eine Art befestigtes Fort, fast eine Burg. Es hatte auch einen hohen, schmalen Turm, in dessen Spitze sich hinter großen Glasscheiben eine gleißend helle Laterne fortwährend drehte.

»Was ist das für ein Gebäude?«, fragte Tilly neugierig und lehnte sich nach vorne, um besser sehen zu können. Auch Flux würfelte auf dem Armaturenbrett hin und her, presste sein Pixelgesicht gegen das Glas und hinterließ lila Sabberschlieren.

»Das sind das alte Hafenlager und der Leuchtturm. Hab ganz vergessen, dass es die mal gab«, murmelte Stanni.

Das Lager mit dem angrenzenden Turm existierte in der aktuellen Version von Tal Royal eigentlich gar nicht mehr. Beides war schon vor einigen Seasons abgeschafft worden, weil sich immer wieder Spieler mit Scharfschützengewehren dort oben verschanzt hatten und kaum zu besiegen gewesen waren. Lager und Leuchtturm waren leicht zu verteidigen, aber irre schwer einzunehmen, und das hatte bei vielen Spielern für Frust gesorgt. Daher war nur der Hafen selbst geblieben.

Jetzt, nach dem großen Reset, waren die alten Gebäude natürlich wieder da. Gut, dass gerade keine Spieler unterwegs waren, die das ausnutzen ko–

PLATSCH!

Noch ehe Stanni den Gedanken zu Ende formuliert hatte, zerplatzte eine rote Paintballkugel auf der Windschutzscheibe des Autos.

FLUX?, machte Flux nervös. Alle starrten erschrocken auf die Farbe, die langsam über das Glas lief. Dann klatschte die nächste Kugel gegen den Wagen, diesmal eine blaue, direkt auf den Lack der Motorhaube.

»Hey!«, rief Stanni empört. »Irgendein Paulberger schießt auf uns!«

»Leg den Rückwärtsgang ein und raus hier, Paule!«, presste Tilly zwischen zusammengebissenen Zähnen hervor. Flux war indessen vom Armaturenbrett heruntergepurzelt und verkroch sich unter dem Beifahrersitz.

Vor ihnen tauchten drei Gestalten auf, eine von ihnen lud gerade ein Gewehr durch. Waren sie etwa in einen Hinterhalt von Spielern geraten?

Während Paule schleichend langsam rückwärtsfuhr, kniff Stanni die Augen zusammen, um die Personen besser erkennen zu können.

Es waren zwei Männer und eine Frau. Der erste trug einen locker sitzenden schwarzen Anzug, die goldene Uhr am Handgelenk erkannte Stanni nur, weil die Sonne sie aufblitzen ließ. Der zweite hatte einen grauen Rollkragenpullover an und ein Waffenholster um die Schulter geschlungen. Die Frau, die jetzt das Scharfschützengewehr wieder auf sie richtete, war in einen langen braunen Mantel gekleidet und sah damit aus wie eine Ermittlerin aus einer klassischen Detektiv-Story.

Moment mal. Das waren keine Spieler! Stanni wusste ganz genau, wen er da vor sich hatte!

»Paule, gib Gas! Das sind Geheimagenten!«, rief er laut.

Eine dritte Kugel traf das Auto und zerplatzte geräuschvoll an der rechten Seite der Windschutzscheibe.

»Argh!«, machte Paule panisch, drückte aber endlich das Gaspedal durch. Der Motor heulte auf, die Reifen drehten auf dem sandigen Untergrund kurz durch, dann schossen sie rückwärts die Straße entlang. Die drei Geheimagenten wurden immer kleiner.

Als sie den Rand des Fischerdorfs erreicht hatten, lenkte Paule den Wagen hinter eine der Hütten und schaltete den Motor aus. Alle hielten die Luft an und horchten, aber es war weder das Geräusch von anderen Fahrzeugen noch das Klatschen von Farbmunition zu hören. Offenbar waren die Agenten nicht daran interessiert, sie zu verfolgen, sondern verteidigten nur ihr Territorium.

Tilly löste ihren Anschnallgurt. Stanni öffnete die Beifahrertür, und gemeinsam mit Flux, der wieder aus seinem Versteck unter dem Sitz hervorgekommen war, purzelten sie auf den sandigen Boden.

»Was waren das denn bitte für Typen?«, fragte Tilly, während sie sich aufrappelte.

Stanni allerdings war zu abgelenkt, um zu antworten. Missmutig betrachtete er die hässlichen Farbkleckse auf seinem Traumauto.

»So eine Schweinerei«, murmelte er.

»Das geht bestimmt wieder weg«, sagte Paule, der auf wackligen Beinen vom Fahrersitz kletterte.

Stanni starrte auf die langsam trocknende Farbe. Es gab jetzt wirklich Wichtigeres zu tun, aber bei so was sah er absolut rot. Das machte man einfach nicht! Er seufzte, löste dann aber endlich den Blick vom Auto.

»Das waren Geheimagenten«, erklärte er den Zwillingen.

»So was wie Spione?«, fragte Tilly und reichte ihm den Rucksack, den sie während der Fahrt gehalten hatte.

Stanni nickte und zog ihn sich über. »Ein früheres Feature im Spiel. Eigentlich eine lustige Mission, man musste die Gebäude, die sie bewachen, einnehmen und konnte Bosse für besseres Loot besiegen.«

»Und der Reset hat sie zurückgebracht?«, vermutete Paule, der Flux aufgehoben hatte und nun über den Kopf des Würfels strich.

»Scheint so«, antwortete Stanni. »Offenbar ist das Hafenlager ihre aktuelle Base, die sie beschützen müssen.«

Tilly seufzte. »Wir müssen an ihnen vorbei, wenn wir zur Anlegestelle wollen.«

Stanni nickte nachdenklich und verschränkte die Arme. Das Event mit den Geheimagenten hatte er selbst miterlebt. Gemeinsam mit Max hatte er einige Stützpunkte der Agenten eingenommen. Aber einfach war das nicht gewesen. Die Macher des Spiels hatten den Spionen richtig guten Aim und krasse Ausrüstung gegeben, damit es auch wirklich eine Herausforderung war. Mit einem Hockeyschläger, einer Steinschleuder und einem Glas voll Farbmunition würden sie nicht weit kommen.

Andererseits: Sie mussten das Lager ja gar nicht einnehmen. Sie mussten lediglich an ihm vorbeischleichen.

Motiviert klatschte Stanni in die Hände. »Aufgepasst, ich habe einen Plan«, verkündete er.

Die Geschwister und Flux schauten ihn erwartungsvoll an.

»Man sagt ja, Angriff sei die beste Verteidigung«, setzte Stanni in bester Schlachtenrede-Manier an.

Paule schluckte und griff schon nervös nach der Schleuder. Tillys Blick wanderte zu dem Rucksack auf Stannis Rücken, in dem ihre Flinte schlummerte.

»Aber manchmal«, fuhr Stanni fort, »ist die beste Verteidigung, nicht gesehen zu werden!«

Paule atmete auf. »Also ein Ninja-Move?«, fragte er hoffnungsvoll.

»Ein Ninja-Move«, bestätigte Stanni. »Wir schleichen uns ran, checken die Lage und schlüpfen dann zum Hafen durch. Die werden nicht mal wissen, dass wir da wa–«

Stannis Hosentasche piepste. Drei menschliche Augenpaare und ein pixeliges richteten sich ruckartig auf den Ursprung des Geräuschs. Frau Puhmanns Fernbedienung schlug wieder Alarm.

»Mist!«, fluchte Tilly. »Noch mehr Autos?«

Stanni zog das Gerät hervor und drehte sich testweise im Kreis, um den Ursprung des Signals aufzufangen. Zeigte die Antenne ins Landesinnere, wurde das Piepsen etwas leiser, in Richtung Meer wurde es lauter.

»So ein Autoregen wäre eine prima Ablenkung«, murmelte er und machte ein paar Schritte auf den Strand zu. Das Signal wurde eindeutig stärker.

»Bleib lieber hier«, flüsterte Paule und sah sich unbehaglich um. »Wenn die Agenten dich sehen ...!«

Doch Stanni musste gar nicht weitergehen. Mit einem Mal ertönte das Piepsen so schnell hintereinander, dass fast schon ein durchgängiger Ton entstand. Keine Sekunde später knisterte es bereits in der Luft vor ihm. Erste Risse erschienen, dann brach mit einem knirschenden Knacken die Realität in kleine Scherben. Gebannt schaute Stanni zu, wie sich das Portal direkt vor seinen Augen bildete. Es war ziemlich gruselig, aber irgendwie auch faszinierend ...

»Stanni!«

Tillys mahnender Ruf holte ihn wieder ins Hier und Jetzt zurück. Er hatte gar nicht bemerkt, dass seine Finger wie von selbst zum Riss gewandert waren und ihn nun beinahe berührten. Ein Kribbeln wie von schwacher elektrischer Ladung tanzte über seinen Arm. Er schüttelte sich und ließ die Hand wieder sinken. Zu dritt standen sie staunend da und sahen dabei zu, wie in dem kleinen Fenster zu einer anderen Welt ein Ritter in dunkler Rüstung ein riesiges Monster bekämpfte. Sogar Flux war hinter ihnen hergewürfelt und verfolgte das Schauspiel gespannt.

»Wer ist das?«, fragte Paule wie hypnotisiert.

Stanni kannte die Antwort. Sie sahen ein anderes Videospiel. Ein ziemlich schwieriges Videospiel, um genau zu sein. Die Gegner waren fast unmöglich zu besiegen, man musste ständig von vorne anfangen und es mit einer neuen Strategie versuchen. Wenn man einen Boss bezwungen hatte, wartete gleich der nächste. Doch es war nicht der richtige Moment, um den beiden das zu erklären. Deswegen zuckte er nur mit den Schultern.

»Wir sollten besser hier weg«, schlug Tilly vor. »Das Piepsen lockt nur die Agenten an.«

Damit hatte sie recht. Sie mussten sich vom Portal entfernen, damit das Signal wieder Ruhe gab.

»Also zurück zum Ninja-Plan?«, fragte Stanni. Er rechnete nicht mehr damit, dass Autos vom Himmel fallen und so für Verwirrung sorgen würden.

Die Zwillinge nickten langsam. Es war kein besonders guter Plan, aber für einen besseren reichte es nicht. Im Kampf hatten sie keine Chance gegen die Agenten.

»Was machen wir mit dem Wagen?«, fragte Paule, als sie gerade losgehen wollten.

»Wir lassen ihn hier«, sagte Stanni nach kurzem Überlegen. »Falls unser Ninja-Move wider Erwarten schiefgehen sollte, wird das unser Fluchtfahrzeug.«

Zwischen den Fischerhütten hindurch ging es in Richtung Hafenlager. Stanni und die Zwillinge drückten sich eng an die Hauswände und in die Schatten der Gebäude. Sie duckten sich hinter Mauern und robbten über den sandigen Boden, immer mit Blick hinauf zum Leuchtturm, der bedrohlich über dem Dorf aufragte. Stanni hoffte, dass kein Agent dort oben hockte und sie zwischen den Hütten umherhuschen sah. Doch sie erreichten den Vorplatz zum Lager, ohne einen Alarm auszulösen.

Hinter einer Hüttenecke versteckt, spähten sie zu dem großen Gebäude hinüber. Von hier sah es noch bedrohlicher aus, grau und kastenförmig mit wenigen Fenstern. Ein schweres Eisentor bildete den einzigen Eingang. Da kam trotz Sandstrand nicht gerade Urlaubsfeeling auf. Kein Wunder, dass es diesen hässlichen Klotz in der aktuellen Version vom Tal Royal nicht mehr gab.

»Ich sehe niemanden«, flüsterte Tilly. »Ihr vielleicht?«

Auch die anderen beiden konnten niemanden entdecken und schüttelten die Köpfe. Offenbar waren die Agenten wieder ins Innere des Gebäudes verschwunden. Der kleine Vorplatz war leer, der Weg schien frei. Direkt rechts neben der Außenmauer konnte Stanni eine schmale Treppe sehen, da musste es hinunter zum Hafen gehen. Er konnte das Salz des Ozeans schon riechen, die Wellen schon fast hören. Ihr Ziel schien zum Greifen nahe. Aber war es wirklich so einfach?

»Wenn wir über den Platz rennen, sehen sie uns bestimmt von drinnen«, überlegte Stanni laut und schaute um die Ecke auf den sonnenbeschienenen Vorplatz.

»Also bleiben wir einfach weiter in den Schatten der Hütten«, schlug Tilly vor.

»Bis wir zu der Treppe dahinten kommen«, sagte Paule.

»Guter Plan«, bemerkte eine vierte Stimme hinter ihnen.

»Danke«, antworteten Stanni und die Zwillinge gleichzeitig. Dann hielten sie inne. Und drehten sich langsam um.

Hinter ihnen lehnte der Geheimagent mit dem schwarzen Anzug und der goldenen Rolex am Handgelenk lässig an der Hauswand. Er rückte gerade die Krawatte um seinen Hals zurecht.

»Ähm«, machte Stanni. »Wir kommen in Frieden?«

Der Agent lachte. »Klar«, sagte er, dann zog er aus der Innenseite seines Anzugs eine Waffe, die definitiv zu lang war, um dort hineingepasst zu haben. »Ihr habt drei Sekun–«, begann er, aber da war Paule schon kreischend losgerannt, raus auf den Vorplatz.

Der Agent schaute verdutzt. Stanni und Tilly sahen sich mit weit aufgerissenen Augen an, nickten sich einmal knapp zu und sprinteten dann Paule hinterher. Der Agent fluchte überrascht, drückte sich hastig von der Wand ab, rutschte mit seinen schicken Lederschuhen auf dem sandigen Boden aus und schlug der Länge nach hin. Das verschaffte ihnen wertvolle Sekunden Vorsprung!

Tilly und Stanni hatten Paule schnell wieder eingeholt. Er war in der Mitte des Vorplatzes stehen geblieben und blickte sie aus entsetzten Augen an.

»Zurück zum Auto!«, brüllte er verzweifelt. Seine eine Hand umklammerte Flux, die andere streckte er panisch nach Stanni aus, griff nach dessen Hand und wollte ihn in Richtung der Fischerhütten auf der anderen Seite des Platzes zerren. Von dort konnten sie durchs Dorf den Weg zurück zum Versteck des Wagens finden.

Aber Tilly packte Stannis anderen Arm und zog ihn in die entgegengesetzte Richtung. »Die Treppe ist gleich da vorne! Wir können es schaffen!«

Ein gutes Stück hinter ihnen hatte sich der Agent wieder aufgerappelt und schrie etwas, das schwer nach »Verstärkung!« klang, in ein Funkgerät.

Stanni schaute zwischen den Geschwistern hin und her, die beide mit Nachdruck an ihm zogen. Sollten sie den Rückzug antreten und zum Auto zurückrennen, in der Hoffnung, dass sie auch diesmal nicht von den Agenten verfolgt wurden? Und was dann? Erneut versuchen, an den Geheimagenten vorbeizuschleichen?

Also vielleicht doch lieber Tillys Idee folgen? Sie hatte recht, die Treppe war wirklich direkt vor ihrer Nase, keine zwanzig Meter entfernt. Bis zum Hafen sollte es nicht mehr weit sein, Stanni konnte ihn ja schon riechen! Sollten sie es riskieren und aufs Beste hoffen?

Tja, was ist hier wohl die klügere Wahl? Für wessen Plan soll sich Stanni entscheiden?

»Rückzug!« Stanni schlägt den Weg zurück zum Auto ein.
Glaubst du genau wie Paule, dass es besser ist, zurück zum Auto zu laufen? Dann lies weiter auf Seite 115!

»Zur Treppe!« Stanni sprintet über den Platz zur Treppe.
Willst du wie Tilly, dass die Freunde es riskieren und den Hafen zu erreichen versuchen? Dann lies weiter auf Seite 122!

»Rückzug!«, rief Stanni und ließ sich von Paule mitziehen.

Tilly schüttelte enttäuscht den Kopf und rannte den Jungs hinterher. Gemeinsam hechteten sie über den Platz und duckten sich in eine schmale Gasse zwischen den Fischerhütten. Das sah zwar nicht nach dem Weg aus, den sie gekommen waren, aber es blieb ihnen auch nicht viel Zeit, sich vernünftig zu orientieren. Irgendwo würden sie schon rauskommen, auch wenn sie sich dafür seitlich durch die Gasse schieben mussten, so eng war sie. Stanni warf einen Blick über die Schulter, um nach ihrem Verfolger zu sehen. Der war in der Mitte des Vorplatzes stehen geblieben, genau da, wo sie eben noch entschieden hatten, den Rückzug anzutreten. Er schaute ihnen mürrisch hinterher, machte aber keine Anstalten, ihnen zu folgen. Stattdessen sprach er weiterhin in sein Funkgerät.

»Das war zu einfach«, keuchte Stanni, als sie auf der anderen Seite der Gasse ins Freie schlüpften. Der Agent informierte wahrscheinlich seine Kollegen, die jetzt ausschwärmten und die Straßen des Dorfes kontrollierten. Noch mal wollten sie nicht von so einem überrascht werden, also hasteten sie weiter, schlängelten sich zwischen den Häusern hindurch in die Richtung, in der sie das Auto stehen gelassen hatten.

Stanni war sichtlich erleichtert, als sie den gelben Sportwagen wiederfanden, ohne auf Ärger zu treffen. Er hatte schon fast befürchtet, dass die anderen Agenten ihn entdeckt hatten und ihnen dort auflauerten. Aber die Truppe war entweder wirklich schlecht organisiert oder enorm langsam. Beides war Stanni in dieser Situation mehr als recht.

Paule traf als Letzter beim Wagen ein. Er setzte Flux auf das Dach des Autos, stützte sich dann auf seine Knie und hustete, bis er wieder richtig Luft bekam. Die Flucht hatte den Jungen ganz schön mitgenommen.

»Gebt mir eine Minute«, krächzte er.

Stanni sah sich nervös um. Noch hörte er nichts, aber irgendwie wollte er nicht ganz glauben, dass sie so ungeschoren davongekommen waren.

»War meine Idee wirklich so blöd?«, fragte Tilly, die gegen den Wagen lehnte und beleidigt ein Steinchen mit ihrem Schuh wegtrat.

Stanni seufzte. »Überhaupt nicht«, antwortete er. »Vielleicht war es sogar die bessere Idee. Jetzt sind wir wieder am Anfang und wissen nicht, wie wir zum Hafen kommen.«

Tilly verzog das Gesicht. »Eben.«

»Es ging alles so schnell, ich musste mich für was entscheiden«, meinte Stanni und legte ihr entschuldigend eine Hand auf die Schulter. »Und vielleicht bin ich auch einfach ein bisschen weniger mutig als du.«

Jetzt musste Tilly doch ein wenig grinsen. Sie knuffte ihn in ihrer gewohnten Art in die Seite, so fest, dass es sogar ein bisschen wehtat. »Schleimer«, sagte sie.

FLUX! FLUX!, machte da Flux auf dem Dach des Autos. Er blinkte hektisch. Tilly und Stanni sahen sich alarmiert um und spitzten die Ohren. Und tatsächlich, aus dem Inneren des Dorfes drang das unverkennbare Geräusch von quietschenden Autoreifen auf sandigem Boden.

Offenbar hatte der Agent die Verfolgung doch noch nicht aufgegeben, sondern lediglich auf die Verstärkung gewartet!

»Verflucht noch mal«, stöhnte Tilly und riss die Beifahrertür auf. »Kann denn nichts einfach mal einfach sein?«

»Paule, ab ans Steuer, wir müssen los!«, rief Stanni, während er sich Flux griff und ihn Tilly auf den Schoß setzte, die sich mittlerweile wieder auf den Beifahrersitz gequetscht hatte.

Paule auf der anderen Seite des Autos wurde noch blasser, als er ohnehin schon war. »Ich weiß nicht, ob ich …«, stammelte er.

»Stanni«, rief Tilly aus dem Inneren. »Fahr du!«

Das musste sie ihm nicht zweimal sagen! Sofort umrundete Stanni den Wagen, drückte Paule den Rucksack in die Hand und kletterte in den Fahrersitz. Paule schien sichtlich erleichtert, dass er nicht fahren musste, glitt neben seiner Schwester ins Auto und schnallte sie beide an.

Stanni rückte seinen Sitz zurecht und atmete tief durch. *Okay, Stanni,* dachte er. *Du hast eine zweite Chance gekriegt. Versau es bloß nicht!*

Während Tilly Flux mit nettem Zureden dazu brachte, den Motor erneut mit einem kleinen Stromschlag zu starten, konzentrierte sich Stanni, damit er nicht schon wieder aus Versehen den Rückwärtsgang einlegte oder etwa Gas- und Bremspedal verwechselte. Paule war dieses Teil gefahren, wie schwer konnte es schon sein?!

Ein lila Stromschlag schoss von Flux aus in die Konsole, der Motor sprang wieder schnurrend an, dann vibrierte der Wagen mit der Leistung von 640 Pferdestärken. Stanni schloss kurz die Augen, ließ das Bauchgefühl seinen Körper übernehmen. Mit dem linken Fuß drückte er die Bremse durch, mit dem rechten gab er in kurzen Stößen Gas. Das Auto jaulte auf, als wäre es genauso wie Stanni heiß darauf, nach Paules Kaffeefahrt endlich wieder losjagen zu dürfen.

»Stanni!«, drängte Tilly neben ihm und zog an seinem Ärmel.

Stanni öffnete wieder die Augen und blickte in den Seitenspiegel. Darin erkannte er einen breiten schwarzen Pick-up-Truck, der hinter ihnen aus dem Dorf geschossen kam und zunächst an ihrem Versteck vorbeiraste. Aber nur wenige Hundert Meter entfernt driftete der Wagen durch den Sand, machte eine glatte Hundertachtzig-Grad-Wende und blieb schließlich mit heulendem Motor stehen. Auf der Ladefläche des Trucks stand der Geheimagent mit dem schwarzen Anzug und zeigte mit dem Lauf seiner Waffe in ihre Richtung.

»Na gut«, murmelte Stanni und schnallte sich an. Er packte das Lenkrad fester. »Dann zeigt mal, was ihr draufhabt!«

Mit diesen Worten drückte er das Gaspedal durch. Der Wagen schoss vorwärts, Sand spritzte unter den Reifen auf, und dann rasten sie los.

Stannis erster Gedanke war, so weit weg von dem engen Fischerdörfchen wie möglich zu fahren. Dieser Wagen war für Rennstrecken gebaut, beschleunigte von null auf hundert in unter drei Sekunden, erreichte locker dreihundert Stundenkilometer und mehr! Aber sie waren nicht zum Spaß hier. Sie mussten die Jacht im Hafen von Bouncy Beach erreichen. Sie mussten zum Unterwassertempel. Sie mussten Herrn Lama retten!

Also riss Stanni das Lenkrad rum, schlitterte eine deutlich weniger elegante Kurve, als der Pick-up-Truck sie eben genommen hatte, und steuerte auf das Dorf zu. Im Rückspiegel sah er, dass der Geländewagen die Verfolgung aufnahm. Links und rechts vom Auto zischten schon die ersten Farbpatronen vorbei.

Die Hütten des Dorfes zogen in einem Wahnsinnstempo an ihnen vorbei. Stanni bekam langsam ein Gefühl für den Wagen, nahm die Kurven immer gekonnter und driftete um Häuserecken. Der Truck hinter ihnen fiel etwas zurück, als traute sich der Fahrer nicht, in der gleichen Geschwindigkeit zwischen den Häusern umherzufahren. Der Agent auf der

Ladefläche, der unablässig versuchte, die Flüchtenden mit seinen Geschossen zu treffen, wurde heftig hin und her geschleudert.

Wieder einmal zahlte es sich aus, dass Stanni so viele Spielstunden im Tal Royal verbracht hatte. Die Karte vom Bouncy Beach und dem Dorf hatte sich einfach in sein Gehirn gebrannt, und selbst bei diesem Tempo wusste er genau, wo er langfahren musste.

FLUUUUX!, piepste der kleine Würfel, der es irgendwie wieder aufs Armaturenbrett geschafft hatte. Er schien sichtlich begeistert von der Geschwindigkeit.

»Was genau ist der Plan?«, rief Tilly vom Beifahrersitz aus über den Motorenlärm hinweg. Auch sie hatte Spaß, erkennbar an dem breiten Grinsen in ihrem Gesicht.

»Einem von euch wird der Plan absolut nicht gefallen«, lachte Stanni.

Die Idee war ihm erst vor ein paar Sekunden gekommen, und zugegebenermaßen war das nicht besonders viel Zeit, um alle Details zu durchdenken. Aber gerade fuhr Stanni seinen Traumwagen und beherrschte ihn wie ein Ass, er fühlte sich unbesiegbar. Wieso also nicht eine absolut wahnsinnige Idee in die Tat umsetzen?

»Die Jacht liegt ein Stück vom Steg entfernt im Wasser vor Anker«, erklärte er jetzt, ohne den Blick von der Straße zu nehmen. »Wir haben keine Zeit, anzuhalten und nach einem Ruderboot zu suchen. Also nehmen wir den direkten Weg. Wir springen mit dem Auto auf die Jacht.«

Paule wimmerte leise, aber es ging im Heulen des Motors und dem aufgeregten Lachen von Tilly unter.

»Was nutzen wir als Rampe?«, fragte sie.

Sie schlitterten um eine weitere Ecke, und da vor ihnen, am Ende der Straße, war plötzlich das Meer zu sehen.

»Die Kaimauer«, gab Stanni zurück und nickte in Richtung Ozean. »Die ist ein ganzes Stück höher als der Steg. Das sollte reichen.«

»Sollte?«, keuchte Paule.

»Muss«, korrigierte Stanni. Und dann gab er noch mal richtig Gas.

Alle wurden nach hinten in ihre Sitze gepresst, Flux purzelte vom Armaturenbrett und verschwand freudig quietschend irgendwo im Fußraum.

Hinter ihnen tauchte jetzt wieder der Pick-up auf, aber das war Stanni egal. Mit einem Affenzahn rasten sie auf das Ende der Straße und die Kaimauer zu. Je näher sie kamen, desto mehr konnten sie von dem Hafenbecken unterhalb der Mauer sehen. Die kleinen Ruderboote, die größeren Segelschiffe und schließlich die Jacht, die träge wie eh und je auf den sanften Wellen schwappte.

»Festhalteeeeeeeeen!«, rief Stanni, und mit einem letzten Fauchen des Motors jagten sie über den Rand der Kaimauer hinweg.

Die ungeheure Geschwindigkeit katapultierte sie in einer niedrigen Kurve vorwärts. Am höchsten Punkt ihres Fluges wirkte es kurz so, als wären sie schwerelos, dann zog die Schwerkraft sie gnadenlos nach unten. Das Deck der Jacht tauchte unter ihnen auf, und keine Sekunde später krachten sie hart auf die hölzernen Dielen des Schiffs.

Es hat geklappt, schoss es Stanni durch den Kopf. Er konnte es selbst kaum glauben. *Es hat wirklich geklappt!*

Er stieg mit beiden Füßen auf das Bremspedal, aber sie hatten viel zu viel Schwung, also schlitterten sie leicht schief über das Deck der Jacht.

»Mist, Mist, Mist!«, fluchte Stanni ununterbrochen, während sie der Reling der Jacht immer näher kamen. Dahinter war das Schiff zu Ende, sie würden samt Auto in den Ozean stürzen. Und auch wenn es hier im Hafenbecken noch nicht besonders tief war, konnte Stanni sich etwas Besseres vorstellen, als in einem Luxusauto eingesperrt zu sein, das sich langsam mit Wasser füllte.

Der Wagen schlitterte immer langsamer, prallte dann gegen die Reling, drückte die Balken des Geländers auseinander. Es knirschte und knatschte schrillend laut, als sich die Spitze des Autos über den Rand des Schiffs schob, sich leicht nach vorne neigte und dann – endlich! – zum Stehen kam.

»Alter!«, stieß Stanni aus. Sein Griff um das Lenkrad war so fest, dass seine Knöchel schon weiß hervortraten. »Das war das Krasseste, was ich jemals gemacht habe.«

»Wenn wir nicht sofort aussteigen, ist es auch das Letzte, was du jemals gemacht hast!«, rief Paule und riss die Tür auf der Beifahrerseite auf.

Das Auto neigte sich bedrohlich nach vorne, wie eine Wippe. Es war fast zur Hälfte über den Rand der Jacht gerutscht. Tilly und Paule krochen vorsichtig aus dem Fahrzeug auf die Holzdielen des Decks. Jetzt schwankte es noch mehr.

Der Gedanke, diesen Schlitten in den Ozean stürzen zu lassen, brach Stanni zwar das Herz. Aber er hatte nicht gerade den coolsten Stunt seines Lebens vollbracht, nur um jetzt mit dem Auto unterzugehen. Also schnallte er sich mit zittrigen Fingern ab und kletterte vorsichtig aus dem Fahrersitz.

Kaum war er aus dem Wagen geplumpst, kippte dieser vollends vornüber. Mit einem lauten Platschen schlug er auf der Wasseroberfläche auf. Salziges Wasser spritzte in die Höhe und glitzerte in der Sonne. Dann brachen die Wellen über dem Wrack zusammen, und mit einem nassen Gurgeln verschlang der Ozean den Traumwagen ein für alle Mal.

Stanni und die Zwillinge standen an der kaputten Reling und schauten hinab ins dunkle Wasser.

»Bitte sagt mir, dass einer von euch Flux eingepackt hat«, sagte Stanni, ohne den Blick von den Luftblasen zu nehmen, die an die Wasseroberfläche brodelten.

FLUX!, machte es aus dem Rucksack, den Tilly gemeinsam mit dem Hockeyschläger fest umklammert hielt. Stanni atmete erleichtert auf.

Am Ufer konnten sie jetzt wütende Rufe hören. Der Pick-up-Truck stand oben auf der Kaimauer, etwa dort, von wo aus Stanni den Sprung gewagt hatte. Die Geheimagenten waren offenbar nicht gewillt, mit dem bulligen und viel schwereren Fahrzeug den gleichen Stunt hinzulegen. Stattdessen waren sie auf den hölzernen Steg gelaufen und rannten dort planlos hin und her.

»Alle runter!«, zischte Stanni und ließ sich flach auf den Boden fallen. Vielleicht dachten die Agenten ja, dass sie mit dem Auto untergegangen waren. Er robbte zur Reling, um die drei weiter beobachten zu können. Tilly und Paule krochen hinterher.

Kurz sah es so aus, als wollten ihre Verfolger sich gegenseitig ins Wasser schubsen, gaben aber schließlich auf und verließen die Anlegestelle, vermutlich, um im Hafenlager vor sich hin zu schmollen.

Langsam beruhigte sich Stannis Herzschlag. Er richtete sich auf und rieb sich die schwitzigen Hände an der Jeans ab.

»Also gut«, sagte er dann. »Wie kommen wir jetzt zum Unterwassertempel?«

Lies jetzt weiter auf Seite 133!

»**Zur Treppe!**«, rief Stanni und zog Tilly in die entsprechende Richtung. Sie ließ seinen Ärmel los, nickte und rannte voraus. Paule hing noch immer an Stannis anderem Arm und stolperte hinterher, als ihn dieser plötzlich mitzerrte. Er fing sich schnell und drückte Flux, der ihm fast aus dem Arm gepurzelt wäre, wieder fester an sich.

»Ist das wirklich eine gute Idee?«, jammerte der Junge, während er sich mitziehen ließ.

Stanni drehte ihm nur kurz im Rennen das Gesicht zu, grinste breit und zuckte die Schultern. »Eine bessere haben wir nicht!«

Hinter ihnen hörten sie jetzt, wie der Geheimagent über den sandigen Boden des Platzes schlitterte und die Verfolgung aufnahm.

»Stehen geblieben!«, schrie er in ihre Richtung, aber die Freunde hatten ordentlich Vorsprung und dachten gar nicht daran, seinem Befehl zu folgen. Sie rannten so schnell sie konnten zur Treppe, die nun vor ihnen auftauchte. Sie befand sich direkt neben der Außenwand des Lagers im Schatten des Leuchtturms, der jetzt bedrohlich über ihnen aufragte.

»Der Hafen!«, rief Tilly, die bereits die Stufen erreicht hatte und sich nun gegen das eiserne Geländer stützte, als wollte sie sich darauf schwingen und hinabsurfen.

Auch Stanni konnte es jetzt sehen. Die Treppe führte die Kaimauer hinab ins Hafenbecken und zu der Anlegestelle, an der Fischerboote, Segelschiffe und nur ein Stück weiter draußen die Jacht lagen. Er lachte triumphierend, als er mit Paule im Schlepptau das Geländer erreichte und vor lauter Schwung gegen Tilly prallte. Sie hatten es fast geschafft!

FLUMP!

Stanni fuhr herum. Hinter ihnen kniete der Geheimagent, die Waffe im Anschlag, den Lauf auf die drei Freunde gerichtet. Ehe Stanni sich wundern konnte, ob das Gewehr dieses seltsam dumpfe Geräusch gemacht hatte, sah er das breite Netz schon auf sich zufliegen. Es war unmöglich, jetzt noch zu reagieren. Mehr als ein ersticktes »Uff« brachte Stanni nicht zustande, da traf sie das Netz bereits mit voller Wucht und wickelte sich um ihn und die Zwillinge. Die Maschen zogen sich zusammen und quetschten die drei Freunde ordentlich ein, sodass sie das Gleichgewicht verloren und hilflos zu Boden stürzten, zappelnd wie gefangene Fische.

Der Agent lachte laut und schob seine viel zu große Waffe wieder in das viel zu kleine Innere seines Anzugs. Gespielt beiläufig zupfte er seinen Hemdsärmel zurecht.

»Na, ist dir was ins Netz gegangen, Nummer 7?«, rief eine weibliche Stimme und lachte dreckig. Hinter dem Mann im schwarzen Anzug, der offenbar Nummer 7 hieß, tauchten jetzt auch die beiden anderen Agenten auf, die Stanni zuvor gesehen hatte. Das musste die Verstärkung sein, die er eben gerufen hatte. Gemeinsam spazierten sie in ihre Richtung.

Nicht aufgeben!, dachte Stanni und wand sich im Netz hin und her. Er versuchte, seine Arme frei zu kriegen, aber das Netz hatte sich festgezogen. Feine Drahtseile schnitten ihm bei jeder Bewegung unangenehm in die Haut. Paule und Tilly, die halb unter ihm begraben lagen, stöhnten verzweifelt. Ihnen blieb kaum Raum zum Atmen, geschweige denn, sich irgendwie zu befreien.

FLUX!, machte der kleine Würfel dumpf irgendwo zwischen ihnen, und es wurde sehr warm an Stannis Brustkorb. Keine Sekunde später tauchte Flux direkt vor seinem Gesicht auf, außerhalb des Netzes. Der Würfel hatte sich einfach aus dem Wirrwarr rausgeglitcht!

»Flux! Du musst uns helfen«, zischte Stanni.

Flux' Pixelaugen verengten sich entschlossen, dann deutete er eine Art Nicken an.

FLUX! FLUX!

Lila Blitze begannen über den kleinen Würfel zu tanzen.

»Flux, nicht so!«, rief Stanni entsetzt, aber da war es schon zu spät. Der kleine Würfel schoss einen seiner lila Blitze auf das Netz, wahrscheinlich, um es durchzuschmoren. Das Drahtseil gab dem Angriff aber natürlich nicht nach, ganz im Gegenteil. Es leitete den Strom hervorragend weiter und versetzte so den drei Gefangenen einen gewaltigen Schock.

Die Welt um Stanni herum verschwamm. Die Haare standen ihm selbst unter der Kappe elektrisch aufgeladen vom Kopf ab. Sein ganzer Körper kribbelte und brizzelte. Den Lauten nach zu urteilen, die Tilly und Paule von sich gaben, erging es den beiden nicht besser.

Drei Schatten beugten sich über das Netz und lachten laut, aber Stanni konnte seine Augen nicht mehr richtig fokussieren. Jemand zerrte an dem Netz, offenbar wurden sie jetzt über den Platz durch den Sand gezogen. Wie durch Watte hörte Stanni, wie Tilly den drei Agenten diverse unflätige Worte an den Kopf warf. Dann wurde es etwas dunkler, als man sie ins Innere des Hafenlagers schleppte. Krachend fiel das Tor hinter ihnen ins Schloss.

Stannis Sicht hörte erst auf zu schwanken, als man sie aus dem Netz rauszog und unsanft in eine Zelle schubste. Den Rucksack und die Waffen hatte man ihnen zuvor abgenommen. Zuletzt warf ihnen Nummer 7 noch Flux hinterher, der daraufhin laut fluxend durch die Zelle würfelte.

»Autsch«, jammerte Stanni und rieb sich die Arme, auf denen das Drahtnetz ein rotes Muster aus Druckstellen hinterlassen hatte. Tilly und Paule, die neben ihm auf dem Zellenboden hockten, hatte es genauso schlimm erwischt. Bei Paule zog sich sogar ein schachbrettförmiger Abdruck einmal quer übers Gesicht.

»Sorry«, murmelte Tilly leise, zog die Beine an die Brust und schlang die Arme um ihre Knie. »War ein doofer Plan.«

Stanni seufzte. Der Plan war wirklich nach hinten losgegangen, und eigentlich hätte er jetzt sauer auf Tilly sein oder sich zumindest ärgern müssen, dass er nicht auf Paule gehört hatte. Doch stattdessen legte er dem Mädchen eine Hand auf die Schulter und lächelte sanft. »Manchmal klappen Pläne und manchmal eben nicht.«

»Und manchmal«, fügte Paule hinzu und knuffte seine Schwester in die Seite, »haben Geheimagenten blöde Netzgewehre, von denen man nichts weiß.«

»Na gut«, erwiderte Tilly kichernd. »Aber wie kommen wir hier jetzt wieder raus?«

»Tja«, machte Stanni, nahm die Cap ab und kratzte sich den Kopf, der noch immer von Flux' Stromschlag kribbelte. »Lass mich überlegen.«

Die Zelle, in der sie steckten, befand sich in der Ecke einer weitaus größeren Halle und war kein eigenes Zimmer, sondern nur durch dicke Metallstangen und eine Gittertür vom Rest des Raumes abgetrennt. Sie konnten sich also problemlos umsehen.

Und was es alles zu sehen gab! Der Raum war vollkommen zugemüllt mit allerlei Kram. Da waren zunächst halbwegs normale Gegenstände wie Tische, Stühle, Fässer, Truhen und Kisten. Es wirkte fast so, als hätten die Geheimagenten Langeweile gehabt und angefangen, die unbewohnten Fischerhütten am Bouncy Beach leer zu räumen. Vermutlich hatten die schwindenden Spielerzahlen dazu geführt, dass es niemanden mehr gab, gegen den die Agenten ihre Zentrale verteidigen mussten, also hatten sie sich die Zeit anders vertrieben.

Aber nicht nur Dinge, die Stanni aus dieser Welt kannte, lagen hier herum. Je länger er sich umsah, desto mehr Sachen erkannte er aus anderen Spielen! Gleich mehrere fleischfressende Topfpflanzen, Ständer mit beeindruckenden Powerrüstungen, seltsam eckige Waffen und Äxte, ein Helm mit Hörnern und daneben ein Eimer voller Goldmünzen. In einer Ecke der Halle stand sogar ein komplett gesatteltes Pferd! In der anderen stapelten sich außerdem jede Menge Elektrogeräte: Handys, Spielekonsolen, Computer und Bildschirme, die meisten davon brandneu und unbeschadet.

So was könnte ruhig auch mal in der echten Welt vom Himmel fallen, dachte Stanni. All der Kram, der jetzt hier im Raum rumlag, musste ähnlich wie die Traumflitzer aus einem dieser seltsamen Portale gekommen sein. Was die Agenten damit wollten, wussten sie aber offensichtlich selbst nicht, denn die meisten Sachen lagen achtlos in der Gegend rum. Immerhin hatten sie einen der Computer aufgebaut, über einen Bildschirm flimmerte das Logo eines Shooters, den Stanni kannte.

Verrückt, dachte Stanni. *Wir sind in einem Videospiel, und die zocken darin ein anderes Videospiel, das es hier gar nicht geben dürfte.* Da konnte es einem ja glatt wieder schwindelig werden!

Die Agenten selbst wirkten eher gelangweilt. Die Scharfschützin und der Typ mit dem Rollkragenpullover hatten es sich auf einem Sofa bequem gemacht und putzten träge ihre Waffen, während Nummer 7 sich vor den Bildschirm setzte, die Tastatur und die Maus an sich heranzog und anfing, den Shooter zu spielen.

»Und, schon eine Idee, wie wir hier rauskommen?«, flüsterte Paule.

»Noch nicht«, gab Stanni zu.

Langsam stand er auf, trat an die Gitterstäbe der Zelle heran und rüttelte an ihnen. Wenig überraschend waren sie bombenfest und bewegten sich keinen Millimeter. Fenster gab es innerhalb ihrer Zelle auch nicht. Es schien wirklich so, als säßen sie fest.

»Hey, ihr da«, rief Stanni den Agenten zu.

Die Scharfschützin und der Typ im Rollkragen hoben die Köpfe, nur Nummer 7 war zu beschäftigt mit dem Videospiel und klackerte wie wild auf der Tastatur herum.

»Gefangene haben die Klappe zu halten!«, blaffte die Scharfschützin.

»Gut gesagt, Nummer 5«, lachte der Rollkragen-Typ. Stanni vermutete jetzt stark, dass sein Name Nummer 6 war.

»Ich wollte nur wissen, wann wir hier wohl wieder rausdürfen«, fragte er unschuldig und tippte betont beiläufig gegen eine der Metallstangen.

Nummer 5 seufzte, lehnte ihr Gewehr seitlich gegen das Sofa und stand auf. Langsam kam sie auf die Zelle zu. Stanni wich vorsorglich ein Stück von den Gitterstäben zurück.

»Hör mal, Kleiner«, zischte sie. »Solange wir keine anderen Befehle vom Boss haben, bleibt ihr hinter Gittern.«

Der Rollkragen-Typ lachte trocken. »Der Boss hat sich doch schon ewig nicht mehr gemeldet«, sagte er amüsiert.

Nummer 5 knirschte mit den Zähnen. »Das muss der Kleine ja nicht unbedingt wissen, Nummer 6.«

»Oh«, machte Nummer 6.

»Wenn der Boss sowieso nichts von uns weiß«, meinte Tilly und trat neben Stanni, »dann könntet ihr uns doch auch einfach gehen lassen.«

Nummer 5 sah sie einige Sekunden nachdenklich an, dann schüttelte sie den Kopf. »Ihr seid das Interessanteste, das hier seit Langem passiert ist«, erklärte sie. »Spieler bekommen wir kaum noch zu Gesicht, da lassen wir euch bestimmt nicht einfach so wieder laufen.«

»Wir sind gar keine Spieler«, warf Paule kleinlaut ein.

Nummer 5 hob fragend eine Augenbraue, zeigte dann auf den Rucksack und die Waffen, die etwas abseits auf einem Tisch lagen. »Ihr habt Waffen wie Spieler«, bemerkte sie. »Also seid ihr auch Spieler.« Sie zuckte mit den Schultern und schlenderte zurück zum Sofa.

»Und jetzt?«, flüsterte Tilly hinter Stanni, aber der wusste so langsam auch nicht mehr weiter.

Nummer 7, der am Computer saß, fluchte plötzlich laut und stieß frustriert die Tastatur von sich.

»Das ist echt unmöglich!«, maulte er.

Stanni kniff die Augen zusammen, um den Bildschirm erkennen zu können. »GAME OVER« stand da in dicken Buchstaben. Darunter leuchtete eine Bestenliste. Den absoluten Highscore hatte jemand mit dem Namen »567_stinken« erreicht. Ha, anscheinend hatte da einer den Rekord geknackt und sich so genannt, um die drei Agenten zu ärgern. Bisher war es keinem von ihnen gelungen, einen neuen Highscore aufzustellen und den Namen somit zu überschreiben.

Stanni kam eine Idee.

»567_stinken«, las er laut, und als sich die Köpfe aller drei Agenten wütend zu ihm umdrehten, hob er abwehrend die Hände. »Hab nur gelesen, was da steht!«, erklärte er.

»Pass bloß auf«, warnte ihn Nummer 6 und zeigte mit seiner Glitzerpistole auf ihn.

»Scheint so, als würde euch das mit dem Highscore ordentlich ärgern«, versuchte es Stanni vorsichtig weiter.

Nummer 7 hatte die Tastatur mittlerweile wieder zu sich herangezogen und tippte lustlos darauf herum. »Diese miesen Angeber vom anderen Squad haben bestimmt geschummelt«, murmelte er.

»Ehrenloses Pack!«, spuckte Nummer 6 verärgert aus.

Stanni grinste. Er witterte eine Chance. »Ich kann den Highscore für euch knacken«, sagte er. »Im Gegenzug lasst ihr uns gehen.«

Nummer 5 lachte verächtlich. »Du Knirps willst das schaffen?«

»Klar«, entgegnete Stanni ein bisschen beleidigt. Erst »Kleiner«, jetzt »Knirps«. Das saß. Aber er schluckte seinen Ärger runter. »Ihr hattet nämlich recht, ich bin wirklich ein Spieler. Und zwar ein richtig guter!«

Nummer 5 stand jetzt wieder auf und kam zurück zur Zelle. Sie musterte Stanni skeptisch. Dann kramte sie nach dem Schlüssel und schloss tatsächlich auf.

»Na gut«, sagte sie mürrisch und packte ihn am Arm. »Wenn du es tatsächlich schaffst, dann *denken wir darüber nach,* ob wir euch freilassen. Aber nur, weil wir wirklich Langeweile haben. Und wenn du es nicht schaffst, lassen wir euch mit den Fischen im Hafenbecken schwimmen.«

Sie zog Stanni mit sich und bedeutete den Zwillingen, ihnen zu folgen. Die wurden sofort von Nummer 6 in Empfang genommen und mussten mit Flux neben ihm auf dem Sofa Platz nehmen. Stanni aber wurde von Nummer 5 zum Schreibtisch gestoßen.

Nummer 7 stand von seinem Stuhl auf und bot ihn Stanni gönnerisch an. »Na, dann zeig mal, was du draufhast«, sagte er schnippisch.

Stanni schaute sich erst den Stuhl, dann die Tastatur und die Maus und schließlich den Berg an Elektrogeräten an. »Habt ihr hier einen Controller?«, fragte er und machte eine grobe Handbewegung, als würde er mit seinen Daumen auf einem Controller rumdrücken.

Nummer 7 runzelte irritiert die Stirn. »Klar«, sagte er und zeigte auf den Stapel aus Elektroteilen. »Aber keine Ahnung, was du damit willst. Tastatur ist immer besser als Controller.«

Stanni musste über diese Aussage herzhaft lachen. »Siehst du, da ist schon dein erster Fehler«, erklärte er, während er einen originalverpackten Controller aus dem Stapel wühlte und an den Computer anschloss.

Der Agent verdrehte genervt die Augen. »Mit der Tastatur hab ich fast hundert Tasten, die ich nutzen kann, du hast viel weniger«, bemerkte er.

»Mir reichen sie völlig«, gab Stanni zurück.

Entspannt wechselte er die Steuerung in den Optionen und kontrollierte die Einstellungen des Controllers. Nummer 7 hatte mittlerweile einen hochroten Kopf bekommen. Er wirkte regelrecht wütend über Stannis Kommentar.

»Klar spuckst du große Töne«, presste er zwischen den Zähnen hervor. »Hast ja auch Aim Assist mit dem Controller.«

Stanni schüttelte lächelnd den Kopf. Das Argument hatte er schon so oft gehört, dass er es im Traum auseinandernehmen konnte. »Controller unterstützen beim Zielen, das stimmt«, gab er zu. »Aber insgesamt ist es dennoch wesentlich schwerer, mit einem Stick zu zielen, als mit einer Maus einfach nur blöde wohin zu klicken. Mit einer Maus kann wirklich jeder spielen, für einen Controller braucht man Skill.«

Mit diesen Worten drückte er im Spiel auf Start und ignorierte das herablassende Schnauben des Agenten. Der arme Kerl schien richtig getriggert, worüber Stanni nur milde schmunzeln konnte. Auf dem Bildschirm lief jetzt eine kurze Videosequenz ab, die die gesamte Kampfarena zeigte. Hier hatte Stanni schon Hunderte Male gestanden, er wusste auswendig, wann welche Gegner auftauchen würden, welche Waffen am besten gegen wen einzusetzen waren und wann man Zeit hatte, durchzuladen.

Hinter ihm saßen Tilly und Paule zwischen den Agenten Nummer 5 und Nummer 6. Paule hatte Flux wieder auf dem Arm, und der kleine Würfel wirkte ebenso nervös wie alle anderen Anwesenden, die Agenten eingeschlossen. Nur Stanni war überhaupt nicht aufgeregt. Das hier war sein Ding! Mit Controllern und Videospielen kannte er sich aus.

Die Runde startete, und Stanni flog nur so durch das Level, als hätte er nie etwas anderes getan. Mit Leichtigkeit traf er alle Gegner, die ihm das Spiel entgegenwarf, wich immer rechtzeitig aus und wechselte stets zur richtigen Ausrüstung. In absoluter Rekordzeit hatte er den Kampf überstanden – und den Highscore fast verdoppelt. Zufrieden legte er den Controller zur Seite und drehte sich zu den Agenten um.

Nummer 7 war die Kinnlade heruntergeklappt. Die anderen beiden waren aufgestanden und an den Bildschirm getreten, als könnten sie es nicht wirklich fassen.

»Neuer Rekord, wie bestellt«, verkündete Stanni grinsend und erhob sich aus dem Stuhl.

Die Agenten drängten ihn sofort zur Seite und warfen sich vor den Monitor.

»Okay, was soll ich schreiben?«, fragte Nummer 7 aufgeregt.

»234_stinken!«, schlug Nummer 6 vor.

»Nee, wir müssen uns was Besseres ausdenken«, kam von Nummer 5.

Eine heftige Diskussion entbrannte. Es wurde wild auf der Tastatur herumgetippt und sich gegenseitig zur Seite geschubst.

Stanni entfernte sich derweil langsam vom Computer. »Lasst uns die Waffen und den Rucksack holen und von hier verschwinden«, flüsterte er den Zwillingen zu.

Die beiden nickten, Paule klemmte sich Flux unter den Arm, und gemeinsam schlichen sie vorsichtig zu ihrer Ausrüstung. Sobald sie ihre Sachen wieder hatten, tapsten sie auf Zehenspitzen zum Ausgang, den Blick immer auf die Agenten gerichtet. So leidenschaftlich, wie die miteinander über den passenden Namen diskutierten, hatten sie wirklich schrecklich unter dem Highscore gelitten.

Das große Tor der Lagerhalle war zum Glück nicht abgeschlossen, sodass sie es einfach so leise wie möglich aufschieben und durch den Spalt nach draußen schlüpfen konnten.

»Wir sollten lieber schnell abhauen«, bemerkte Paule und blinzelte in das helle Tageslicht. »Wer weiß, ob ihnen nicht gleich einfällt, dass sie uns doch nicht gehen lassen wollen.«

Tilly und Stanni nickten. Flux, der wieder auf Paules Schulter hockte, streckte seine Zunge in Richtung der Agenten aus. Eilig machten sie sich auf den Weg zur Treppe und dann hinab zum Hafenbecken.

»Du bist ja wirklich ziemlich gut«, bemerkte Tilly unterwegs und klopfte Stanni im Gehen anerkennend auf die Schulter.

Stanni lächelte verlegen und hoffte, dass er nicht rot wurde. »Ich bin nur froh, dass meine Skills endlich mal zu was nütze waren.« Mit einer

Hand zeigte er nach vorne, um schnell das Thema zu wechseln. »Am Steg sind Ruderboote angebunden, die können wir nehmen.«

Zum Glück lag die Jacht nicht allzu weit von der Anlegestelle entfernt. Sie schwankte gemütlich auf den Wellen auf und ab. Trotz all der Zeit, die sie schon im Spiel war, glänzte sie noch immer in strahlendem Weiß.

Paule war bereits vorgelaufen und zog jetzt eines der kleinen Ruderboote mit dem Tau näher an den Steg. »Mit dem hier sollten wir ohne Probleme zur Jacht kommen.«

»Also, wir könnten ja auch mit dem Gleiter …«, setzte Tilly an, um ein weiteres Mal ihr mordsgefährliches Spielzeug ins Gespräch zu bringen, aber die beiden Jungs mussten nur den Kopf schief legen und die Augenbrauen hochziehen, um den Vorschlag abzuwehren.

»Von mir aus«, gab sie mürrisch nach. »Aber dann rudert ihr allein!«

Stanni lachte. »Geht klar! Also alle an Bord«, rief er und warf den Rucksack ins Boot, ehe er selbst hineinkletterte. Es schwankte ganz schön, aber schließlich saßen alle drei sicher. Stanni packte die Ruder und schob sie testweise ins Wasser. Er brauchte ein paar Anläufe, ehe er den Dreh raushatte, dann bewegten sie sich langsam, aber stetig vorwärts Richtung Jacht.

Paule und Flux lehnten sich über den Rand des Bootes und versuchten, Fische im Wasser zu entdecken, Tilly hingegen schien den frischen Wind zu genießen, der hier, direkt am Meer, ununterbrochen wehte.

»Nein, nein«, keuchte Stanni spöttisch, dem schneller als gedacht die Arme vom Rudern schwer wurden. »Macht euch keine Gedanken, ich brauche keine Hilfe.«

Tilly kicherte. »Du hast es so gewollt. Hast du etwa keine krassen Ruder-Skills?«

»Ha. Ha«, machte Stanni, hielt dann aber mit dem Rudern inne und kniff die Augen zusammen. Am Steg bewegte sich etwas. »Äh, Leute …«, sagt er zögerlich und wies zurück zum Hafen.

Tilly und Paule blickten auf. Die drei Agenten hatten soeben das Ende des Holzsteges erreicht.

»Heeeey«, rief Nummer 7 und fuchtelte mit seinem Netzgewehr, ehe er es abschoss. Aber anscheinend war sein Aim doch nicht so gut wie gedacht. Das Netz segelte weit über die Köpfe der Freunde im Ruderboot hinweg und schlug krachend in die Reling der Jacht ein. Die Maschen des Netzes wickelten sich um einige Holzpfosten, rissen sie aus ihrer Verankerung und schnürten sie zu einem nutzlosen Paket zusammen, das platschend in den Ozean plumpste. Ungläubig starrten die Agenten zur Jacht. Dann bekam Nummer 7 von der Scharfschützin Nummer 5 einen Schlag mit der flachen Hand auf den Hinterkopf.

»Genauso treffsicher wie mit Tastatur und Maus«, witzelte Stanni.

Nummer 6 versuchte es jetzt auf seine eigene Weise. »Kommt sofort zurück, ihr Drecksblagen!«, schrie er den Freunden zu.

Stanni ruderte stattdessen schneller.

Eine Weile liefen die Agenten planlos auf dem Steg hin und her, zeigten immer wieder zu ihnen rüber und versuchten, sich gegenseitig dazu zu überreden, ins Wasser zu springen und ihnen hinterherzuschwimmen.

»Das kann doch nicht wahr sein!«, hörte Stanni Agentin Nummer 5 rufen. »Wir können *alle* nicht schwimmen?«

Er prustete los vor Lachen. Das war wohl in ihrer Programmierung vergessen worden. Die Zwillinge fielen erleichtert in sein Lachen mit ein, jetzt, da sie wussten, dass sie in Sicherheit waren. Die Agenten schrien ihnen noch einige Drohungen hinterher, trotteten dann aber zurück zur Treppe, wo sie verschwanden.

»Was für eine seltsame Truppe«, merkte Paule an. Die anderen nickten zustimmend.

Nach einigen Minuten erreichten sie die Jacht. Die Strecke war wirklich nicht weit gewesen, aber Stannis Arme fühlten sich trotzdem wie Gummi an. Das spürte er vor allem, als er die Leiter hinaufkletterte, die zum Deck der Jacht führte. Als er oben angekommen war, musste er sich erst mal auf die sonnenwarmen Dielen des Schiffsdecks legen, um wieder zu Kräften zu kommen. Die Zwillinge taten es ihm gleich.

»Also gut«, sagte Stanni nach einer Weile. Wenn er länger hier liegen bliebe, würde er wegdösen, daher brauchte er etwas zu tun. Voller Tatendrang sprang er auf. »Wie starten wir diese Jacht?«

Lies jetzt weiter auf der nächsten Seite!

TAUCHFAHRT

Die Jacht schaukelte sanft auf den Wellen. Tilly, Paule und Flux saßen gemütlich auf dem sonnenwarmen Deck, während Stanni umherlief und hinter jede Kiste und jedes Möbelstück spähte. Was genau er suchte, wusste er selbst nicht. Zugegebenermaßen war er als Spieler nicht sonderlich oft zur Jacht geschwommen – im Wasser war man sehr langsam und furchtbar unbeweglich und gab somit ein viel zu gutes Ziel für die Gegner ab. Aber die Community hatte ohnehin schnell beschlossen, dass das Schiff ein reines Deko-Objekt war, auf dem es weder Loot noch ein Geheimnis zu entdecken gab. Und auch jetzt wirkte die Jacht beunruhigend normal.

Nachdem Stanni das gesamte Deck abgesucht hatte, auch zwischen den Sonnenliegen und hinter der Theke der Freiluft-Bar, blieb er zögerlich vor einer Tür stehen, die ins Innere führte. Ein Schild über dem Eingang erklärte, dass es hier zur Schiffsbrücke ging. Von dort aus konnte man die Jacht steuern. Damit man dabei eine besonders gute Übersicht hatte, waren alle Außenwände verglast. Umgekehrt konnte man von draußen auch hineinsehen, aber wegen des hellen Sonnenlichts und der starken Spiegelung auf den Scheiben hatte Stanni nur wenig erkennen können.

Er atmete tief durch und drückte die Klinke runter. Mist! Verschlossen. Er rüttelte einige Male versuchsweise, aber die Tür schien robust. Er seufzte. Er hatte sich so etwas schon gedacht und absichtlich bis zuletzt damit gewartet, zum offensichtlichsten Ort zu gehen, von dem aus man die Jacht aktivieren konnte. Im Spiel war dieser Zugang nämlich auch immer schon verschlossen gewesen und hatte jedem Glittergewehr-Feuer und jeder Schleimgranaten-Explosion standgehalten. Auch die Fenster schienen absolut unzerstörbar, egal, was man ihnen entgegenschleuderte. Stanni hatte bereits befürchtet, dass das jetzt auch der Fall sein würde, und deshalb gehofft, das Geheimnis der Jacht woanders zu finden.

FLUX FLUX, machte der kleine Würfel, der von seinem Platz in der Sonne herübergewürfelt war. Fragend blickte er zwischen Tür und Stanni hin und her.

»Heeeey, Kleiner«, säuselte Stanni zuckersüß, beugte sich hinab zu dem lila Würfel und tätschelte seinen Kopf. »Magst du dich vielleicht mal da reinglitchen? Würdest du das machen, für mich?« Er lächelte Flux aufmunternd zu.

Flux aber schien entweder nicht zu verstehen, was Stanni von ihm wollte, oder sah ohne direkte Gefahr keinen Nutzen darin, sich in einen verschlossenen Raum zu glitchen. Viel spannender erschien dem Würfel dagegen ein achtlos liegen gelassenes Seil. Es musste ihm wohl vorkommen wie ein gigantischer Schnürsenkel, der nur darauf wartete, angekaut zu werden. Flux kullerte sabbernd davon und ließ Stanni eiskalt stehen.

Der schnaubte enttäuscht, presste seine Nase gegen die Fensterscheibe neben der Tür und schirmte seine Augen mit den Händen ab, um besser hineinschauen zu können.

Ein großer Stuhl stand mittig im Raum. Er sah erstaunlich gemütlich aus und erinnerte Stanni ein wenig an seinen Gamingstuhl zu Hause. Dahinter lugte ein kleines Steuerrad hervor. Keins von den großen Dingern aus Holz mit Griffen dran, die man aus Piratenfilmen kannte, sondern eher ein elegantes Lenkrad wie von einem Oldtimer. Auf dem Armaturenbrett, an dem das Steuerrad befestigt war, klemmten allerlei Bildschirme und Anzeigen, umgeben von zig Knöpfen, Hebeln und Schaltern. Was genau die alle machten, war allerdings von außen nicht zu erkennen.

»Schon was Nützliches entdeckt?«, fragte Tilly hinter Stanni.

Er trat von der Fensterscheibe zurück. »Ich habe wirklich alles auf dem Deck abgesucht«, erklärte er. »Was auch immer mit der Jacht passieren muss, damit sie uns zum Unterwassertempel bringt, ich fürchte, es muss hier auf der Steuerbrücke aktiviert werden.«

Tilly rüttelte jetzt auch an der Tür, ebenso erfolglos wie Stanni. »Abgeschlossen«, sagte sie wenig hilfreich.

Auch Paule war mittlerweile aufgestanden und zu ihnen herübergekommen. Er strich nachdenklich über die Glasscheibe. »Wenn ich einen Stein hätte …«, murmelte er und tastete nach seiner Schleuder.

»Ich fürchte, das wird diesmal nichts bringen«, sagte Stanni und atmete schwer aus. »Hier wurden wirklich schon alle Waffen des Spiels ausprobiert, Fenster und Tür halten einfach allem stand.«

»Alle Waffen des Spiels, sagst du?«, fragte Tilly mit einem Grinsen, trat hinter Stanni und zog die Flinte samt Munition aus seinem Rucksack.

»Ja?«, machte Stanni und sah Tilly dabei zu, wie sie gemütlich das Glas mit den Kugeln auf die Waffe schraubte.

»Die Waffe hier gibt es im Spiel nicht«, erklärte sie und legte die Flinte an. Der Lauf zeigte jetzt auf das Schloss der Tür. »Die haben wir selbst gebaut. Vielleicht klappt es damit.«

Paule trat vorsichtshalber einen Schritt zurück, und selbst Flux, der abseits an dem Seil rumkaute, duckte sich.

Stanni zog nervös die Schultern hoch. »Hast du das Ding denn schon mal getestet?«, fragte er vorsichtig, aber da hatte Tilly schon abgedrückt.

BLÄMM!

Farbe spritzte in alle Richtungen. Der Rückstoß warf Tilly mit Schwung nach hinten, und sie purzelte lachend über das Deck, ehe sie auf dem Rücken liegen blieb.

»Jetzt schon. Funktioniert!«, rief sie und reckte die Flinte in die Höhe.

Die Wucht der Farbpatronen hatte tatsächlich ein kleines Loch in die Tür gerissen. Man konnte gerade so die Hand durchstecken und das Schloss von innen öffnen. Dass die zusammengeschraubte Flinte mehr anzurichten vermochte als alle Raketenwerfer und Granaten zuvor, musste daran liegen, dass es sich um keine offizielle Waffe aus dem Spiel handelte. Das musste die Programmierung der Tür überlistet haben. Mit einem anerkennenden Nicken half Stanni Tilly wieder auf die Beine. Sie hatte lauter feine bunte Punkte wie Sommersprossen im Gesicht.

»Muss vielleicht noch ein bisschen kalibriert werden«, kicherte sie und fummelte an der Flinte herum.

Auch Paule traute sich jetzt wieder näher ran und begutachtete neugierig den Lauf. »Sie hat alle Munition auf einmal verschossen«, sagte er nachdenklich und schraubte das Glas ab, das zuvor die Farbpatronen enthalten hatte. »Das müssen wir beim nächsten Prototyp beachten.«

Nachdem sie die nun nutzlose Flinte wieder in den Rucksack gesteckt hatten, schoben sie vorsichtig die Tür zur Brücke auf. Nur der Stuhl hatte einige Farbspritzer abbekommen, die Geräte und Bildschirme schienen dagegen unbeschadet. Neugierig lehnte sich Stanni über das Steuerrad und schaute auf die verschiedenen Anzeigen. Er erkannte sofort das Radar, das unablässig piepsend die Umgebung scannte und die Fischerboote, die ebenfalls im Hafen lagen, als kleine blinkende Punkte abbildete. Ein weiterer Bildschirm zeigte eine Karte der Umgebung, aber laut der lag vor ihnen nichts weiter als der weite, blaue und leere Ozean.

»Guckt mal hier«, sagte Paule, der links vom Steuerrad stand und auf eine Reihe an Hebeln und Schaltern zeigte. Da, zwischen all den Knöpfen, gab es drei Vertiefungen. Über jeder von ihnen befand sich das kleine Bild eines Kristalls, jeder in einer anderen Farbe.

Tilly war neben ihren Bruder getreten und fuhr neugierig die Vertiefungen ab. »Wir müssen drei Kristalle finden?«, vermutete sie.

Stanni warf entnervt die Arme in die Luft. »Ich hab hier schon alles durchsucht, auf dem Schiff sind sie nicht.« Er lehnte sich im Stuhl nach vorne, stützte seine Ellbogen auf den Knien ab und vergrub das Gesicht in den Händen. »Solche Sammel-Quests sind als Herausforderungen für Spieler gedacht. Die Kristalle sind sicherlich im ganzen Tal Royal verteilt.«

Paule schaute ihn entsetzt an. »Das schaffen wir doch nie rechtzeitig, ehe uns allen die Energie ausgeht!«, stammelte er.

Stanni nickte nur schwach. »Endstation. Aus. Ende. Game Over«, nuschelte er in seine Hände.

Tilly drückte und zog jetzt an einigen Hebeln und Schaltern, aber nichts tat sich, nicht einmal das gleichmäßige Piepsen wurde unterbrochen. »Nein, nein, nein«, sagte sie mit jedem neuen Schalter, den sie umlegte. »Das kann doch nicht wahr sein! Wir haben es bis hierher geschafft, und jetzt sollen wir einfach aufgeben?!«

Als Stanni nur resigniert schnaubte, schaute sie zu ihrem Bruder hinüber, aber auch der schien jedwede Hoffnung verloren zu haben. Flux, der die seltsame Stimmung auf der Brücke spürte, würfelte fragend gegen Tillys Schuh. Das Mädchen hob ihn mit Schwung auf und drückte ihn unsanft gegen die Vertiefungen.

»Flux kann die Jacht doch bestimmt starten«, faselte sie aufgeregt. »Mit einem seiner Blitze, so wie das Auto. Ganz sicher!«

Flux wand sich in Tillys Händen, wenig begeistert von der ruppigen Behandlung. Als das nichts half, glitchte er sich einfach zwischen ihren Fingern hindurch und tauchte ein Stück oberhalb der Vertiefungen auf dem Armaturenbrett wieder auf. Er sah Tilly kurz beleidigt an, dann erschienen aber die gewohnten lila Funken auf der Oberfläche des Würfels. Ein Blitz entlud sich und schoss in die Konsole, genau dorthinein, wo das Steuerrad befestigt war. Die Geräte gaben keinen Mucks von sich, auch nicht, als Flux mit Anstrengung einen weiteren Stromstoß abschoss.

»Du hast es versucht«, sagte Paule sanft und tätschelte den Würfel, der sichtlich enttäuscht war.

Tilly seufzte. »Tut mir leid, Flux«, entschuldigte sie sich und schlang entmutigt ihre Arme um ihren Oberkörper. »Ich will nur nicht glauben, dass es das jetzt war. Mama und Papa ...« Sie schluckte schwer, konnte aber nicht weitersprechen.

Stanni ließ endlich seine Hände sinken und sah zu den Zwillingen hinüber. Beide waren den Tränen nahe, und ihm selbst ging es nicht viel besser. Er konnte auch nicht fassen, dass sie nun an einer einfachen Quest scheitern sollten, nach allem, was sie durchgemacht hatten. Stanni dachte an Herrn und Frau Puhmann, die friedlich am Küchentisch geschlafen hatten, als sie am Morgen aufgebrochen waren. Sie würden wohl nie wieder aufwachen. Niemand im Tal Royal würde wieder aufwachen ...

Nein! Das konnte und wollte Stanni einfach nicht akzeptieren! Mit einem Ruck sprang er auf die Beine.

»Wir finden diese verdammten Kristalle!«, verkündete er mürrisch. »Und wenn es das Letzte ist, was wir tun.«

Die Zwillinge sahen ihn müde an, aber dann hellten sich ihre Gesichter auf. Tilly wischte sich mit dem Ärmel übers Gesicht. »Okay!«, sagte sie.

Auch Paule nickte heftig. »Wir müssen es versuchen«, pflichtete er bei. »Für Mama und Papa!«

»Für ganz Los Lamas!«, rief Stanni motiviert.

»Und für den kauzigen Alten«, fügte Tilly grinsend hinzu.

FLUX!, machte der lila Würfel, und damit war alles gesagt.

Sie verließen die Brücke und traten hinaus in die grelle Sonne. Mittlerweile war es richtig heiß geworden.

»Erst mal müssen wir zurück an Land«, begann Stanni, gedanklich bereits bei der Planung.

»Aaaaaaaaaaaaaaaaaaaaaahhhhh«, schrie etwas weit über ihnen.

Erstaunt hoben alle die Köpfe, kniffen die Augen zusammen und versuchten auszumachen, von wo das Geräusch kam.

»Aaaaaaaaaaaaaaaaaaaaaaaaaaaaahhh«, machte es lauter, jetzt begleitet von einem Rauschen und Zischen. Und da, eine weiße Rauchwolke hinter sich herziehend, trudelte etwas durch den strahlend blauen Sommerhimmel. Und es kam sehr schnell näher!

Paule und Stanni sahen sich an und zogen eine Grimasse. Sie kannten das Geräusch. So klang jemand, der ungebremst mit einem raketenbetriebenen Gleiter durch die Luft raste. Aber wer außer Tilly war so wahnsinnig und schnallte sich eines dieser Dinger um? War es einer der Geheimagenten, zu allem bereit, um die Freunde doch noch zu erwischen?

Wer auch immer es war, derjenige machte einen Überschlag nach dem anderern über der Jacht, bis er schließlich zumindest ansatzweise die Kontrolle über das Gerät wiedergewann und auf das Deck und die Freunde zueierte.

Tilly hatte ihre Arme vor der Brust verschränkt. »Eine Schande für den Flugsport.« Ein Grinsen konnte sie sich jedoch nicht ganz verkneifen. Paule rückte derweil seine Brille zurecht. »Ihr werdet nicht glauben, wer das ist«, keuchte er.

Jetzt sahen sie es auch, denn der Verrückte steuerte in einem Wahnsinnstempo weiterhin genau auf die Jacht zu. Es war Belix! Seine sonst gegelten blonden Haare waren durch den Wind zwar völlig zerzaust, und sein für gewöhnlich gehässiger Gesichtsausdruck sah jetzt eher panisch aus, aber er war es eindeutig. Und eindeutig war auch seine Flugbahn! Die würde nämlich geradewegs an der Seitenwand der Jacht enden.

»Zieh hoch!«, schrie Tilly und deutete mit den Zeigefingern beider Hände nach oben in die Luft.

»*AAAAAAAAAAAAAAAAAAHHH!*«, antwortete Belix, zog in letzter Sekunde aber tatsächlich den Gleiter nach oben und segelte knapp über ihre Köpfe hinweg. Er rauschte in die Höhe, hielt am höchsten Punkt seines Flugs kurz an – und stürzte dann rückwärts hinab Richtung Wasser. Unelegant wie ein Sack Kartoffeln plumpste er keinen Meter neben der Jacht ins Meer.

Stanni, die Zwillinge und Flux rannten sofort hinüber zum zerstörten Teil der Reling und beugten sich über den Rand der Jacht, um zu der Stelle hinabzusehen, an der Belix ins Wasser gekracht war. Dem Jungen war anscheinend nichts passiert. Mit vor Ekel verzogenem Gesicht spuckte er gerade eine gehörige Portion Salzwasser aus, nur um sich direkt wieder zu verschlucken, weil ihn eine niedrige Welle überrollte.

Paule schaltete am schnellsten und lief zu einem rot und weiß gestreiften Rettungsring, der an dem unversehrten Teil der Reling hing. Er musste ein wenig ruckeln und ziehen, doch schließlich bekam er den Schwimmring aus der Halterung gelöst und konnte ihn Belix zuwerfen. Der schlang dankbar einen Arm darum und paddelte mit dem anderen bis zur Leiter, die an Deck führte. Hustend tastete er nach der ersten Sprosse, aber das Gewicht des Gleiters auf seinem Rücken zog ihn immer wieder zurück.

Stanni griff nach dem Hockeyschläger auf seinem Rücken, umfasste ihn an der gebogenen Seite und hielt Belix das andere Ende des Stocks hin. Der packte den Schläger und ließ sich ein Stück weit hochziehen, so-

dass er die Sprosse besser zu fassen bekam und aufs Deck klettern konnte. Schnaufend und triefend nass ließ er sich auf den Bauch fallen.

»Die Purzelbäume waren ein paar Bonuspunkte wert«, spöttelte Tilly mit einem fetten Grinsen im Gesicht. »Aber für die Landung muss ich dir was abziehen.«

»Ha. Ha«, grummelte Belix, stemmte sich mühsam hoch und befreite sich von dem Gleiter. Er gab ein jämmerliches Bild ab. Seine Kleidung war klitschnass und tropfte auf das Holz des Decks, in seinen Haaren klebten einige glitschige Stängel Seegras. Er zitterte und sah furchtbar unglücklich aus.

Stanni hatte fast schon ein bisschen Mitleid mit ihm. Er schnappte sich eines der Handtücher, die hier überall auf den Sonnenliegen lagen, und reichte es Belix, der es mit einem erleichterten Seufzen entgegennahm.

»Danke«, murmelte er und begann, sich seine Haare trocken zu rubbeln. »Nicht ganz der heldenhafte Auftritt, den ich mir gewünscht hatte.«

»Kein Wunder«, meinte Stanni ernst und zeigte auf den Gleiter. »Diese Dinger sind der absolute Horror.«

Paule neben ihm nickte erschaudernd.

»Langweiler«, hustete Tilly, aber die anderen ignorierten sie.

Nachdem er zumindest seine Haare halbwegs getrocknet hatte, legte Belix das Handtuch zur Seite und griff nach einem kleinen Rucksack, den er unter dem Gleiter auf seinem Rücken getragen hatte.

»Hoffentlich ist es noch trocken«, murmelte er und zog das Baumeister-Tablet hervor. Er wischte mit dem Zipfel des Handtuchs über den feuchten Bildschirm. Flackernd ging er an. Belix atmete hörbar auf.

»Magst du uns vielleicht erklären, was hier los ist?«, fragte Stanni.

Belix schaute vom Tablet hoch zu Stanni und den Zwillingen, die ihn erwartungsvoll anstarrten. Er blinzelte einige Male erschöpft. Jetzt, wo er nicht mehr laut kreischend durch die Luft flog, wirkte er plötzlich sehr müde. Ganz so wie seine Mutter am Morgen. Oder Herr und Frau Puhmann am Abend zuvor.

»Ich bin gekommen, um euch zu helfen«, erklärte Belix und senkte wieder den Blick auf das Tablet. »In Los Lamas kann ich nichts mehr tun.«

»Was soll das heißen?«, stammelte Paule und griff instinktiv nach Flux, der gerade noch am nassen Hosenbein von Belix geschnuppert hatte.

»Alle Erwachsenen sind eingeschlafen, einfach alle«, sagte Belix sehr leise. »Die älteren Jugendlichen kommen als Nächstes dran.«

Stanni lief es kalt den Rücken hinunter. Sie hatten zwar geahnt, dass ihnen die Zeit davonlief, aber dass es so schlimm war, hatten sie nicht gewusst. Er schielte zu Paule und Tilly, die sehr blass geworden waren. Es konnte nicht mehr lange dauern, bis auch sie die Müdigkeit erreichte. Belix schien die Erschöpfung bereits deutlich zu spüren, und er war kaum älter als die Zwillinge. Stanni wollte sich nicht ausmalen, wie er ohne die beiden weitermachen sollte. Er hatte allein doch keine Chance.

»Wir stecken gerade ein bisschen fest«, gestand Stanni und wies in Richtung der Brücke. »Du hast mir nicht gesagt, dass wir drei Kristalle brauchen, um die Jacht zu starten.«

Belix zog die Augenbrauen zusammen. »Ich hatte keine Ahnung, was die Bautrupps für das Event hier geplant haben«, gab er zu und strich dann mit einem Finger über das Tablet. Seine Bewegungen wirkten fahrig. »Aber das ist auch nicht so wichtig. Dafür habe ich extra das Tablet meiner Mutter mitgebracht.«

»Kannst du die Jacht damit aktivieren?«, fragte Paule aufgeregt und versuchte, einen Blick auf den Bildschirm zu erhaschen.

»Klar«, gab Belix zurück. Ein wenig seiner üblichen Arroganz schimmerte jetzt wieder durch, trotz der Müdigkeit.

»Hätte ja nicht gedacht, das mal zu sagen«, bemerkte Stanni und legte Belix eine Hand auf die Schulter. »Aber Mann, bin ich froh, dich zu sehen.«

Und ausnahmsweise schien es dem ähnlich zu gehen, denn er lächelte müde zurück, anstatt etwa beleidigt zu sein.

»Seid ihr bereit, zum Unterwassertempel zu fahren?«, fragte er und tippte auf dem Tablet herum.

»Absolut«, entgegnete Tilly, und Paule nickte so heftig, dass ihm die Brille fast von der Nase rutschte.

Belix schaute sich kurz um und entdeckte die offene Tür zur Brücke. »Will ich wissen, wie das passiert ist?«, fragte er mit Blick auf das weggesprengte Schloss und die Farbspritzer, woraufhin Tilly nur grinsend die Schultern zuckte.

Belix schüttelte den Kopf und bedeutete dann den anderen, ihm zu folgen. Gemeinsam versammelten sie sich um den Kapitänsstuhl. Mit geübten Bewegungen auf dem Tablet reparierte er die Tür, so wie Stanni es bereits gesehen hatte, als er den Bautrupplern das erste Mal begegnet war. Damals hatten sie die Gegenstände und Gebäude, die von Spielern zerstört worden waren, einfach wiederauferstehen lassen.

»Okay«, sagte Belix, nachdem er sich vergewissert hatte, dass die Tür fest verschlossen war. »Dann wollen wir mal sehen ...« Er wischte über das Tablet. »Aha, interessant!«

»Was hast du gefunden?«, fragte Stanni.

Belix hielt ihm das Display hin. Es zeigte eine technische Zeichnung der Jacht, die sich jedoch bewegte und ... neu zusammensetzte? Stanni verstand nicht, was das bedeuten sollte.

»Die drei Kristalle geben das Startsignal«, erklärte Belix. »Danach läuft alles automatisch.«

»Das Startsignal für was?«, hakte Tilly nach, doch ein tiefes Brummen unterbrach sie. Es folgte ein lautes, schweres Knirschen von Holz, Plastik und Metall, das sich langsam verschob. Die Jacht unter ihnen begann heftig zu vibrieren. So stark, dass das zuvor ruhige Meer um sie herum jetzt wilde Wellen schlug.

»Was passiert hier?«, fragte Stanni alarmiert und konnte sich gerade noch so am Stuhl abstützen.

»Was glaubst du denn, wie man mit einer Jacht zu einem *Unterwassertempel* kommt?«, rief Belix ihm über den Lärm hinweg zu.

Paule und Tilly hielten sich jetzt auch am Stuhl fest, nur Flux rutschte blinkend auf dem Boden hin und her.

Um die Brücke herum konnte Stanni beobachten, wie sich einzelne Segmente der Jacht aufklappten wie ein Dach. Was eben noch das Sonnendeck war, wurde jetzt eingefahren. Das mechanische Rattern und Rasseln von Zahnrädern und Ketten war zu hören, dann wieder metallenes Knirschen und Knarzen. Stück für Stück schien sich die Jacht zusammenzufalten wie einer dieser Roboter, die zu einem Lastwagen oder Auto wurden. In was sich die Jacht gerade verwandelte, ließ sich von innen allerdings nur schwer sagen.

Der Lärm war markerschütternd, aber noch bevor Stanni beschließen konnte, sich doch noch die Ohren zuzuhalten, hörte der Krach abrupt auf. Jetzt war nur noch das Surren des Schiffsmotors zu hören, und endlich setzte sich die Jacht in Bewegung. Gemächlich, aber bestimmt fuhr sie geradeaus aus dem Hafenbecken hinaus aufs offene Meer.

Und dann, mit einem Rauschen und Gurgeln, ging sie langsam unter.

Panisch schaute sich Stanni um. Ja, er hatte sich nicht getäuscht, sie sanken! Die Wasseroberfläche kam immer näher, die ersten Wellen rollten über das seltsam gefaltete Deck der Jacht hinweg, und bald schon hatte es die Panoramafenster der Brücke erreicht. Stanni schaute zu Belix, der nur schwach lächelnd zurücksah und nickte.

»Cool, oder?«, nuschelte er leise. Es sah so aus, als könnte er kaum mehr die Augen offen halten.

»Die Jacht ist ein U-Boot!«, staunte Tilly. Sie hatte den Stuhl losgelassen und war an die Fensterscheibe getreten. Im immer dunkler werdenden Blau des Ozeans trieben Fischschwärme an ihnen vorbei.

»Krass«, keuchte Stanni, hielt aber den Stuhl sicherheitshalber weiterhin umklammert. Ganz geheuer war ihm die Situation nämlich nicht. Nicht nur, weil er vor gar nicht allzu langer Zeit von einem digitalen Strudel in die Tiefe des Meers gesogen worden war. Überhaupt gefiel ihm der Gedanke nicht, in einer metallenen Büchse unter der Wasseroberfläche gefangen zu sein.

Paule und Tilly sahen das offenbar anders. Sie pressten begeistert ihre Gesichter gegen das Glas und zeigten immer wieder auf Schatten und Schemen, die im Zwielicht an ihnen vorbeihuschten. Auch Flux schien wie hypnotisiert von den wabernden Wassermassen. Stanni hingegen war einfach nur froh, dass die Fenster quasi unzerstörbar waren.

»Du kannst dich entspannen«, meinte Belix, ohne seinen Blick vom Tablet zu nehmen. »Die Strecke des U-Boots ist voreingestellt.«

»Bin total entspannt«, presste Stanni zwischen seinen Zähnen hervor.

Belix lachte, was aber direkt in ein herzhaftes Gähnen überging. Viel zu spät hielt er sich die freie Hand vor den Mund. »'tschuldige«, murmelte er und ließ sich schwer in den Stuhl fallen.

»Bleib wenigstens wach, bis wir da sind«, flehte Stanni und starrte hinaus in die mittlerweile undurchdringliche Dunkelheit des Meeres.

Aber Belix antwortete nicht. Er war auf dem Stuhl eingeschlafen. Das Tablet lag locker auf seinem Schoß.

»Na toll«, stöhnte Stanni und umklammerte den Stuhl noch fester.

UNTER DEM MEER

Stanni ahnte, dass er Belix ebenso wenig würde aufwecken können wie die Puhmanns zuvor. Der Energieverlust des Spiels musste mittlerweile so weit fortgeschritten sein, dass auch die jüngeren Bewohner der Welt in einen tiefen Schlaf fielen. Nicht mehr lange, und auch Tilly und Paule würden das zu spüren kriegen – wenn sie es nicht bereits taten. Sie hatten während der Unterwasserfahrt auffallend oft gegähnt.

Stanni sah auf seine Hände, die in die Lehne des Stuhls gekrallt waren. Würde er den Energieverlust auch irgendwann bemerken? Immerhin war er ja jetzt Teil dieser Welt, zumindest glaubte er das. Er fühlte sich schon ein bisschen ausgelaugt, aber bei allem, was er heute erlebt hatte, war das kein Wunder. Er konnte nur nicht ganz sicher sagen, ob das der einzige Grund für seine Erschöpfung war.

Um sich abzulenken, wagte er jetzt doch wieder einen Blick nach draußen in die schummrige Dunkelheit des Meeres. Das U-Boot glitt zielstrebig durch den Ozean. Die Meeresoberfläche schimmerte verschwommen über ihnen, nur wenige schmale Lichtstreifen drangen bis in die Tiefe herab. Wie weit – oder wie tief – mochte dieser Tempel wohl liegen? Sie waren schon eine ganze Weile unterwegs, und Stanni konnte es kaum erwarten, diese Büchse zu verlassen.

»Da!«, rief Paule auf einmal und drückte seine Nase noch fester gegen das Fenster. Auch Tilly berührte jetzt mit der Stirn das Glas und spähte auf etwas unter ihnen.

Langsam ließ Stanni die Lehne des Kapitänsstuhls los und wankte zu den Zwillingen hinüber, die begeistert zum Meeresgrund hinabschauten – und zu dem prunkvollen Unterwassertempel, der sich nach und nach unter ihnen aus dem Zwielicht schälte.

Stanni stieß einen anerkennenden Pfiff aus. Eingebettet zwischen Korallenriffen und hohem, waberndem Seegras ragte ein großes Gebäude auf. Mit seinen Stufen erinnerte es ihn stark an die Pyramide in Los Lamas, nur dass es etwas flacher und gänzlich aus weißem Stein gebaut war, mit lauter Säulen, die die Außenseiten zierten. Auf der Spitze des Unterwassertempels gab es außerdem weder eine Plattform für ein Haus noch eine riesige Sonne. Stattdessen spannte sich ein gläsernes Dach über den Mittelteil. Das Innere dieser Kuppel leuchtete ihnen entgegen wie ein Strahler am Boden eines Swimmingpools.

Um das Hauptgebäude herum erhoben sich etliche weiße Türme aus dem sandigen Meeresboden, deren zwiebelförmige Dächer im schwachen Licht der zentralen Kuppel golden schimmerten.

Obwohl der Reset das Spiel auf seine Anfänge zurückgesetzt hatte, war der Tempel extrem beeindruckend. Er musste von Beginn an geplant gewesen sein, und die Bautrupps hatten sich wirklich selbst übertroffen. Stanni wagte sich kaum auszumalen, wie es hier ausgesehen hatte, bevor das Spiel in seinen Release-Zustand zurückgekehrt war. Sehr viel Arbeit, aber auch sehr viel Liebe musste in dieses Projekt geflossen sein.

Das U-Boot wurde langsamer, schwebte jetzt beinahe lautlos durchs Wasser. Sie hatten ihr Ziel fast erreicht. Vorsichtig schwankte Stanni zurück zum Stuhl und zu Belix, der wie erwartet noch immer schlief.

»Das brauchst du ja bestimmt gerade nicht«, murmelte er und schnappte sich mit einem entschuldigenden Grinsen das Baumeister-Tablet von Belix' Schoß. Er wischte versuchsweise über den Bildschirm und atmete erleichtert auf, als er sah, dass es nicht passwortgeschützt war. Weil er Angst hatte, das U-Boot aus Versehen zurück in die Jacht zu verwandeln, drückte er schnell auf den Home-Button, um in das Hauptmenü zu gelangen. Dort erwartete ihn eine Reihe von Ordnern und Programmen, die sich auf dem Tablet befanden.

Mit mehr Zeit hätte sich Stanni liebend gern ausführlicher mit alldem beschäftigt. Die meisten Programme sagten ihm rein gar nichts, was sie natürlich sofort interessant machte. Aber er wusste, wozu das Tablet in der Lage war, und wollte kein Risiko eingehen. Nur ein Symbol kam ihm bekannt vor: die Kamera.

Stanni hatte sofort das dringende Bedürfnis, Bilder von diesem Unterwassertempel zu machen, auch wenn er nicht wusste, mit wem er sie hätte teilen sollen. Aber vielleicht gab es ja eine Möglichkeit, die Fotos an seinen Computer zu schicken, dann könnte er Max und Finn einen exklusiven Blick auf das neue Event bieten. Wie er an das Material gekommen war, konnte er sich dann immer noch ausdenken. Versuchsweise knipste er ein paar Schnappschüsse von ihrer Umgebung.

Das U-Boot sank währenddessen weiter abwärts, bis es fast den Meeresboden berührte. Dann machte es eine leichte Drehung, sodass es perfekt auf das große Hauptgebäude des Tempels zusteuerte. In der untersten Stufe öffnete sich jetzt ein Durchgang, gerade groß genug, dass ihre zusammengefaltete Jacht hindurchpasste. Mit einem sanften Brummen glitt das Schiff nach vorn und in den Tunnel hinein. Stanni schoss fleißig weiter Bilder.

Es wurde dunkel um sie herum, fast pechschwarz, als sich mit einem vom Wasser gedämpften Krachen der Durchgang hinter ihnen wieder schloss. Der Motor des U-Bootes knatterte kurz auf, ehe er sich schließlich abschaltete. Dann war alles still.

Nervös drehte Stanni das Tablet herum, sodass der erleuchtete Bildschirm von ihm wegzeigte. Im fahlen Licht sahen die Zwillinge sehr blass aus. Tilly hatte noch immer eine Hand am Fensterglas und blinzelte fragend in das Licht des Displays. Paule hielt Flux mit beiden Händen fest. Der Würfel hickste ängstlich und begann mattlila zu glühen. Hinter Stanni schnarchte Belix leise.

»Und jetzt?«, fragte Paule in die geisterhafte Stille hinein.

Als Antwort ertönte ein lautes Rauschen, wie das Getöse eines Wasserfalls, das stetig stärker wurde. Kurz bekam Stanni Panik, denn das Geräusch erinnerte ihn an den Strudel, der ihn in die Tiefe des Ozeans gezerrt hatte. Aber dann durchbrach das U-Boot mit einem Brausen und Gurgeln die Wasseroberfläche, und Licht erleuchtete endlich wieder das Innere der Brücke.

Das musste eine Luftschleuse gewesen sein! Das U-Boot war in eine kleine Halle gefahren, die bis vor Kurzem noch mit Wasser gefüllt gewesen war. Jetzt wurde dieses Wasser aber nach und nach abgepumpt. Klar, irgendwie mussten sie ja wieder aussteigen, Taucheranzüge gab es hier nämlich keine.

Erleichtert beobachteten die Freunde, wie der Pegel um sie herum immer weiter absank, bis endlich ein schmaler steinerner Anlegesteg zu erkennen war, an dem das Boot mit einem sanften *KLACK* andockte.

»Nichts wie raus hier«, sagte Stanni, der es kaum erwarten konnte, wieder festen Boden unter den Füßen zu spüren.

Tilly zeigte mit dem Daumen auf den schlafenden Belix. »Was ist mit dem hier?«

»Och.« Stanni zuckte mit den Schultern. »Der rennt schon nicht weg.«

»Wir müssen ohnehin zum U-Boot zurückkommen«, merkte Paule an. »Es sei denn, wir wollen zurück an die Oberfläche schwimmen.«

Zurück, ging es Stanni durch den Kopf. Die ganze Zeit über war er so auf ihr Ziel fixiert gewesen, Herrn Lama zu finden, dass er gar nicht darüber nachgedacht hatte, was sie vielleicht in diesem Tempel erwarten würde. Wenn Herr Lama tatsächlich entführt worden war, welche Gegner würden sich ihnen bald in den Weg stellen? Paule hatte ihre Rückkehr so beiläufig erwähnt, als wäre sie selbstverständlich. Was, wenn er sich irrte?

Stanni schluckte den Kloß hinunter, der sich in seinem Hals bildete. Er durfte jetzt nicht anfangen zu zweifeln.

»Na gut«, sagte er und griff mit der freien Hand nach der Tür der Brücke. »Retten wir Herrn Lama!«

Die Halle mit dem Anlegesteg war nicht besonders groß und bot geradeso der zusammengefalteten Jacht Platz. Griechisch anmutende Säulen stützten die Decke, zwischen ihnen pendelten große Laternen, die allerdings nur schwaches Licht abgaben. Offenbar fehlte auch hier die Energie. Aber selbst im Zwielicht wirkte die Architektur des Tempels ehrwürdig und beeindruckend.

Ein breiter Gang führte tiefer ins Innere. Tilly war mutig vorangeschritten, Paule ging dicht hinter ihr. Er hielt den nervös blinkenden Flux im Arm. Stanni fiel etwas zurück. Immer wieder blieb er stehen und machte Bilder, von den Säulen, von Nischen und leeren Sockeln oder von den Laternen, die in regelmäßigen Abständen den Gang schummrig erhellten.

»Stellt euch vor, wie es hier vor dem Reset ausgesehen haben muss«, schwärmte er. Seine Stimme hallte gespenstig zwischen den Wänden hin und her. »Dutzende Spieler wären hier mit der Jacht angekommen. Alles wäre hell erleuchtet gewesen.«

»Bestimmt gab es noch mehr Dekorationen«, überlegte Tilly. »Auf den Sockeln haben vielleicht Statuen gestanden.«

Paule seufzte. »Ein Jammer«, sagte er leise. »Die Bautrupps werden ewig brauchen, um das alles wieder aufzubauen.«

Stanni ließ das Tablet sinken. »Vielleicht«, dachte er laut, »könnten die Spieler diesmal helfen.«

»Wie willst du das denn anstellen?«, fragte Paule irritiert. »Du darfst anderen Spielern auf keinen Fall verraten, dass es uns gibt!«

Stanni lachte. »Keine Sorge, euer Geheimnis ist bei mir sicher.« Dann runzelte er nachdenklich die Stirn. »Aber ich glaube, wenn man den Spielern die richtigen Tools gibt, würden sie diesen Tempel ruckzuck auf Vordermann bringen. Das würde allen Spaß machen.«

Ehe Stanni den Gedanken weiter ausführen konnte, endete der Gang abrupt in einer weiteren kleinen Halle, die wie ein Foyer wirkte. Mehrere

Laternen beleuchteten schwach die Decke. In der Mitte des Marmorbodens war ein großes Mosaik eingelassen, das einen Kristall zeigte, von dem Risse wie Strahlen in alle Richtungen abgingen. Es erinnerte Stanni sofort an die seltsamen gläsernen Portale. Ob das ein Zufall sein konnte?

DINGDONG! Wie aufs Stichwort hallte der verhasste Ton durch den Tempel. Von Zufall konnte also offensichtlich keine Rede sein. Während Paule heftig zusammenzuckte, verdrehte Tilly nur genervt die Augen.

»Was denn jetzt noch?!«, stöhnte sie.

»Liebe Spielerinnen und Spieler!«, eierte die mechanische Stimme ihr Programm runter. »Wir haben festgestellt, dass ihr eure Kleidung über alles liebt! Damit ihr eure Skins in Zukunft nicht mehr mühsam freispielen müsst, könnt ihr sie ab sofort ausschließlich gegen Echtgeld kaufen! So geht es viel schneller, und ihr könnt eure Zeit im Tal Royal viel sinnvoller nutzen. Wir wünschen euch viel Spaß!«

Die drei Freunde wechselten ungläubige Blicke. Stanni konnte nicht anders, als das Gesicht in den Händen zu vergraben. So dämlich konnte doch nun wirklich niemand sein! Die letzten Spieler im Game standen jetzt wahrscheinlich in Unterhemden auf der Map, weil ihre Skins einfach verschwunden waren. Die bisherigen Änderungen schienen allesamt aus dem schlechtesten Ratgeber für Spieleentwickler zu stammen, den man sich nur vorstellen konnte.

»Wie verderbe ich allen garantiert den Spaß in nur drei einfachen Schritten?«, murmelte Stanni den ausgedachten Titel dieses Handbuchs vor sich hin. Flux stimmte ihm wortlos zu, indem er ein Gesicht machte, als wäre ihm übel.

Die Laternen flackerten in ihren Halterungen und brannten noch schwächer. Weitere Spieler mussten sich ausgeloggt haben.

»Wir müssen uns beeilen«, mahnte Tilly. »Wer auch immer diesen Quatsch verändert, noch eine Durchsage, und wir sind geliefert.«

Stanni nickte. Sie mussten weiter. Aufmerksam sah er sich in der kleinen Halle um. An der gegenüberliegenden Wand führte ein tunnelartiger Gang aus dem Raum hinaus. Rechts und links von diesem erkannte er je einen säulengeschmückten Rundbogen. Diese Bögen waren jedoch nur Wanddekoration. Zumindest ging es hinter ihnen nicht weiter. Er fuhr mit der Hand über das Mauerwerk, konnte aber nichts Ungewöhnliches ertasten. Es blieb folglich nur der Weg in der Mitte.

»Über dem Gang steht etwas!«, rief Paule. Er hatte den leuchtenden Flux hochgehoben, um besser sehen zu können.

Tilly war neben ihn getreten, hatte sich auf die Zehenspitzen gestellt und die Augen zusammengekniffen, um im Halbdunkel die Schrift besser erkennen zu können. »Nullpunkt«, las sie laut vor.

Das Wort ließ Stanni zusammenzucken. »Das muss es sein!«, sagte er aufgeregt. »Mit dem Nullpunkt hat alles angefangen.«

»Dann endet es auch dort«, entgegnete Tilly grimmig.

Dicht an dicht gedrängt wanderten die drei Freunde in den mittleren Gang. Paule hatte Flux auf seine Schulter gesetzt und seine Steinschleuder hervorgeholt. Tillys rechte Hand zuckte immer wieder zum Gleiter auf ihrem Rücken. Auch Stanni wurde mit jedem Schritt nervöser. Er linste über die Schulter zu seinem Hockeyschläger, der noch immer zwischen den Gurten des Rucksacks steckte.

Es war eigenartig, dass sie noch keiner Wache begegnet waren. Das schien dafür zu sprechen, dass es ein einzelner Bösewicht war, der Herrn Lama entführt hatte. Stanni schöpfte neuen Mut. Vielleicht schafften sie es, den alten Kauz unbemerkt zu befreien und einfach abzuhauen. Sollte es doch zu einem Kampf kommen, waren sie immerhin in der Überzahl.

Am Ende des Tunnels wurde es langsam heller. Sie mussten den mysteriösen Nullpunkt fast erreicht haben. Stanni hob eine Hand und bedeutete den anderen, stehen zu bleiben.

»Wir verschaffen uns erst einen Überblick«, flüsterte er.

»Ich checke diesmal hinter uns«, erklärte Paule leise. »Damit wir nicht wieder überrascht werden.«

Stanni gab ihm einen Daumen hoch, dann huschte er gebückt auf das Licht zu. Schon von hier aus konnte er erkennen, dass sich hinter dem Durchgang ein riesiger Saal befand.

Er presste sich flach an die Wand und rutschte langsam daran entlang. Als er die Tunnelöffnung erreicht hatte, schob er wie in Zeitlupe den Kopf nach vorne, um ins Innere des Raums spähen zu können. Nur mit Mühe unterdrückte er ein erstauntes Ächzen bei dem Anblick, der sich ihm bot.

Das Erste, was ihm auffiel, war die gläserne Decke, die sie schon bei ihrer Ankunft gesehen hatten. Von hier aus wirkte die Kuppel aber noch viel beeindruckender. Weit über ihnen ließ die matte Sonne die Wasseroberfläche türkis aufleuchten, was dazu führte, dass das Innere des Saals in wabernde Blau- und Grüntöne getaucht wurde.

Das Zweite, was Stanni sah, war ein Podest in der Mitte des runden Raumes. Darauf thronte ein riesiger Kristall, der vor Energie zu vibrieren schien. Er wurde von einer kunstvollen Metall-Konstruktion gehalten, die Ähnlichkeiten mit einer natürlich gewachsenen Ranke hatte.

KRISTALLSTAND!, schoss es Stanni durch den Kopf. Das Wort, das die Spieler aus den rätselhaften Buchstaben am Rathaus entziffert hatten, die in Wirklichkeit aber der Hilferuf für Stanni gewesen waren. Es gab ihn also wirklich, diesen Kristallstand, obwohl die Zwillinge das unmöglich gewusst haben konnten. *Ganz schön unheimlich.*

Noch unheimlicher war allerdings das, worauf Stannis Blick als Nächstes fiel. Vor dem Kristall, auf einem steinernen Lesepult, lag aufgeschlagen das große Buch.

»Stanni, da!«, zischte Tilly neben ihm und deutete mit dem Finger auf eine Figur, die hinter dem Kristall umherschlurfte. Stanni hatte sie gar nicht gesehen, vermutlich, weil sie nicht gerade groß war und leicht gebeugt ging.

Das gab's ja gar nicht. Das war Herr Lama!

Der alte Kauz spazierte seelenruhig durch den Saal um den großen Kristall herum und schien tief in Gedanken versunken. Man konnte ihn sogar ganz leise vor sich hin murmeln hören. Besorgt oder gar gefangen wirkte er nicht.

Misstrauisch sah sich Stanni um, aber der Rest des Saales war sehr gut einsehbar. Keine Sockel, Statuen oder Ecken konnten jemanden verbergen, und es gab keine anderen Türen oder Gänge, aus denen plötzlich jemand hervorkommen konnte. Es schien, als wären sie allein. Kein Entführer weit und breit.

Unsicher schaute er zu Tilly und Paule, die nur mit den Schultern zuckten. Flux hatte die Augen zu Schlitzen verengt, schien aber auch keine Einwände zu haben. Stanni seufzte. Es schien riskant, aber wenn sie noch länger zögerten, würden sie vielleicht ihre Chance verpassen. Herr Lama und das Buch schienen unbewacht und zum Greifen nah. Sie mussten es einfach wagen.

Vorsichtig richtete sich Stanni auf und trat in den Saal. Die Zwillinge zögerten nur kurz, dann folgten sie ihm.

Die Atmosphäre war atemberaubend. Das Licht der Oberfläche, gebrochen durch das Wasser, ließ zuckende Schemen über die weißen Wände tanzen. Jetzt konnte man auch das leise Knistern und Wispern hören, das von dem Kristall ausging und durch den Raum klang.

Herr Lama war mittlerweile an das große Buch herangetreten und schien den Inhalt genauestens zu studieren. Stanni konnte erkennen, dass sich der Alte seit seinem letzten Besuch kaum verändert hatte. Er trug seine bauschigen Pluderhosen und darüber mehrere Lagen weiter Hemden und Westen. An seinem knorrigen Gehstock raschelten die getrockneten Flaschenkürbisse, an seinen Ohren klimperten goldene Ohrringe, und auf seiner Nase saß noch immer eine völlig unpassende Sonnenbrille. Sein weißer Zauselbart wirkte vielleicht etwas wirrer als sonst, als hätte er ihn eine ganze Weile nicht mehr gekämmt, und seine lilafarbene Schlumpf-Mütze hatte er durch etwas ersetzt, was erstaunlich nach einem Aluhut aussah, aber ansonsten schien es der gewohnt verrückte, aber durch und durch herzliche Herr Lama zu sein.

Die Freunde hatten ihn jetzt fast erreicht, allerdings schien der Alte so vertieft in das Buch, dass er sie gar nicht bemerkte. Stanni schaute sich ein letztes Mal um, dann nahm er all seinen Mut zusammen.

»Herr Lama?«, fragte er.

Der alte Kauz wirbelte erschrocken herum. Kurz starrte er sie verwirrt an, musterte erst Stanni, dann die Zwillinge und Flux hinter ihm, als würde er sie nicht erkennen. Doch dann hellte sich seine Miene auf.

»Na, das ist ja eine Überraschung!«, bemerkte er mit einem Schmunzeln und wirbelte begeistert seinen klappernden Stock durch die Luft. Schneller, als man es einem alten Mann wie ihm zutrauen würde, sprang er auf Stanni zu, griff nach seiner Hand und schüttelte sie aufdringlich. »Ist ja toll, dich mal wiederzusehen! Und die Geschwister Puhmann hast du auch mitgebracht. Toll, nein, ganz hervorragend!«

Er war an Tilly und Paule herangetreten und kniff sie abwechselnd in die Wange. Dabei strahlte er von einem Ohr zum anderen und entblößte genau vier Zähne in seinem Mund. Mehr hatte er allerdings auch vorher nicht gehabt, erinnerte sich Stanni.

»Und den drolligen Glitch habt ihr auch dabei!« Herr Lama streckte die Hand nach dem Würfel auf Paules Schulter aus, um ihn zu tätscheln.

FLUX!, zischte der jedoch bedrohlich und verengte wütend die Augen. Wie ein Schaudern ging eine Welle über seine Oberfläche, als sträubten sich Flux die digitalen Haare. Er gab ein elektrisches Brummen von sich, das fast wie ein Fauchen klang.

»Hat wohl schlechte Laune, der Kleine, was?«, bemerkte Herr Lama kichernd und zog seine Hand wieder zurück. Mit Schwung drehte er sich auf dem Absatz herum und schlenderte wieder zurück zum Lesepult, auf dem noch immer das große Buch lag. Dahinter knisterte weiterhin der Kristall in seiner Halterung.

»Also«, rief Herr Lama über seine Schulter zurück zu den Freunden, während er durch das Buch blätterte. »Was kann ich für euch tun?«

Stanni und die Zwillinge starrten den alten Kauz entgeistert an. Los Lamas befand sich in einer nie da gewesenen Energiekrise, die Bewohner fielen nacheinander alle in einen tiefen Schlaf, und Herr Lama selbst war samt Buch entführt worden. Und nun stand er vor ihnen in einem Unterwassertempel und fragte sie, was er für sie tun konnte, als wären sie gerade zu Besuch auf Kaffee und Kuchen vorbeigekommen?!

»Wir sind gekommen, um Sie ... zu retten?«, stammelte Paule zögerlich, während er seine Steinschleuder wieder wegpackte. Sie schien hier nicht gebraucht zu werden.

»Ach ja?«, machte Herr Lama, drehte sich dabei aber nicht einmal um, als ginge ihn das alles gar nichts an. »Das ist ja nett«, fuhr er fort. »Aber ich muss gar nicht gerettet werden.«

»Sie sind doch entführt worden!«, stieß Stanni hervor. »Sie und das Buch! Ihr Haus war vollkommen verwüstet, und Murmel –«

»Murmel!«, rief Herr Lama und drehte sich jetzt doch wieder um. »Den habe ich ja eine Ewigkeit nicht mehr gesehen. Wie geht es ihm?«

»Besser«, presste Tilly zwischen den Zähnen hervor. »Nachdem wir ihn aus der Kiste in Ihrem Haus befreit haben.«

»Verrücktes Kerlchen«, gluckste Herr Lama und wandte sich wieder dem Buch zu.

Die drei Freunde wechselten fragende Blicke. Natürlich wussten sie, dass Herr Lama ein wenig seltsam war. Aber dass ihn die Verwüstung seines Hauses und das Wohl seines geliebten Äffchens dermaßen kaltließen, war mehr als besorgniserregend. Stanni kam sich vor wie im falschen Film. Er hatte mit allem gerechnet: einem Tempel voller Wachen, einem fiesen Bösewicht mit Superkräften, noch mehr Geheimagenten, die sie im Kampf besiegen mussten. Aber dass sie Herrn Lama alleine vorfinden würden, nachdem er offenbar vollkommen den Verstand verloren hatte, das hatte nun wirklich keiner von ihnen kommen sehen. Was war nur mit dem Mann passiert? Hatte ein Bösewicht ihn einer Gehirnwäsche unterzogen? Litt er unter Gedächtnisverlust? War die fehlende Energie schuld? Oder war mehr beim Reset schiefgegangen, als sie gedacht hatten?

Flux pulsierte noch immer warnend auf Paules Schulter. Mittlerweile standen dem Jungen alle Haare zu Berge, weil sich die elektrische Ladung des Würfels auf sie übertrug. Auch diese Reaktion beunruhigte Stanni. Er hatte Flux nie so feindselig erlebt – außer wenn sie in Gefahr schwebten. Stanni hatte kein gutes Gefühl bei der Sache. Unauffällig hob er das Baumeister-Tablet und schaltete mit einem Fingerwisch den Bildschirm ein. Bevor er die Kamera entdeckt hatte, war ihm ein Analyse-Programm aufgefallen. Sicherlich war es dafür gedacht, Gebäude und andere digitale Strukturen auf Fehler zu überprüfen, aber streng genommen war ja auch Herr Lama nur eine Datei, vielleicht funktionierte es also auch bei ihm.

Das Programm fuhr langsam hoch und schien dann die Umgebung zu scannen. Es spuckte eine ewig lange Liste an Dateinamen aus, vermutlich von den Strukturen, Dekorationen und Personen, die sich im Saal befanden. Die alle durchzugehen, hätte zu lange gedauert und wäre vermutlich auch zu auffällig gewesen, also wählte Stanni kurzerhand die gesamte Liste aus und ließ eine Fehlersuche laufen. Ein Balken begann, sich quälend langsam zu füllen.

Nervös schob Stanni das Tablet in den Hosenbund in seinem Rücken. Er sah zuerst zu den Zwillingen, die ihn hilflos anstarrten, dann zu Herrn Lama, der von irgendwoher einen Stift gezaubert hatte und nun nachdenklich darauf herumkaute.

»Herr Lama?«, fragte Stanni vorsichtig.

Der Alte drehte sich überrascht um, als hätte er bereits vollkommen vergessen, dass Stanni und die Zwillinge da waren. »Ja, mein Junge?«

»Äh«, machte Stanni und hustete. Er musste Zeit gewinnen, bis das Programm den Scan durchgeführt hatte. »Schicker Hut.« Etwas Besseres fiel ihm nicht ein.

Aber Herr Lamas Augen leuchteten begeistert auf. Mit unverhohlenem Stolz rückte er den Alu-Hut auf seinem Kopf zurecht, als wäre er eine Krone und nicht etwa ein schiefes Gebilde, das aussah, als hätte ein Kleinkind mit faltiger Alufolie gespielt.

»Das ist kein einfacher Hut, musst du wissen«, erklärte er. »Er schützt meinen Kopf vor der Strahlung von dem Großen Draußen.« Er nickte, als wäre das selbstverständlich.

»Das … Große Draußen?«, wiederholte Stanni verständnislos. Der Alte hatte offenbar wirklich vollends einen an der Klatsche.

Aber Herr Lama deutete fröhlich auf das Buch und den Kristall, der stetig knirschte und knisterte.

»Dieser Kristall, der Nullpunkt«, erklärte er in einem mystischen Tonfall, so wie ihn Stanni von Herrn Lama gewohnt war. »Er ist die Verbindung zum Großen Draußen. Eine Welt voller Katzen, Ritter und etwas, das sich *Rabattcode* nennt. Bestimmt eine streng geheime Formel!«

Meinte er etwa das Internet? Hatte Herr Lama einen Zugang zum restlichen Netz gefunden? War etwa er für die Portale verantwortlich, die sich überall geöffnet hatten? Stanni schwirrte der Kopf.

»Sie waren das, oder?«, schaltete sich Tilly ein. Sie zog Paule einen Schritt auf den Alten zu. Flux starrte Herrn Lama noch immer böse an und blinkte in kurzen, hellen Lilatönen. »Sie haben diesen Kristall benutzt, um Löcher in den Himmel zu bohren und uns mit Autos zu bewerfen!«

Sie klang vollkommen entsetzt, aber Herr Lama schien ihren Tonfall überhaupt nicht zu bemerken. Er nickte nur stolz und strich dabei zärtlich über das Buch.

»Der Nullpunkt ist eine magische Verbindung!«, hauchte er ehrfürchtig. »Erst konnte ich nur durch ihn hindurchsehen, auf die andere Seite. Aber mithilfe des Buches konnte ich ihn kontrollieren. Dinge wandern lassen, aus dem Großen Draußen zu uns. Türen öffnen. Endlich werde ich das Geheimnis der Spieler ergründen. Sie kommen auch aus dem Großen Draußen, wisst ihr?«

Er seufzte schwärmerisch und starrte beinahe verliebt auf den Kristall. Stanni und die Zwillinge hingegen tauschten entgeisterte Blicke.

»Stecken Sie etwa auch hinter den ganzen Änderungen im Spiel?«, brachte Paule hervor. »Hinter diesen bescheuerten Durchsagen?«

»Natürlich«, sagte Herr Lama strahlend. »Toll, oder?«

Aber Paule fand es offenbar überhaupt nicht toll. Langsam ballte er seine Hände zu Fäusten, sein ganzer Körper schien sich anzuspannen. Stanni hatte den Jungen noch nie so wütend gesehen. Auch Flux' warnendes Blinken wurde immer schneller, seine Augen verengten sich noch weiter zu grimmigen Schlitzen.

»Sie vertreiben die Spieler!«, schrie Paule. »Los Lamas versinkt in Dunkelheit, unsere Eltern sind vielleicht für immer eingeschlafen, und Sie haben nichts Besseres zu tun, als mit einem magischen Kristall alles noch schlimmer zu machen?!« All der Frust und die Angst der letzten Tage und Wochen bahnten sich mit einem Mal ihren Weg. Kurz hob Paule sogar die geballte Faust, und für eine Sekunde dachte Stanni, der kleine, schmächtige Junge wollte dem alten Kauz gehörig eine verpassen. Aber Paule hielt sich zurück, vielleicht auch, weil seine Schwester ihm beschwichtigend eine Hand auf die Schulter gelegt hatte.

Zum ersten Mal, seit sie ihn getroffen hatten, schien Herr Lama ernsthaft verwirrt. Er runzelte die Stirn und schaute die drei Freunde und letztlich auch den knurrenden Flux lange an.

»Ich tue das doch alles für Los Lamas«, erklärte er schließlich und rückte wieder seinen Aluhut zurecht.

»Die Änderungen helfen aber nicht!«, schnaubte Stanni. Auch er war wütend. Was war denn nur mit Herrn Lama geschehen? Klar, er war noch nie ganz richtig im Kopf gewesen. Aber niemals würde er Los Lamas so sehr im Stich lassen, niemals würde er einen seltsamen Kristall benutzen und das Spiel derart in Gefahr bringen.

»Die Änderungen werden helfen!«, gab Herr Lama beleidigt zurück. »Ich bin nur noch nicht fertig. Ihr werdet schon sehen. Manchmal, ja, da muss man die Spieler eben zu ihrem Glück zwingen. Auch das weiß ich aus dem Großen Draußen!« Er setzte den Stift, auf dem er zuvor herumgekaut hatte, auf das Papier des aufgeschlagenen Buches. »Ihr werdet sehen«, wiederholte er und beugte sich vor. Mit geschwungenen Buchstaben begann er zu schreiben.

Stanni wurde blass. Er wusste, was das bedeutete. Was auch immer man in das große Buch schrieb, wurde wahr.

Der Kristall, nein, der Nullpunkt über dem Lesepult knisterte plötzlich lauter. Ein Knacken war zu hören, und dann zogen sich wieder die bekannten Risse durch die Luft. Aber diesmal öffnete sich kein Portal, stattdessen griffen die Risse wie zuckende Greifarme nach den Seiten des Buches. Als sie diese berührten, schossen Funken und Blitze zwischen Buch und Kristall hin und her.

DINGDONG!, dröhnte es durch den Saal.

»Liebe Spielerinnen und Spieler!«, verkündete die Computerstimme, und Stanni verstand endlich, wieso sie so mechanisch klang: Es war ein automatisches Sprach-Programm, das lediglich vorlas, was Herr Lama gerade ins Buch schrieb.

»Stop!«, schrie Stanni, stürzte nach vorne und zerrte an Herrn Lamas Arm. »Er darf nicht zu Ende schreiben!«, rief er den Zwillingen zu.

Herr Lama keuchte überrascht und versuchte, den Stift wieder aufs Papier zu bringen. Die mechanische Stimme war abrupt verklungen, und als Stanni einen Blick in das Buch warf, erkannte er auch, warum. Weiter als bis zur Begrüßung war Herr Lama noch nicht gekommen.

Paule und Tilly stürzten sich nun ebenfalls auf den Alten. Der erwies sich als erstaunlich stark, trotz seiner geringen Größe, und wehrte sich heftig dagegen, vom Lesepult abgedrängt zu werden. Gegen ihre Überzahl hatte er trotzdem keine Chance. Stanni und Tilly hingen an seinen Armen und Paule zerrte an seinem Pluderhemd. Mit einem wütenden Schrei gab Herr Lama auf und ließ sich vom Buch wegzerren. Keuchend ließen die Freunde von ihm ab und stellten sich zwischen ihn und das Buch, nur für den Fall, dass er sie umrunden wollte, um erneut hineinzuschreiben.

»Keine Manieren«, murmelte Herr Lama entrüstet und strich sich über seine bauschige Kleidung. »Unverschämt.«

»Es bringt nichts, das Spiel zu verändern«, sagte Stanni und hustete. Das kurze Gerangel mit dem erstaunlich agilen Alten war überraschend anstrengend gewesen. »Die Spieler mögen Ihre Änderungen nicht. Kommen Sie mit uns nach Los Lamas zurück, dort finden wir gemeinsam eine bessere Lösung!«

Herr Lama schaute ihn aus zusammengekniffenen Augen an, dann schielte er kurz zu dem großen Buch hinter Stanni und den Zwillingen. Er schien nachzudenken.

»Bitte, Herr Lama«, flehte Tilly. »Sie sind der Einzige, der den Bewohnern noch helfen kann.«

»Sie und das Buch«, ergänzte Paule.

Langsam schaute Herr Lama zwischen Stanni, Tilly und Paule hin und her. »Und Murmel ... ist auch da?«, fragte er zögerlich.

Stanni nickte heftig. War das etwa der alte Herr Lama, der langsam wieder zum Vorschein kam? Was auch immer mit ihm passiert war, ganz hatte es ihn nicht verändert, irgendwo tief drin war der Herr Lama, den sie kannten und schätzten. Der alles für Los Lamas und seine Bewohner tun würde. Und für Murmel.

»Klar ist Murmel auch da«, bestätigte Stanni hoffnungsvoll. »Und er kann es sicher kaum erwarten, Sie wiederzusehen.«

Herr Lama nickte zurückhaltend. Er ließ die Hand mit dem Stift sinken, fast so, als würde er eine Waffe niederlegen. Erleichtert seufzte Stanni auf – da piepste das Tablet, das er sich hinten in den Hosenbund gesteckt hatte, laut auf.

»ANALYSE KOMPLETT«, plärrte es durch den Saal. »BESCHÄDIGTE DATEI ENTDECKT. LAMA.EXE SOFORT REPARIEREN ODER ENTFERNEN.«

Entsetzt starrte Stanni Herrn Lama an. Keine Chance, dass er das nicht gehört hatte, oder?

Herr Lama lächelte säuerlich. »Beschädigt? Pah!«, spuckte er aus. »Fast wäre ich auf euch reingefallen.«

»Nein, das ...!«, begann Stanni stotternd, aber Herr Lama winkte wütend ab.

»Ich verstehe schon«, erklärte er und trat einen weiten Schritt nach hinten in Richtung Wand, den Gehstock mit beiden Händen umschließend und abwehrend erhoben. »Ihr wollt diese Welt gar nicht retten. Nicht so wie ich!«

»Natürlich wollen wir die Welt retten!«, gab Paule zurück, aber Herr Lama lachte nur humorlos.

»Nein, nein«, murmelte er. »Ich kann euch hier nicht brauchen. Ihr seid nur im Weg.«

Und mit diesen Worten machte er einen weiteren Schritt nach hinten. Er hatte jetzt eine der Seiten des Saals erreicht, und seine rechte Hand bewegte sich auf eine der niedrig hängenden Laternen zu. Stanni erkannte sofort, dass diese hier eine leicht andere Färbung besaß. Er hatte genug Videospiele gespielt, um zu kapieren, was das bedeutete.

»Nicht!«, rief er, aber da war es schon zu spät. Herr Lama hatte die Laterne mit einem Ruck nach unten gezogen. Ein mechanisches Rattern und Klicken war zu hören, und keine Sekunde später öffnete sich eine breite Falltür genau unter ihren Füßen. Mit einem überraschten und erstickten Schrei stürzten die drei Freunde samt Flux in einen dunklen Schacht.

RUTSCHPARTIE

Stanni hatte eine Grube voller Schlangen erwartet oder eine Reihe angespitzter Pfähle, die sie aufspießen würden. Was man eben für gewöhnlich unter einer Falltür findet. Stattdessen landeten sie in einer Art Röhre, die sofort steil abwärtsfiel. Ohne eine Möglichkeit, sich an der glatten Wand festzuhalten, rutschten sie in die Dunkelheit.

»Haltet euch an mir fest!«, rief Stanni, umklammerte das Tablet mit der einen Hand und tastete mit der anderen blind nach Tilly und Paule, die wie er wild durch die Röhre purzelten.

Tilly war auf dem Bauch gelandet und rutschte mit den Füßen voran. Offenbar war es schwer, sich mit dem Gleiter auf den Rücken zu drehen, daher griff sie nur hilflos nach Stanni und zog sich an ihn ran, um sich zumindest zu stabilisieren.

Paule hingegen glitt mit dem Kopf zuerst nach unten. Flux war auf den Rücken des Jungen geglitcht, als wäre er ein Surfbrett. Der Würfel pulsierte mit schwachem Licht, sodass sie wenigstens grob erkennen konnten, was vor ihnen lag. Ein Umstand, der Paule jedoch wenig zu freuen schien. Immer, wenn die Röhre einen leichten Knick machte und sie um die Ecke geschleudert wurden, schrie er panisch auf. Der kleine Würfel war wohl der Einzige aus ihrer Truppe, der ernsthaft Spaß an dieser Rutschpartie hatte. Er hatte den digitalen Mund freudig aufgerissen und vibrierte aufgeregt.

Der Abstand zwischen dem Knäuel aus Stanni und Tilly hinten und Paule vorne wurde nach und nach größer. Paule war kleiner und leichter als die beiden anderen und wurde deswegen schneller. Stanni griff kurzerhand nach seinem Fuß und zog den Jungen näher zu sich heran, damit sie alle zusammenhingen. Das war sicherlich nicht die eleganteste Methode, aber falls die Röhre irgendwo Abzweigungen oder Abfahrten hatte, würden sie zumindest nicht getrennt werden.

So zusammengehalten schossen sie durch das lilafarbene Zwielicht. Stanni wollte so dringend über das reden, was sie soeben über Herrn Lama erfahren hatten, doch alle drei waren viel zu beschäftigt damit, sich nicht zu überschlagen.

»Lasst bloß nicht los!«, rief er stattdessen, erntete aber nur einen weiteren Schreckensschrei von Paule.

In regelmäßigen Abständen konnte Stanni Lampen erkennen, die in die Wand der Röhre eingelassen worden waren, doch sie waren nicht angeschaltet. Mit genügend Energie wäre die Rutsche wohl hell erleuchtet, was die ganze Situation wesentlich cooler gemacht hätte. Die Klappe im Boden, durch die sie gefallen waren, war in Wirklichkeit wohl keine richtige Falle, sondern eher ein geheimer Zugang, speziell für neugierige Spieler gebaut. Stanni hoffe inständig, dass das Ende der Röhre sie daher tiefer ins Innere des Tempels führte und nicht etwa raus ins Meer spuckte.

In einer schier endlosen Spirale ging es immer weiter nach unten, bis sie schließlich auf einer langen Gerade ankamen. Weil die Röhre hier nicht mehr ganz so steil war, wurden sie etwas langsamer. Allerdings nur langsam genug, um in aller Deutlichkeit zu erkennen, was ein ganzes Stück vor ihnen auf sie wartete. Denn dort teilte sich die Strecke in zwei Seitenarme!

Matt blinkende Schilder hingen über den unterschiedlichen Öffnungen, und Stanni musste die Augen zusammenkneifen, um sie lesen zu können. »QUIZ« stand auf dem linken Schild, »PARKOUR« auf dem rechten. Er hatte also richtig gelegen! Die Falltür war der Zugang zu einem geheimen Bereich des Tempels, in dem sich die Spieler verschiedenen Herausforderungen stellen konnten. Eine ziemlich coole Idee, ein Minispiel im eigentlichen Spiel zu verstecken.

Paule war ganz und gar nicht seiner Meinung. »Die Röhre teilt sich!«, brüllte er. »Die Röhre! Die Röhre!!!«

»Wir müssen uns für eine Richtung entscheiden!«, versuchte Stanni ihn zu übertönen.

Tilly, die noch immer rückwärtsrutschte, klammerte sich fester an seinen Arm. »Was sind die Optionen?«, fragte sie.

»Quiz oder Parkour«, erklärte Stanni.

»Parkour!«, entschied Tilly.

»Quiz!«, schrie Paule im gleichen Augenblick.

FLUX!, sagte der lila Würfel, wobei er alarmiert blinkte.

Kein Wunder, denn sie kamen der Abzweigung immer näher. Wenn sie sich nicht bald entschieden, würden sie heftig gegen die Mauer zwischen den Seitenarmen prallen und dann auseinandergerissen. Getrennt zu werden endete meist in einer Katastrophe, das wusste Stanni von allen Horrorfilmen, die er je gesehen hatte. Sie brauchten also schleunigst eine Entscheidung, und wie es aussah, würde er sie treffen müssen.

Stanni war sich sicher, dass es keine falsche Wahl gab. Keine der Röhren würde sie wie befürchtet aus dem Tempel hinaus in den Ozean leiten. Diese Rutsche war für die Spieler gedacht. Die Frage war nur, ob sie eher einem Quiz gewachsen waren oder einer körperlichen Herausforderung beim Hindernislauf.

»Nach links zum Quiz!« Wenn Stanni und seine Freunde auf Köpfchen setzen sollen, dann lies weiter auf Seite 165.

»Nach rechts zum Parkour!« Wenn es die Freunde lieber auf ihre athletischen Fähigkeiten ankommen lassen sollen, dann lies jetzt weiter auf Seite 172.

»**Nach links zum Quiz!**«, entschied Stanni kurzerhand. Immerhin war diese Herausforderung für Spieler gedacht, sicherlich würde es jede Menge Fragen zum Tal Royal geben, und kaum jemand kannte sich damit besser aus als er!

»Alles klar!«, gab Tilly zurück und lehnte sich, so gut es in ihrer Position ging, nach links. Stanni drückte sich gleichzeitig von der rechten Außenwand der Röhre ab. Sie gerieten ins Schlittern, pendelten hin und her und zischten dann haarscharf an der Wand zwischen den beiden Wegen vorbei in die linke Röhre.

»Ahhhhhhhhh!«, brachte Paule noch gerade so heraus, dann ging es steil abwärts, und nach nur wenigen Herzschlägen purzelten sie aus dem Rohr in einen matt erleuchteten Raum.

»Autsch«, stöhnte Stanni. Er war genau auf die Schulter gefallen, die er sich bei seinem Absturz über der Pyramide am Vorabend geprellt hatte.

Mühsam richtete er sich auf und hielt dann Tilly die Hand hin, um ihr hochzuhelfen. Neben ihnen kämpfte sich Paule auf die Beine und richtete seine Brille. Obwohl er kopfüber aus der Röhre gefallen war, schien er den Sturz gut überstanden zu haben. Er war zwar von seinem Geschrei außer Atem, aber unverletzt.

FLUX FLUX! Der lila Würfel blinkte freudig auf Paules Schulter. Offenbar hatte ihm die Fahrt besonders gut gefallen.

»Kann mir jemand erklären, was in Herrn Lama gefahren ist?«, fragte Tilly und sprach damit endlich aus, was ihnen allen durch den Kopf gehen musste.

Stanni entsperrte den Bildschirm des Tablets. Es war wie durch ein Wunder unbeschädigt, doch die Ergebnisse der Analyse waren verschwunden. Stattdessen erschien eine neue Liste von Dateien, die sich jetzt um sie herum befanden.

»Mist«, fluchte Stanni. »Das Tablet untersucht immer nur die direkte Umgebung.«

»Hast du Herrn Lama vorhin etwa gescannt?«, fragte Paule entsetzt.

Stanni nickte. »Es war ja wohl klar, dass irgendetwas mit ihm nicht stimmt. Aber die Fehlermeldung ist weg.« Enttäuscht ließ er das Tablet wieder hinten in seinen Hosenbund gleiten.

Tilly verzog unglücklich das Gesicht. »Es gehört sich nicht, Personen zu scannen«, erklärte sie. »Das ist einfach zu ... privat.«

Stanni schnaubte. »Dadurch wissen wir jetzt aber immerhin, dass bei Herrn Lama irgendeine Sicherung durchgebrannt ist. Wir müssen sie nur reparieren.«

»Dafür müssen wir erst mal hier rauskommen«, warf Paule ein und zeigte mit der ausgestreckten Hand zur gegenüberliegenden Wand.

Stanni folgte seinem Fingerzeig und schaute sich um. Sie waren in einem kleinen, quadratischen Raum gelandet. Über ihnen war das Ende der Röhre, aus der sie eben gepurzelt waren, und vor ihnen befanden sich zwei verdächtig normal aussehende Türen, über denen zwei Lämpchen mattgrün flimmerten. Zwischen den Türen leuchtete ein auffälliger Knopf, über dem ein Schild hing. Paule hatte sich bereits davorgestellt und studierte es aufmerksam.

»Hier stehen die Regeln«, sagte er. »Sieht so aus, als würde jede Tür für eine Antwort stehen. Die richtige Antwort führt uns in den nächsten Raum zur nächsten Frage.«

»Und was ist, wenn wir die falsche Tür aufmachen?«, fragte Tilly.

Paule zuckte mit den Schultern. »Das steht hier nicht.«

»Keine Sorge«, sagte Stanni gelassen. »Ihr habt doch einen Profi dabei. Ich beantworte euch locker alle Quizfragen.«

»Wenn du meinst ...«, nuschelte Tilly, dann gähnte sie kräftig und erinnerte sich erst einige Sekunden später daran, die Hand vor den Mund zu halten. Stanni und Paule starrten sie voller Sorge an.

»Ach, jetzt tut doch nicht so«, entgegnete sie beleidigt, bevor sie verstand, dass die Jungs nicht etwa wegen ihrer fehlenden Manieren erschrocken waren, sondern wegen der Tatsache, dass die Müdigkeit nun auch sie erreicht hatte.

»Fangen wir jetzt an, oder was?«, blaffte sie, um davon abzulenken.

Mit einem knappen Nicken wandte sich Stanni den Türen zu. Es half nichts, darüber zu reden, dass auch den Zwillingen nach und nach die Energie ausging. Auf sie wartete ein verrückter Herr Lama, der dringend repariert werden musste. Das Beste, was sie nun tun konnten, war, sich zu beeilen.

Entschlossen drückte er den Knopf, um das Quiz zu starten. An der Wand vor ihnen leuchtete in großen Buchstaben die erste Quizfrage auf.

»Welche Location befindet sich in der Mitte vom Tal Royal?«, las Stanni laut vor.

Na, das fing ja wirklich einfach an. Er sah zu den beiden Türen, auf denen jeweils eine Antwortmöglichkeit erschienen war. »Artic Alps« behauptete die linke Tür, »Trippy Town« die rechte.

»Easy«, sagte Stanni schmunzelnd, ging zur rechten Tür und drückte sie auf. Dahinter erwartete sie ein identischer Raum, keine Lavagrube oder Schleimfallen. Die Antwort musste also korrekt gewesen sein.

»Das hätte ich auch gewusst«, sagte Tilly. Paule kicherte, und selbst Flux rollte gespielt die Augen.

»Das wird bestimmt noch schwerer«, gab Stanni beleidigt zurück. »Dann seid ihr froh, dass ihr mich habt!«

Gemeinsam gingen sie in den nächsten Raum. Wieder stand eine Frage in großen, ordentlichen Buchstaben an der Wand.

»Wie viele hohle Baumstümpfe mit verstecktem Loot gibt es im Funky Forest?«, las jetzt Paule vor und stöhnte. »Wer soll denn so was wissen?«

Aber Stanni grinste. Alle Geheimnisse der Map zu kennen war einer der Gründe, weshalb er ein so guter Spieler war. Klar, sein Aim war definitiv sein bester Skill, aber zu wissen, wo man genügend Ausrüstung fand, um auf den Kampf vorbereitet zu sein, war fast genauso wichtig. Wenn es um Loot ging, machte ihm so schnell keiner was vor.

Ohne lange nachzudenken, ging er deshalb auf die linke Tür zu, auf der die Zahl »10« stand. Triumphierend griff er nach der Klinke und drückte sie runter.

»Sieht so aus, als würde jede Tür für eine Antwort stehen«, erklärte Paule. »Die richtige Antwort führt uns in den nächsten Raum zur nächsten Frage.«

»Und was ist, wenn wir die falsche Tür aufmachen?«, fragte Tilly.

Paule zuckte mit den Schultern. »Das steht hier nicht.«

»Keine Sorge«, sagte Stanni.

Er stockte. Moment mal. Hatten sie nicht genau dieses Gespräch schon mal geführt? Verwirrt schaute er sich um.

Sie waren wieder im ersten Raum, über ihnen die Röhre, vor ihnen die zwei Türen und der Start-Knopf. Als hätten sie das Quiz nie begonnen.

»Puh, Mann!« Tilly schwankte leicht und stützte sich gegen die Wand.

Auch Paule schien schwindelig zu sein. Er nahm seine Brille ab und rieb sich die Augen. »Sind wir … in der Zeit gereist?«, stammelte er.

Flux hockte noch immer auf seiner Schulter, seine Augen hatten sich jedoch in kleine Spiralen verwandelt, die vermutlich bedeuteten, dass dem kleinen Würfel gehörig schlecht war.

Auch Stanni war ein wenig flau im Magen. Was auch immer gerade passiert war, schien seinem Körper nicht zu gefallen.

»Ich glaube, ich habe die falsche Tür aufgemacht«, gab er kleinlaut zu.

Und wie er jetzt so darüber nachdachte, wusste er auch genau, wo sein Fehler gelegen hatte: Er hatte nicht bedacht, dass das Tal auf einen alten Spielstand zurückgesetzt worden war. Die Fragen bezogen sich natürlich auf die frühere Version des Spiels! Viele der hohlen Baumstümpfe waren erst später dazugekommen, vor allem mit dem Update, das den Funky Forest vergrößert hatte. Wirklich ein ärgerlicher Fehler.

»Scheint so, als wäre das unser erstes Leben gewesen«, meldete sich Paule und zeigte auf die Lämpchen oberhalb der Türen. Nur noch eines der beiden leuchtete grün, das andere war erloschen.

»Ich will lieber nicht rausfinden, was passiert, wenn wir zweimal falsch raten«, meinte Tilly und zwirbelte nervös an einem ihrer Zöpfe.

Stanni nickte entschuldigend. »Ab jetzt bin ich vorsichtiger.«

Er drückte erneut auf den Start-Knopf. Erleichtert atmeten sie alle aus, als daraufhin dieselbe Frage wie bei ihrem ersten Durchlauf erschien. Sie wählten wieder den rechten Ausgang, gelangten in den zweiten Raum und wählten dieses Mal die richtige Antwort. Es hatte damals vier versteckte Truhen gegeben, nicht zehn. Die Tür ließ sie in den nächsten Raum eintreten, ohne sie wieder an den Anfang zurückzuwerfen.

Voller Konzentration arbeiteten sie sich durch die weiteren Räume. Jetzt, wo sich Stanni etwas mehr Zeit ließ und zusätzlich bedachte, dass sich die Fragen alle auf eine ältere Version des Spiels bezogen, war es einfacher, die richtigen Türen zu finden. Egal, ob es um die Farbe der Blumen vor dem Rathaus in Trippy Town ging oder um die Menge an Patronen, die in die Trommel eines Farbrevolvers passten, Stanni hatte zu allem die richtige Antwort parat. Trotzdem kam er ganz schön ins Schwitzen, grübelte lieber zweimal über eine Frage nach, als ihr letztes Leben aufs Spiel zu setzen. Denn Tilly hatte recht. Sie wussten nicht, was passieren würde, wenn auch das zweite grüne Licht erlosch. Als Spieler würde er vielleicht einfach in einer Konfettiwolke verpuffen und müsste eine neue Runde starten. Aber als Teil dieser Welt konnte ihr Scheitern möglicherweise einen Fehler im System erzeugen, und dann saßen sie für immer hier fest.

Erst im zehnten Raum änderte sich etwas. Auf den ersten Blick schien es keinen Unterschied zu den vorherigen Quiz-Räumen zu geben, aber dann fiel ihnen auf, dass über den beiden Antwort-Türen das Wort EXIT stand.

»Das muss die letzte Frage sein!«, jubelte Tilly.

Stanni nickte aufgeregt und schaute zur Wand mit der Frage. Sein Herz rutschte ihm in den Magen.

»Wie viele Zähne hat ein ausgewachsenes Fussel-Männchen?«

Woher sollte er das denn bitte wissen? Offensichtlich waren den Bautrupplern die Fragen ausgegangen, und sie hatten als Platzhalter eine Frage eingeschleust, die man als Spieler gar nicht beantworten konnte. Fussel waren ja kein offizieller Teil des Games, kein Spieler hatte sie jemals zu Gesicht bekommen. Sie waren so etwas wie Bugs, und um sie unter Kontrolle zu halten, gab es extra Monstertrainer in Los Lamas.

Monstertrainer, na klar! Es gab niemanden, der so viel über Monster wusste wie Paule, immerhin war das sein Traumjob. Er wusste die Antwort bestimmt!

Stanni schaute erwartungsvoll zu dem Jungen hinüber. »Wie wär's, wenn du die Frage beantwortest, Paule?«, schlug er vor.

»Zwei«, antwortete der, ohne zu zögern.

Die anderen beiden schauten ihn zweifelnd an. Sogar Flux auf Paules Schulter runzelte fragend die Stirn.

»Das ist die Antwort. Zwei Zähne«, wiederholte der Junge.

»Paule, ich habe die kleinen Biester doch gesehen, die haben den Mund voll mit spitzen Zähnchen. Die Antwort kann nie im Leben zwei sein!«, rief Stanni und schritt zu der anderen Tür. Auf ihr leuchtete die Zahl »64«. Das klang wesentlich naheliegender.

Aber Paule schüttelte den Kopf. »Ein weitverbreiteter Irrglaube«, klärte er sie auf. »Selbst unter erfahrenen Monstertrainern. Aber was aussieht wie viele kleine, einzelne Zähnchen, sind in Wahrheit zwei große, breite Zähne, einer oben, einer unten, deren Kanten gezackt sind. Ganz klar in Röntgenaufnahmen zu erkennen.«

»Puh, Mann, bin ich froh, dass du so ein Nerd bist!« Tilly klopfte ihrem Bruder stolz auf den Rücken. Paule grinste verlegen.

»Alles klar«, nickte Stanni. »Ich vertraue deinem Expertenwissen!«

Also gingen sie zur anderen Tür, auf der eine »2« stand. Von sich aus hätte Stanni diese Tür niemals gewählt, das wusste er genau. Was für ein Glück, dass Paule hier war. Aus ihm würde wirklich ein hervorragender Monstertrainer werden. Trotzdem zögerte er kurz, ehe er schließlich die Luft anhielt und die Klinke langsam runterdrückte.

Die Tür schwang auf und gab den Blick auf einen weiteren kleinen Raum frei. Sie wurden nicht spontan in der Zeit zurückversetzt, ihnen wurde nicht schwindelig, und keine automatischen Farbgeschosse gingen auf sie los. Paule atmete erleichtert aus. Stanni lachte und klopfte ihm anerkennend auf den Rücken.

»Super gemacht«, lobte er.

Sie traten durch die Tür in den neuen Raum hinein. Hier wurde jetzt noch offensichtlicher, dass die Bautruppler mit dieser Herausforderung noch nicht ganz fertig gewesen waren. Stanni hatte Siegesmusik erwartet, Konfetti, das von der Decke regnete, und große, leuchtende Buchstaben, die zum bestandenen Quiz gratulierten. Stattdessen hing bloß ein olles handbemaltes Stoffbanner von der Decke, auf dem in krummen Buchstaben »HERZLICHEN GLÜCHWUNSCH« stand. Sogar mit Rechtschreibfehler!

Der Rest des Raumes war ebenso wenig beeindruckend. Ein Klappstuhl stand in einer Ecke, daneben lagen ein paar Bonbon-Papierchen und eine leere Brauseflasche auf dem Boden, ein weiteres Anzeichen dafür, dass hier eigentlich noch gearbeitet wurde. Ansonsten gab es nichts Spannendes zu sehen, keine neuen Türen, Röhren oder Beschriftungen.

»Tja«, sagte Tilly und zuckte mit den Schultern. »Das habe ich mir jetzt irgendwie cooler vorgestellt.«

Wie auf Kommando ertönte ein leises *PLING*, und mit einem Mal öffnete sich vor ihnen, in einer Wand, von der sie bis eben geglaubt hatten, sie wäre leer, eine Aufzugtür.

Die drei Freunde und Flux sahen sich fragend an. Ihr Ausweg kam in überaus unerwarteter Art und Weise daher. Doch es ergab Sinn, dass sie mit einem Aufzug nach oben fahren mussten, immerhin waren sie zuvor ein ganzes Stück in die Tiefe gerutscht. Aber ganz geheuer war ihnen der Lift nicht. Das Licht darin flackerte immer wieder kurz auf, und es knarzte irgendwo weit oben im Aufzugschacht.

Stanni hustete nervös, dann trat er vorsichtig in die Kabine. »Kommt schon«, ermutigte er die Zwillinge, als nichts weiter passierte. »Anders kommen wir hier nicht mehr raus.«

Paule und Tilly seufzten, sahen aber schnell ein, dass Stanni recht hatte, und folgten ihm. Es gab nur einen Knopf, daher drückte Stanni ihn. Knirschend schlossen sich die Aufzugtüren vor ihrer Nase, und mit einem Ruckeln setzt sich die Kabine in Bewegung.

»Reparieren wir Herrn Lama!«, sagte Stanni entschlossen.

Und die Fahrt nach oben begann.

Lies jetzt weiter auf Seite 181.

»Nach rechts zum Parkour!«, entschied Stanni und stieß sich mit einem Bein von der linken Wand der Röhre ab. Sie kamen leicht ins Schlittern, aber Paule korrigierte ihre Bahn unfreiwillig mit den Armen, als er wild damit herumzufuchteln begann. Tilly versuchte, sich so gut es ging nach rechts zu lehnen, auch wenn der sperrige Gleiter immer noch im Weg war.

So schossen sie haarscharf an der Wand zwischen den beiden Abzweigungen vorbei in die rechte Röhre, wurden dort unsanft in eine steile Kurve geworfen und purzelten nur wenige Sekunden später aus dem Ende der Rutsche.

»Ein paar Matratzen wären nett gewesen«, stöhnte Stanni und rieb sich den Ellbogen, den er sich beim Sturz angehauen hatte. Das gab sicher einen weiteren blauen Fleck.

Paule, der kopfüber aus der Röhre gepurzelt war, richtete sich langsam auf und rückte zitternd seine Brille zurecht. Seine Haare standen in alle Richtungen ab, und er war völlig außer Atem von seinem Geschrei, schien insgesamt aber unverletzt.

Auch Tilly rappelte sich hoch und klopfte dankbar gegen ihre Knieschoner. Die hatten wohl Schlimmeres verhindert.

Einzig Flux schien überhaupt nicht mitgenommen von ihrer Rutschpartie. Er hüpfte aufgeregt auf Paules Schulter und machte Anstalten, zurück in die Öffnung zu klettern, aus der sie gerade gefallen waren. Offensichtlich war er bereit für eine zweite Runde.

»Okay, noch alle Arme und Beine dran?«, fragte Tilly und musterte einen nach dem anderen. »Gut. Kann mir dann *bitte* jemand erklären, was in Herrn Lama gefahren ist?!« Sie sprach damit endlich aus, was ihnen allen durch den Kopf gehen musste.

Stanni entsperrte den Bildschirm des Tablets, der ihren Fall zum Glück unbeschadet überstanden hatte. In Los Lamas bauten sie die Dinger wohl deutlich stabiler als bei ihm zu Hause. Trotzdem waren die Ergebnisse der Analyse verschwunden. Stattdessen erschien eine neue Liste der Dateien, die sich jetzt um sie herum befanden.

»Mist!«, fluchte Stanni. »Das Tablet untersucht immer nur die direkte Umgebung.«

»Hast du Herrn Lama vorhin etwa gescannt?«, fragte Paule entsetzt.

Stanni nickte. »Mit ihm stimmt ganz offensichtlich etwas nicht. Aber die Fehlermeldung ist weg.« Enttäuscht ließ er das Tablet wieder hinten in seinen Hosenbund gleiten.

Tilly verzog unglücklich das Gesicht. »Es gehört sich nicht, Personen zu scannen«, erklärte sie. »Das ist einfach zu … privat.«

Stanni schnaubte. »Woher hätten wir sonst wissen sollen, dass bei Herrn Lama irgendeine Sicherung durchgebrannt ist? Mit dem Tablet können wir ihn aber reparieren!«

»Dafür müssen wir erst mal hier rauskommen«, warf Paule ein und wies mit der ausgestreckten Hand zur gegenüberliegenden Wand. Stanni folgte seiner Bewegung und sah sich um. Viel gab es nicht zu entdecken. Sie waren in einem kleinen, quadratischen Raum gelandet, vor ihnen eine erstaunlich normal aussehende Tür, hinter ihnen das Ende der Röhre, aus dem sie eben gepurzelt waren.

Tilly steckte gerade ihren Kopf hinein. »Keine Chance, zurückzuklettern.« Ihre Stimme hallte im Inneren wider. »Viel zu steil.«

»Bleibt also nur der Weg nach vorne«, verkündete Stanni und trat an die Tür. Neben ihr an der Wand war ein Schild befestigt, das die Regeln des Spiels erklärte. Paule studierte es bereits.

»Sieht so aus, als bräuchten wir mindestens zwei Spieler«, erklärte er, dann hob er schnell die Hand vor den Mund, bevor er kräftig gähnen musste. Seine Brillengläser beschlugen.

Tilly und Stanni starrten ihn besorgt an.

»Oh nein«, murmelte Paule, als er seine Hand wieder sinken ließ. »Jetzt fängt es auch bei uns an, oder?«

Stanni schluckte schwer. Die Müdigkeit schien die Zwillinge ebenfalls erreicht zu haben. Sie mussten hier dringend raus und dann einen Plan entwickeln, wie sie die Situation mit dem verwirrten Herrn Lama klären und die Energie zurück ins Tal bringen konnten. Ihnen ging wirklich die Zeit aus.

»Beeilen wir uns einfach«, sagte Stanni grimmig und öffnete die Tür.

Ein absolut verrückter Anblick bot sich ihnen. Kurz stockten die drei, dann traten sie in die hohe Halle, die sich vor ihnen auftat. Mit offenen Mündern sahen sie sich um, selbst Flux hatte die Augen aufgerissen.

Vor ihnen türmte sich ein Hindernislauf über mehrere Ebenen hinweg auf. Es wirkte fast wie eines dieser Jump-'n'-Run-Games, die Stanni manchmal auf dem Handy spielte. Da musste man auch von Plattform zu Plattform springen, auf schmalen Blöcken balancieren oder sich an Seilen entlanghangeln. Das Feld ging im Zickzack immer höher, Leitern und Stangen und Bounce Pads verbanden die verschiedenen Ebenen. Ganz oben war ein großer roter Knopf auf einer Säule angebracht.

»Ein Deathrun!«, staunte Stanni und hoffte in derselben Sekunde, dass die Zwillinge sich nicht von dem Namen abschrecken ließen. Die Strecke sah zwar schwierig aus, aber nicht unbedingt tödlich.

»Der Hindernislauf in unserer Schule ist nichts dagegen!«, sagte Tilly voller Ehrfurcht. Sie hatte den Kopf in den Nacken gelegt, um bis hinauf zum Knopf sehen zu können.

Langsam gingen die drei Freunde in die Halle hinein. Überall hingen Laternen, die aber ebenso wie alle anderen Lichter im Tempel stark gedimmt waren. Daher erkannten sie erst jetzt, dass sich der gesamte Aufbau hinter einer riesigen Glasscheibe befand, wie ein Querschnitt durch eine Ameisenfarm. Beim Näherkommen spiegelte sie das matte Licht.

»Och«, maulte Tilly, die gerade ihren Gleiter vom Rücken hatte ziehen wollen. »Ich dachte, ich könnte einfach zu dem Knopf hochfliegen.«

Stanni lachte. »Scheint so, als hätten die Erbauer daran gedacht.«

»Was diese Hebel wohl machen?«, wunderte sich Paule und beugte sich über ein Podest, aus dem allerhand Stangen ragten. Eine davon anzufassen traute er sich jedoch nicht. Flux war nicht so zurückhaltend. Mit einem neugierigen *FLUXFLUX* hopste er von Paules Schulter hinunter, gegen einen der Hebel und legte ihn mit einem Klicken um. Ein Rattern und Knarzen war zu hören, dann verschwanden ein paar grüne Blöcke innerhalb des Parkours und tauchten an anderer Stelle wieder auf.

»Die Hebel verändern den Parkour«, stellte Stanni fest. »Ohne Hilfe von außen kommt man wohl nicht durch.«

»Clever«, bemerkte Paule mit einem anerkennenden Nicken.

»Einer von uns muss da rein«, erklärte Stanni und zeigte auf eine Klappe am unteren, linken Ende der Rampe, durch die man hinter die Glasscheibe steigen konnte, die den Hindernislauf einschloss.

Tilly quietschte aufgeregt. Sie hatte ein Funkeln in den Augen, das Stanni mittlerweile nur zu gut kannte. Wenn es um coole Moves und Action ging, war Tilly sofort dabei. Alle Müdigkeit schien vergessen.

»Alles klar, Tilly«, verkündete Stanni lachend. »Du darfst reingehen.« Mit einem Jubeln rannte sie zur Klappe und kletterte ins Innere.

Das erste Hindernis war nicht besonders schwer, nur eine wackelige Hängebrücke, aber der Zugang wurde von einem großen Block versperrt. Tilly schaute abwartend zu den Jungs, die sich gleich über die Hebel beugten. Stanni und Paule zogen versuchsweise hier und da, um zu testen, welchen Effekt sie jeweils hatten. Einige bewegten Blöcke, andere ließen ganze Plattformen verschwinden. Es dauerte etwas, doch dann fanden sie den Hebel, der den Block über der Hängebrücke zur Seite fahren ließ.

Tilly nickte und streckte ihren Daumen hoch. Dann begann sie den Parkour. Sie kletterte, hüpfte und sprang elegant von einer Ebene zur nächsten, während die Jungs an den Hebeln zogen und ihr mit Blöcken und Plattformen halfen.

»Ich schaffe bestimmt eine Rekordzeit!« Sie lachte selbstsicher und sprang dann geschickt an eine aus der Wand ragende Stange. Kurz pendelte sie daran hin und her, bevor sie sich nach oben schwingen konnte, um die nächste Stange zu greifen, die über ihr befestigt war.

Stanni und Paule sahen von ihrer Position aus bereits, dass weiter oben die letzte Stange fehlte. Die musste sicher von außerhalb aktiviert werden. Abwechselnd zogen sie an einigen Hebeln, aber keiner davon förderte die fehlende Kletterhilfe zutage.

Tilly hing jetzt an der letzten Stange vor der Lücke und schaute fragend zu den Jungs hinab. Um den Gleiter zu benutzen, hatte sie nicht genug Platz, da sie sich nicht aus dem Stand geradeaus nach oben katapultieren konnte, sondern Anlauf brauchte. Ihr blieb also nichts anderes übrig, als zu warten.

»Wir haben es gleich!«, rief Stanni ihr aufmunternd zu. Er war froh, dass Tilly keine Höhenangst hatte. Sie baumelte mittlerweile zwischen der dritten und vierten Ebene des Kurses, und unter ihr ging es steil abwärts. Wenn sie hier stürzte, würde sie das nicht nur bis zum Anfang zurückwerfen, sondern ihr sicherlich auch einige blaue Flecken bescheren, wenn nicht sogar Schlimmeres.

»Lasst euch Zeit«, seufzte Tilly.

Stanni bewunderte, wie viel Kraft sie in den Armen haben musste, um sich so lange festhalten zu können.

Mit einem Mal löste sich unter ihr klackend die erste Stange, an die sie gesprungen war, und stürzte in die Tiefe, wo sie nach einigen Sekunden auf der untersten Ebene aufschlug. Erschrocken zog sich Tilly auf ihre Stange hoch und hockte sich wie ein Huhn hin.

»Ich hab's mir anders überlegt«, drängte sie. »Ihr solltet euch absolut überhaupt gar keine Zeit mehr lassen!«

Hektisch zog Paule an einer Reihe weiterer Hebel, von denen einer endlich etwas in Bewegung setzte. Eine neue Stange oberhalb von Tilly schob sich ein Stückchen aus der Wand heraus, doch dann stockte sie. Paule zerrte weiter an dem Hebel, aber er klemmte.

»Stanni!«, ächzte er. »Hilf mir!«

Unter Tilly fiel eine weitere Stange hinab. Jetzt waren es nur noch zwei, bis auch die hinabstürzen würde, auf der das Mädchen kauerte.

»Jungs!«, rief sie nervös. »Beeilung!«

Beherzt griff Stanni ebenfalls nach dem Hebel und zog. Jetzt bewegte er sich zumindest ein bisschen. Es knirschte hässlich, so als würde ihn etwas blockieren. Die Stange über Tilly ruckelte schleppend langsam aus der Wand hinaus, doch nicht weit genug, als dass sie sie mit beiden Händen hätte greifen können.

Die dritte Stange fiel geräuschvoll in die Tiefe.

Stanni hatte jetzt einen Fuß gegen den Sockel gestemmt, und beide Jungs hängten sich mit ihrem gesamten Gewicht an den Hebel.

Die letzte Stange vor Tillys sicherem Absturz schepperte zu Boden. Jetzt kam sogar Flux hinzu, glitchte sich auf den Hebel und sprang auf und ab, um zu helfen.

»Naaargh!« Stanni keuchte vor Anstrengung. Seine Arme zitterten, die Knöchel seiner Hände traten weiß hervor. Nur entfernt nahm er das Klacken wahr, das ankündigte, dass sich auch Tillys Stange löste, als der Hebel endlich nachgab und ihn und Paule nach hinten fallen ließ.

Tillys erschrockener Schrei hallte durch den Raum, gefolgt von dem Klappern der Stange auf dem Boden. Dann wurde es still.

Stanni rappelte sich hektisch auf und konnte sein Glück kaum fassen, als er Tilly an der obersten Stange hängen sah. Sie hatte es tatsächlich in letzter Sekunde geschafft abzuspringen. Sie drückte sich bereits nach oben, um sich auf die nächste Plattform zu retten. Nur einen Herzschlag später hatte sie wieder festen Boden unter den Füßen. Mit einem wackeligen Daumen nach oben zeigte sie, dass es ihr gut ging, bevor sie ihre schmerzenden Oberarme rieb.

»Das war …«, keuchte Paule und schüttelte den Kopf.

»… viel zu krass«, beendete Stanni seinen Satz. »Aber schau, sie ist fast da. Gleich haben wir es geschafft.«

Die restlichen Hebel waren zum Glück nicht verkeilt, und so kletterte, sprang und wand sich Tilly mit Hilfe der Jungs in Windeseile bis auf die oberste Ebene des Parkours, auf der sich der große rote Knopf befand. Siegessicher trat sie vor das letzte Hindernis, eine hohe stählerne Tür, die sie von der Kammer mit dem Knopf trennte.

»Macht schon auf!«, rief sie den Jungs zu. Das Glas dämpfte ihre Stimme ein wenig, aber man konnte trotzdem hören, dass ihr nach der ganzen Aufregung langsam die Puste ausging.

Verwirrt schaute Paule auf die Hebel vor ihnen. Sie hatten jeden einzelnen von ihnen bereits benutzt. Auch Stanni runzelte die Stirn.

»Die Tür muss irgendwie anders aufgehen«, rief er zu Tilly hoch. »Was siehst du?«

Das Mädchen drehte sich einige Male um sich selbst, entdeckte dann etwas oberhalb der Tür, auf das sie zeigte. »Hier ist eine Art Scanner. Vielleicht merkt die Tür, dass ich kein Spieler bin!«

Mist, das konnte tatsächlich sein. Oder aber die Tür reagierte auf etwas, das nur Spieler konnten. Nur was könnte das sein?

Wenn ich jetzt als Spieler hier wäre, dachte Stanni, *was würde ich machen, wenn ich es bis zum Ende des Parkours geschafft hätte?*

Er würde tanzen! Klar, wenn es besonders gut lief im Spiel, dann legte er gern mal eine Tanzrunde hin. Dafür gab es ja schließlich die ganzen Emotes!

»Du musst tanzen!«, rief Stanni zu Tilly nach oben.

»Ist das dein Ernst?« Auch wenn das Mädchen ziemlich weit entfernt war, konnte Stanni ihren verwirrten Gesichtsausdruck bestens aus ihrer Stimme heraushören.

»Absolut!«, gab er zurück.

Weil Tilly aber nicht überzeugt schien, trat er schließlich einen Schritt von den Hebeln zurück. In Gedanken kramte er kurz durch seine schier endlose Liste an Tänzen, die er mit Siren gesammelt hatte, und entschied sich letztlich für einen Klassiker: den Twist.

»Pass auf, so!« Er tippte mit den Zehen des eines Fußes auf den Boden und wackelte mit dem Knie nach links und rechts. Dabei wippte er mit dem Oberkörper und den angewinkelten Armen im Takt, wechselte zwischendurch zum anderen Bein.

Er konnte Tillys Seufzen selbst unten am Boden noch hören, oder bildete es sich wenigstens ein. Aber da ihr offensichtlich auch nichts Besseres einfiel, machte sie seinen Tanz schließlich nach, wenn auch etwas hölzern. Paule lachte laut und bewegte sich ebenfalls mit, genauso wie Flux, der in Ermangelung von Beinen und Armen schlicht auf dem Sockel hin und her rutschte.

Auch wenn Tillys Tanzeinlage nicht perfekt war, schien sie zu reichen. Der Scanner oberhalb der Tür piepste munter auf und sendete einen breiten gelben Laserstrahl aus, der einmal über Tillys gesamten Körper fuhr. Mit einem Zischen öffnete sich die schwere Metalltür, und der Laser verschwand. Erleichtert stoppte Tilly ihren Twist und ging die letzten Schritte zum Knopf. Er war wirklich riesig, sodass sie sich mit ihrem ganzen Gewicht darauf stützen musste, um ihn zu drücken.

Kurz gab es einen Knall, dann rieselte es Konfetti ... allerdings nur etwa sieben Schnipsel. Stanni starrte verwirrt nach oben, wo sich ein Stofffetzen entfaltete, auf dem in krakeliger Schrift »HERZLICHEN GLÜCHWUNSCH« stand. Sogar mit Rechtschreibfehler! Das war wirklich ein trauriger Anblick nach einer solch schwierigen Kletterpartie. Offenbar waren die Bautruppler mit diesem Bereich des Wassertempels noch nicht ganz fertig gewesen, was auch der Grund für den klemmenden Hebel sein konnte.

Oben bei Tilly öffnete sich jetzt eine Klappe in der Decke über ihr. Sie konnte hinausklettern und mit dem Gleiter zu ihnen hinabschweben.

»Das war ein ziemlich enttäuschendes Finale«, schnaubte sie, als sie sicher neben den Jungs gelandet war. »Wie geht's jetzt weiter?« Sie rieb sich erschöpft die Augen.

Alle drei schauten sich fragend um. Was hatte der Knopf bewirkt?

PLING!

Da! Links von ihnen, an einer Stelle der Wand, die bis vor Kurzem noch vollkommen leer und weiß gewesen war, hatte sich jetzt eine Schiebetür geöffnet, und dahinter lag etwas, das nach einem Aufzug aussah.

Das ergab Sinn, fand Stanni. Der Schacht unter der Falltür hatte sie ganz schön weit in die Tiefe geführt, da war es nur logisch, dass sie nun einen Aufzug brauchten, um wieder auf die höhere Ebene zu gelangen.

Paule schnappte sich Flux, der noch immer summend tanzte, und gemeinsam gingen sie vorsichtig zum Lift. Ein seltsames Dröhnen und Knirschen drang aus dem Schacht, und das schwache Licht in der Kabine flackerte. Sogar die Wände vibrierten leicht. Das machte nicht den besten Eindruck, aber einen anderen Ausgang gab es wohl nicht. Daher setzte Stanni langsam einen Fuß in den Lift, zog dann den anderen nach und wippte testweise ein wenig auf und ab. Der Aufzug federte unter seinen Bewegungen etwas nach, fühlte sich aber sicher an.

»Na kommt schon«, sagte er zu den Zwillingen. »Irgendwie müssen wir ja wieder nach oben.«

Zögernd stiegen Tilly und Paule ein. Es gab nur einen einzigen Knopf, also drückte Stanni ihn. Die Türen schlossen sich, und mit einem leichten Brummen setzte sich der Aufzug in Bewegung.

»Reparieren wir Herrn Lama!«, sagte Stanni entschlossen.

Und die Fahrt nach oben begann.

Lies jetzt weiter auf der nächsten Seite.

ENDGEGNER

Der Aufzug fuhr ratternd und im Schneckentempo in die Höhe. Stanni nutzte die Atempause, um das Tablet erneut aus seinem Hosenbund hervorzuziehen. Als er es mit einem Fingerwisch anschaltete, öffnete sich sofort das Analyse-Programm, mit dem er zuvor Herrn Lama gescannt hatte. Er hoffte, dass das Gerät dessen Daten wieder aufschnappen würde, sobald sie sich der oberen Ebene weit genug näherten. Paule und Tilly lugten neugierig über seine Schulter.

»Beschädigte Datei«, grübelte Stanni darüber, was das Programm über Herrn Lama gesagt hatte. »Könnte das mit dem Reset zusammenhängen?«

»Du meinst, er könnte dabei endgültig übergeschnappt sein?«, hakte Tilly nach.

»Er war wirklich gruselig«, meinte Paule und schüttelte sich. »Zwar irgendwie er selbst, aber irgendwie auch nicht. So, als hätte jemand ein Herr-Lama-Kostüm angezogen und ihn nachgespielt.«

Tilly legte den Kopf schief. »Jemand mit mächtig bösen Absichten.«

Das passte eigentlich recht gut, fand Stanni. Gänzlich verändert hatte sich der alte Kauz ja nicht. Er sah aus wie immer, war sehr daran interessiert, das Geheimnis der Spieler zu lüften, und zum Schluss hatte es fast so gewirkt, als erinnerte er sich wieder daran, dass er und sein Äffchen Murmel beste Freunde waren. Aber es schien so, als ginge sein Wunsch, Los Lamas zu retten, in die völlig falsche Richtung. Als wäre ihm dafür jedes Mittel recht. Das passte nicht zu dem Herrn Lama, den er kannte. Und dann erst diese Besessenheit von der Macht des Nullpunkts! Der Alte bemerkte gar nicht, was für einen Schaden er dadurch anrichtete.

Stanni seufzte und scrollte durch die Liste an Dateien in der Hoffnung, dass die Lama.exe wieder auftauchte. Aber es waren unendlich viele Zeilen. Finn hätte sicher nur einen Blick gebraucht, der kannte sich ja mit Quellcodes aus. Für Stanni aber wirkte alles viel zu kompliziert.

Tilly hinter ihm unterdrückte ein Gähnen und lehnte sich erschöpft gegen die Wand des Aufzugs. Paule blieb neben ihm stehen, aber sein Blick ging durch das Tablet hindurch. Lange würden die beiden nicht mehr gegen die Müdigkeit ankommen. Die Herausforderung im Geheimraum hatte ihre Spuren hinterlassen. Einzig Flux schien noch immer hellwach. Er folgte auf Paules Schulter hockend aufmerksam Stannis Finger, während der über das Tablet wischte.

»Du hast es sofort gemerkt, oder?«, fragte Stanni den Glitch und erinnerte sich, wie Flux geknurrt hatte, als Herr Lama ihn berühren wollte.

Flux blinkte kurz auf, was Stanni als Bestätigung verstand. Klar, Flux war ja kein Bewohner von Los Lamas im eigentlichen Sinne. Er kam aus dem Kern des Spiels. Er und Tausende andere kleine Würfel sorgten dafür, dass das Spiel reibungslos funktionierte. Dazu gehörte auch, beschädigte Datenfiles zu finden und zu reparieren. Kein Wunder also, dass Flux sofort erkannt hatte, dass etwas mit Herrn Lama nicht stimmte.

Warte. Reparieren? Wieso hatte er denn nicht gleich daran gedacht?

»Flux, kannst du Herrn Lamas Datei wieder in Ordnung bringen?«

Der Würfel schaute nachdenklich zur Seite, blinkte anschließend zweimal unsicher, was weder ein eindeutiges Ja noch ein klares Nein war. Doch dann riss er plötzlich die Pixelaugen weit auf und schien regelrecht zu glühen! Mit einem Satz sprang er auf das Tablet. Die Muster auf seiner Oberfläche kamen in Bewegung, und der kleine Körper summte und vibrierte. Blitze wanderten über den Bildschirm und direkt in das Gerät hinein. Entsetzt ließ Stanni das Tablet fallen.

»Hey, mach es nicht kaputt!«, rief er und holte damit auch Tilly und Paule aus ihrer Trance. Alle drei starrten wie gebannt auf Flux und das Tablet am Boden. Die Liste mit den Datensätzen rauschte nur so über das Display. Flux schloss die Augen, als müsste er sich konzentrieren, und die Buchstaben rasten nur noch schneller. Funken stoben auf, und die Luft knisterte vor elektrischer Spannung.

PLING!

Das Gerät gab einen Ton von sich, Flux öffnete die Augen und glitchte mit einem zufriedenen Gesichtsausdruck zur Seite. Die drei Freunde gingen sofort auf die Knie, um nachzusehen, was sich getan hatte.

»ACHTUNG: ÜBEREINSTIMMENDE DATENFRAGMENTE« stand als Fehlermeldung auf dem Display. »ZUM REPARIEREN BITTE ÖFFNEN«.

Stanni tippte mit dem Zeigefinger darauf. Was hatte Flux nur in den Tiefen des Tablets gefunden? Ein Ordner öffnete sich. Es befanden sich nur zwei Dateien darin. Lama.exe und …

»Oha!«, rief Stanni. »Event_Endgegner.exe?!«

»Was soll das sein?«, fragte Tilly.

»Das klingt ganz und gar nicht gut«, murmelte Paule.

»Das muss der Bösewicht für das Nullpunkt-Event sein!«, erklärte Stanni und fuchtelte dabei aufgeregt mit den Händen. »Alle Spieler haben nur darauf gewartet, gegen ihn anzutreten. Aber dazu kam es nie, weil das Event ja schiefgegangen ist und der Nullpunkt alles eingesaugt hat.«

Tilly kratzte sich am Kopf. »Durch den Reset wurde aber doch alles zurückgesetzt? Von dem Typen dürfte gar nichts mehr übrig sein.«

Stanni griff nach dem Tablet und sprang auf. »Eben! Beim Reset muss ein Fehler passiert sein! Herr Lama und der Bösewicht teilen sich dieselben Daten!«

FLUX FLUX!, bestätigte Flux mit einem breiten Grinsen.

Paules Augen weiteten sich, während auch er sich wieder aufrichtete. »Also sind zwei verschiedene Personen in Herrn Lama drin?«

Stanni wiegte nachdenklich den Kopf. »Es scheint eher so, als wären Teile des Bösewichts auf Herrn Lama übergegangen und haben so den Reset überstanden. Deswegen findet das Tablet noch Überreste davon.«

»Das würde bedeuten, Herr Lama wurde nicht entführt, sondern dieser Endgegner-Typ hat ihn … von innen heraus hierher gesteuert?«, überlegte Tilly. Statt sich aufzurichten, ließ sie sich schwer auf den Hosenboden fallen. »Das ist richtig unheimlich!«

»Aber es ergibt Sinn!« Stanni war noch immer völlig aus dem Häuschen. Endlich fügten sich die Puzzleteile zusammen! »Der Endgegner für das Event hatte irgendwas mit dem Nullpunkt zu tun. Darum drehte sich ja alles. Also wusste er auch von diesem Tempel, denn der sollte ja ebenfalls ein Teil des Events sein. Und bestimmt wusste er auch von der Kraft des Nullpunkts. Herr Lama hingegen konnte das alles nicht wissen, aber er kann das große Buch benutzen. Mit dieser zusätzlichen Macht kann der Bösewicht-Teil in Herrn Lama jetzt all diese Portale öffnen und Sachen von draußen in diese Welt bringen!«

Paule seufzte. »Und was jetzt? Wie reparieren wir ihn?«

Stanni zuckte mit den Schultern. »Nachdem unsere Super-Suchmaschine Flux die Daten gefunden hat, sollte das Tablet das doch hinkriegen, oder?« Zuversichtlich tippte er zweimal auf die Lama.exe. Die Datei des Bösewichts wollte er sicher nicht öffnen.

Auf dem Tablet erschien ein Ladebalken. »REPARATUR« stand darunter. Zufrieden drehte Stanni das Display und zeigte es seinen Freunden.

»Seht ihr, wir müssen nur wart–«

Das Licht im Fahrstuhl flackerte und erlosch. Das Brummen erstarb. Auch das Vibrieren der Kabine, die sich endlos langsam nach oben arbeitete, setzte aus. Sie bewegten sich nicht mehr.

»ACHTUNG!«, plärrte das Tablet. »NIEDRIGE ENERGIEZUFUHR! VORGANG ABBRECHEN!«

Stanni und die Zwillinge starrten geschockt auf den Lichtfleck in Stannis Händen. Das Leuchten des Tablets verlor an Kraft.

»Stanni, die Energie reicht nicht!«, rief Tilly.

»ACHTUNG!«

FLUX!

»Du musst das Programm beenden!« Paule rüttelte an Stannis Arm, doch der rührte sich nicht. Er konnte seine Augen nicht von dem immer dunkler werdenden Bildschirm lösen.

»Stanni, du …« Tilly sank ein Stück nach vorne, nuschelte undeutlich. »Du musst …«

»Das Programm …« Paules Griff um Stannis Arm wurde schwächer, dann rutschte seine Hand ab, als er in die Knie sank. »… müde …«

»ACHTUNG!«

FLUUUUUUUUXXXXXXX!

Ein beherzter Stromstoß des kleinen Würfels riss Stanni endlich aus seiner Schockstarre.

»Abbruch!«, brüllte er und hämmerte wie wild mit seinen Fingern auf dem Tablet herum. »ABBRUCH!«

»BESTÄTIGT«, antwortete das Gerät seelenruhig, und der Ladebalken verschwand.

Stanni taumelte und musste sich an der Liftwand abstützen. Langsam erwachte die Lampe in der Decke wieder zum Leben, das Brummen und Vibrieren des Fahrstuhls kehrte zurück, und auch Paule und Tilly kamen wieder zu sich.

»Ich ...«, stammelte Stanni, doch ihm fehlten die Worte. Er hätte mit seiner Aktion gerade das gesamte Spiel vernichten können.

»Puh, Mann«, stöhnte Paule. »Mach das nicht noch mal, okay?«

Stanni schüttelte heftig den Kopf. Das musste man ihm bestimmt nicht zweimal sagen.

»Uns fehlt die Energie für die Reparatur«, seufzte Tilly und rappelte sich auf. »Wir wären gerade fast hopsgegangen.«

Stanni fuhr sich mit der freien Hand über das Gesicht. Ihre Lage schien ausweglos. Sie brauchten mehr Energie, um Herrn Lama zu retten, doch solange der nicht gerettet war, würden sie immer weiter an Energie verlieren. Wenn sich nicht spontan Zigtausende Spieler entschlossen, dem Tal Royal noch mal eine Chance zu geben, hatten sie verloren. Doch niemand da draußen wusste etwas von diesem coolen Tempel. Niemand wusste, dass es den Nullpunkt wirklich gab. Niemand wusste, was auf dem Spiel stand! Und Stanni konnte es niemandem sagen. Ein Wort zu Finn und Max über diese Location hätte gereicht, um sie zu begeistern, da war er sich sicher. Doch sie würden es niemals erfahren. Er konnte ihnen ja schlecht einen Screenshot schicken.

Oder?

»Natürlich!« Stanni schlug sich mit der flachen Hand gegen die Stirn. »Tilly, Paule? Ich habe eine Idee.«

LEAK

»Und du glaubst wirklich, dass das funktioniert?« Tilly klang alles andere als überzeugt.

Stanni hingegen war sich sicher, dass sein Plan ihre einzige Chance war. »Es muss funktionieren«, sagte er entschlossen. »Ich habe jede Menge Bilder vom Unterwassertempel gemacht. Die sind alle auf dem Tablet. Wenn andere Spieler das zu Gesicht bekommen, wenn sie wissen, dass es noch Geheimnisse im Tal Royal zu finden gibt, dann werden sie sich wieder einloggen. Ganz sicher.«

Paule kratzte sich nervös am Hinterkopf. »Aber wie sollen die Spieler an diese Bilder kommen?«

»Okay«, sagte Stanni. »Jetzt wird es etwas verrückt, aber hört mir zu.«

»Ich liebe verrückt, das weißt du doch!« Tilly lachte abenteuerlustig.

Mit einem Grinsen fuhr Stanni fort. »Die Portale, die Herr Lama überall öffnet ...«

»Die ins Große Draußen«, warf Paule ein.

»Genau. Warum sollten die nicht in beide Richtungen funktionieren? Wenn man von außen Dinge in diese Welt bringen kann, muss es auch umgekehrt gehen.«

Die Zwillinge schauten ihn an, als müssten sie überlegen, ob er jetzt auch den Verstand verloren hatte. Einen langen Augenblick später aber nickte Tilly.

»Also gut«, sagte sie vorsichtig. »Nehmen wir an, du hast recht. Wie kriegen wir das Tablet mit den Bildern durch eines der Portale?«

Wortlos zog Stanni etwas aus seiner Hosentasche. Es war die Fernbedienung, das Stanni-Aufspürgerät.

»Oh nein«, stöhnte Paule.

»Doch«, erwiderte Stanni. »Ihr müsst an der Oberfläche ein Portal aufspüren und das Tablet hineinwerfen.«

»Wieso denn an der Oberfläche«, fragte Tilly. »Wieso nicht hier? Wir müssten nur Herrn Lama dazu bringen, eins direkt vor unserer Nase erscheinen zu lassen.«

Stanni schaute erst sie, dann Paule an. Schließlich ließ er den Blick zu Boden wandern. »Weil ich nicht will, dass ihr hier seid, falls etwas schiefgeht.«

»Wie bitte?«, polterte Tilly los. »Du erwartest von uns, dass wir dich allein zurücklassen?«

Stanni atmete tief durch. »Es geht nicht anders. Ich stelle mich dem Endgegner und bringe ihn dazu, für euch ein Portal zu öffnen – aber in sicherer Entfernung.«

»Du willst Herrn Lama bekämpfen?!«, stieß Paule entsetzt aus.

»Nein«, widersprach Stanni. »Ich will ihn wiederherstellen. Mit der Energie der Spieler, die ihr anlockt.«

Die drei schwiegen eine Weile. Paule schien mit den Tränen zu ringen.

»Und was ist mit Flux?«, flüsterte er so leise, dass man ihn kaum hören konnte.

Stanni war klar, dass Paule die Antwort nicht gefallen würde, er sie aber längst kannte. »Flux brauche ich, um Herrn Lama zu reparieren. Wenn ihr das Tablet habt, kann ich das Programm nicht starten. Aber Flux kann alle Informationen vom Tablet laden und weiß dann, wonach er bei Herrn Lama suchen muss. Richtig, Flux? Er ist immerhin eine Suchmaschine!«

Der Würfel leuchtete zustimmend auf, als Stanni ihm das Tablet hinhielt. Zunächst kaute er zwar nur sabbernd auf einer Ecke davon herum, doch als Stanni sich räusperte, hielt er schuldbewusst inne. Kleine Blitze wanderten um das Gehäuse und dann in einen Steckplatz des Geräts hinein. Flux schloss die Augen für eine Sekunde, brummte leise und öffnete sie wieder.

FLUX!, hickste er, und die Blitze verschwanden. Er war fertig.

»Verstehe«, schniefte Paule und fuhr sich mit dem Handrücken unter der Brille entlang. Flux glitchte in seinen Arm und schmiegte sich dicht an ihn, um ihm etwas Trost zu spenden. Auch Tilly trat jetzt neben ihren Bruder und legte ihm einen Arm um die Schulter.

»Wenn du richtigliegst und die Bilder auf dem Tablet neue Spieler anlocken, sollte das für genug Energie sorgen«, fasste sie zusammen.

Stanni nickte, dann hielt er ihr und Paule das Tablet und die Fernbedienung hin. »Also, was sagt ihr? Haben wir einen Plan?«

Die Zwillinge rangen sich ein Lächeln ab.

»Hey, wir haben die Welt schon mal gerettet«, erinnerte ihn Tilly und nahm das Tablet entgegen. »Wir sind darin schon Experten.«

Paules Finger zitterten, als er nach der Fernbedienung griff und sie sich in die Hosentasche steckte. Aber trotz seiner Nervosität wirkte er jetzt entschlossen. Sie hatten keine Wahl. Wenn sie die Bewohner von Los Lamas, ihre Eltern und Stanni und Flux retten wollten, mussten sie alle ihr Bestes geben.

Ein Rucken ging durch den Aufzug, und mit einem metallenen Ächzen stoppte er seine Fahrt. Anscheinend waren sie endlich wieder auf der oberen Ebene angekommen. Beinahe lautlos schoben sich die Türen auseinander, und das matte Licht aus dem Inneren fiel in einen Raum, den sie bereits kannten. Sie waren wieder im Foyer gelandet. Die Aufzugtür schmiegte sich exakt in die Umrisse von einem der Rundbögen, die Stanni zuvor für reine Dekoration gehalten hatte.

Zögernd stiegen er und die Zwillinge aus dem Fahrstuhl. Kaum hatten sie alle die Kabine verlassen, da schlossen sich hinter ihnen die Türen. Zurück blieb nur die mit Säulen verzierte Wand neben dem Durchgang, der zurück zum Nullpunkt führte.

»Wer hätte gedacht, dass wir ausgerechnet hier rauskommen?«, bemerkte Paule beiläufig, als wollte er die unangenehme Stille vor dem Abschied durchbrechen.

»Kommt es nur mir so vor, oder ist es noch düsterer als vorhin?«, fragte Tilly leise und schaute sich um.

Sie hatte recht. Die meisten Lampen im Tempel waren ohnehin nur matt erleuchtet gewesen, aber jetzt konnten sie regelrecht dabei zusehen, wie das Licht stetig abnahm.

»Auch dem Tempel wird bald die Energie ausgehen«, vermutete Paule und fuhr nervös über seine Hosentasche, in der das Stanni-Aufspürgerät steckte.

Auch Stanni war klar, dass es ernst wurde. Im Aufzug hatte sich alles noch so logisch angehört, weil es nur eine Idee war, eine Theorie. Jetzt, wo sie hier draußen standen, wirkte sein Plan nur noch halsbrecherisch und gefährlich.

Langsam zog er den Hockeyschläger hervor, dann streifte er sich den Rucksack vom Rücken und hielt ihn Paule hin.

»Den solltet ihr mitnehmen, ich werde ihn hier wohl nicht brauchen«, erklärte er. Kurz starrte er auf den Hockeyschläger in seiner anderen Hand und bot ihn schließlich Tilly an. »Den Schläger am besten auch. Belix und ich hatten einen Deal, dass er ihn wiederkriegt.«

Tilly schaute ihn aus großen Augen an, als sie verstand, was Stanni damit andeuten wollte. Sie schüttelte heftig den Kopf und drückte ihm den Schläger gegen die Brust.

»Den kannst du ihm schön selbst geben«, schnaubte sie. »Später, nachdem wir die Welt gerettet haben.«

»Aber was, wenn ...«, begann Stanni, doch Tilly schnitt ihm sofort das Wort ab.

»Es gibt kein wenn. Dein Plan wird funktionieren!«, verkündete sie und verschränkte die Arme.

Auch Paule nickte heftig. »Das *muss* er!«, bestätigte er mit einem Blick zu Flux, während er sich den Rucksack anzog. »Wir bringen die Spieler zurück, holen dich, Flux und Herrn Lama hier ab und dann fahren wir endlich alle zusammen nach Hause!«

FLUX!, machte der lila Würfel laut, und sein mattes Licht blinkte kurz grell auf. Offenbar steckte der Optimismus der Zwillinge auch ihn an.

Stanni wurde ganz warm ums Herz. Ein wenig überwältigt und vielleicht auch, weil er überspielen wollte, dass ihm fast eine Träne über die Wange gekullert wäre, zog er Tilly, und Paule an sich heran. Flux glitchte zwischen sie und pikste sie alle mit seinen harten Kanten, doch das war Stanni egal. Wortlos hielt er seine Freunde einige Sekunden in der kräftigen Umarmung, ganz so, wie sie sich am Abend zuvor umarmt hatten, kurz nachdem er in Los Lamas angekommen war.

Als sie sich schließlich trennten, hatte jeder von ihnen wässrige Augen, aber auch ein zuversichtliches Lächeln im Gesicht.

»Es wird Zeit«, sagte Stanni und hielt Flux den ausgestreckten Arm hin. »Komm mit, Kleiner. Wir haben ein verrücktes Lama zu reparieren.«

Flux reagierte sofort und zerstob in eine Wolke aus lila Pixeln, nur um nur einen Augenblick später auf Stannis Schulter wieder aufzutauchen.

»Und ihr solltet zurück zum U-Boot gehen«, erklärte er den Zwillingen. »Es bringt euch sicher automatisch zurück an die Oberfläche.«

»Ansonsten haben wir ja das Tablet.« Tilly hielt grinsend das Gerät in die Höhe. »Wie schwer kann es schon zu bedienen sein, wenn selbst Belix es hingekriegt hat.«

Stanni lachte herzhaft. »Ihr schafft das schon.«

»Verschaff uns nur ein wenig Vorsprung, um wieder nach oben zu kommen«, meinte Paule, den Griff jetzt auffällig fest um die Gurte des Rucksacks geschlungen. »Bevor du Herrn Lama konfrontierst, meine ich.«

Stanni trat nervös von einem Bein aufs andere. »Klar«, bestätigte er.

Kurz sahen sie sich alle gegenseitig an, drauf und dran, noch etwas zu sagen, um das Unvermeidliche weiter hinauszuzögern, aber schließlich sahen sie ein, dass es keinen Zweck hatte. Ohne ein weiteres Wort, nur mit einem aufmunternden Nicken, trennten sie sich voneinander. Paule und Tilly verschwanden in dem Korridor, der zum U-Boot führte, während Stanni mit Flux im Foyer zurückblieb.

»Was denkst du, Flux?«, fragte Stanni nach einer kurzen Weile, hauptsächlich um die nervöse Stille zu füllen. »Schaffen wir es, Herrn Lama zu reparieren?« Er schielte zu dem Würfel auf seiner Schulter hinauf. Der schaute ihn aus großen Augen an und schien sich seiner Antwort nicht ganz sicher zu sein.

»Ich weiß ja, dass du eigentlich eher eine Suchmaschine als eine Reparaturmaschine bist«, erklärte Stanni. »Aber sieh es mal so: Du suchst alles, was nicht zu Herrn Lamas Datei gehört. Und dann löschst du es.« Er lächelte den Würfel aufmunternd an, ehe er sich auf die Unterlippe biss.

Was er da sagte, klang so einfach. Dabei wusste er nicht im Geringsten, ob es funktionieren würde. Oder ob der andere Teil seines kühnen Plans aufgehen würde, den er im Laufe einer einzigen Aufzugfahrt zusammengezimmert hatte. Was, wenn er falschlag und das Tablet gar nicht durch eines der Portale in ein anderes Videospiel gelangen konnte? Was, wenn es doch klappte, aber keiner es fand? Weil es in einem Game landete, das einfach niemand spielte? Vielleicht war das auch alles unwichtig, weil die Zwillinge gar nicht erst mit dem U-Boot den Tempel verlassen konnten, sondern direkt neben Belix vom Schlaf übermannt wurden.

Stanni schlug das Herz bis zum Hals bei der Vorstellung, was alles schiefgehen konnte.

»Nein!«, sagte er so laut, dass seine Stimme im Foyer widerhallte. »Du darfst jetzt nicht zweifeln!«, ermahnte er sich selbst.

Paule und Tilly und Flux, sie alle glaubten an ihn. Und auch Herr und Frau Puhmann waren überglücklich gewesen, als er auf ihren Hilferuf reagiert hatte. Selbst Belix, sein alter Widersacher, schien mittlerweile zumindest so viel Vertrauen in ihn zu haben, dass er sich einen dieser mörderischen Gleiter umgeschnallt hatte, um ihm zu helfen.

FLUX!, stieß der kleine Würfel auf seiner Schulter aus. Der Glitch hatte seine Antwort gefunden. Er schien absolut bereit, die Welt zu retten.

AM NULLPUNKT

Gemeinsam verharrten Stanni und Flux eine ganze Weile schweigend im Foyer, um den Zwillingen genügend Zeit zu geben, die Oberfläche zu erreichen. Immer mehr Lampen um sie herum fielen aus. Als mit einem leisen Klicken auch die Laterne erlosch, unter der Stanni und Flux standen, entschieden sie, dass das ihr Signal zum Aufbruch war.

Den Hockeyschläger fest umschlossen, schlich Stanni in den Gang, der zum Saal mit dem Nullpunkt führte. Im Kopf legte er sich seinen Plan zurecht. Schritt eins: Herrn Lama herausfordern, ein Portal am Bouncy Beach zu öffnen. Schritt zwei: Zeit schinden, bis die Spieler auftauchten. Schritt drei: Flux nahe genug an den Alten heranbringen, damit dieser ihn mit der neu gewonnenen Energie reparieren konnte.

Klang doch eigentlich ganz machbar ... Solange die Zwillinge durchhielten und nicht einschliefen.

Stanni hatte das Ende des Gangs erreicht und trat vorsichtig in den Saal, in dessen Mitte sich noch immer der Kristallstand mit dem knisternden Nullpunkt befand. Auch hier waren die Lampen größtenteils ausgefallen, nur das türkisfarbene Licht aus Richtung der Wasseroberfläche waberte jetzt noch über den hellen Stein, aus dem der Saal gefertigt war.

»Willkommen zurück, mein Junge«, ertönte die Stimme von Herrn Lama, der hinter dem Kristall hervortrat.

Stanni blieb abrupt stehen und hielt den Hockeyschläger abwehrend vor sich. Aber der Alte griff ihn nicht an, zumindest noch nicht.

»Ich bin gekommen, um zu reden«, rief Stanni ihm zu. Aus den Augenwinkeln sah er, dass Flux auf seiner Schulter anfing zu blinken.

»Reden?«, wunderte sich Herr Lama. Er wirkte nicht mehr ganz so entspannt wie bei Stannis erstem Besuch des Nullpunkts. Sein Aluhut saß schief auf dem Kopf, weißes, zerzaustes Haar stand in alle Richtungen ab. Die Augen hinter der seltsamen Sonnenbrille wirkten leicht irre. Dass all

seine Versuche, mehr Spieler anzulocken, erfolglos geblieben waren, schien dem Alten ordentlich zuzusetzen.

»Es ist noch nicht zu spät, Los Lamas und seine Bewohner zu retten«, erklärte Stanni. »Wir finden eine Lösung, wie wir die Spieler wieder anlocken!« Er musste vorsichtig damit sein, was er verriet. Herr Lama durfte nicht durchschauen, dass Stanni etwas plante, bis die Spieler ankamen.

Der alte Kauz war jetzt an das Buch herangetreten und strich nachdenklich über die offene Seite. »Ich verstehe es einfach nicht«, murmelte er. »Meine Änderungen waren genial! Spieler wollen doch um jeden Preis gewinnen, und ich habe ihnen etliche Möglichkeiten gegeben, sich den Sieg zu erkaufen!«

Stanni schnaubte irritiert. »Sie haben da etwas grundlegend falsch verstanden«, erklärte er und wagte es, einen kleinen Schritt nach vorne in Richtung des Kristalls zu machen. »Klar wollen wir Spieler auch mal eine Runde gewinnen«, sprach er weiter. »Aber viel wichtiger ist, dass wir gemeinsam Spaß haben.«

Herr Lama runzelte die Stirn, als wäre ihm dieses Konzept vollkommen fremd. *Nein*, korrigierte sich Stanni innerlich. Nicht der alte Kauz war es, der mit der Idee einer Gemeinschaft nichts anfangen konnte, sondern der Bösewicht, mit dem er vermischt worden war. Dem wahren Herrn Lama, den Stanni kennengelernt hatte, war nämlich nichts wichtiger als die Gemeinschaft der Bewohner von Los Lamas und seine Freundschaft mit dem Äffchen Murmel. Vermischt mit dem Code eines klassischen Superschurken jedoch, waren diese Liebe und Fürsorge zu einer wahren Besessenheit geworden.

Stanni wollte den fröhlichen, harmlosen Herrn Lama zurück. Der hier machte ihm einfach nur Angst.

Vorsichtig ging er einen weiteren Schritt auf den Nullpunkt und das Buch zu. Flux auf seiner Schulter summte jetzt, als spürte er die Gefahr.

»Pah«, machte Herr Lama und schlug seinen Gehstock heftig auf den Steinboden. »Mir ist egal, ob ihr Spaß habt! Ihr sollt nur schön viel Zeit im Tal Royal verbringen, damit ihr Energie für uns produziert!«

Stanni schauderte es. Das aus Herrn Lamas Mund zu hören, war wirklich gruselig.

Mit einem Flackern erlosch eine weitere Laterne im Saal, es wurde noch ein wenig dunkler. Kurz blickte Stanni zur Wasseroberfläche hinauf und hoffte, dass die Zwillinge mittlerweile am Strand angekommen waren. Ihm blieb nicht mehr viel Zeit. Er wandte sich wieder an Herrn Lama. Schritt eins seines Plans musste jetzt zünden.

»Wir verbringen gern Zeit im Tal Royal, weil sich die Baumeister so viel Mühe geben und jede Menge kleine Details und Geheimnisse verstecken, die man entdecken kann«, versuchte er zu erklären. »Aber besonders am Bouncy Beach sieht es gerade furchtbar öde aus. Ich denke, die Spieler fänden es toll, dort etwas aus dem Großen Draußen zu finden.«

Stanni hoffte, dass man ihm seine Lüge nicht anhören konnte, und tatsächlich, er bildete sich ein, ein Lächeln um Herrn Lamas Lippen zucken zu sehen. Der Schurke in ihm schien wirklich sehr stolz darauf zu sein, den Nullpunkt benutzen zu können. Doch dann verfinsterte sich seine Miene wieder.

»Da habe ich doch schon alles Mögliche runterfallen lassen«, schimpfte er. »Hat die Spieler aber überhaupt nicht interessiert.«

Stanni stimmte einen versöhnlichen Ton an. »Das liegt nur daran, dass es noch nicht genug war. Die paar Autos, das beeindruckt doch heutzutage niemanden mehr.«

Herr Lama warf entrüstet die Arme in die Luft. »Ja, was beeindruckt denn heutzutage die Leute?«

Stanni hatte nicht mit einer Gegenfrage gerechnet. Neben der stummen Bitte, dass die Zwillinge noch immer wach und unterwegs waren, herrschte ziemliche Leere in seinem Kopf.

»Äh, Dinosaurier?«, stammelte er das Erste hervor, das ihm einfiel.

»So ein Unsinn!« Herr Lama wischte den Vorschlag mit einer abfälligen Geste beiseite, und Stanni konnte es ihm nicht einmal verübeln. Er fand die Idee selbst nicht sonderlich gut. Seine Gedanken überschlugen sich, bis er endlich einen Geistesblitz hatte.

»Superhelden!«, rief er voller Überzeugung. Beim Nullpunkt-Event hätte der Superschurke gegen Superhelden kämpfen sollen. Das konnte ihn also unmöglich kaltlassen. Es war in ihn hineinprogrammiert! »Spieler lieben es, gegen Superhelden zu kämpfen!«, betonte Stanni daher.

Herr Lama legte den Kopf schief, sodass der Aluhut noch weiter verrutschte und seine Ohrringe klimperten. Er schien über diesen Vorschlag ernsthaft nachzudenken.

»Mhhmhh ...«, machte er und tippte sich mit dem Zeigefinger gegen die Schläfe. »Das verstehe ich gut. Superhelden sind superlästig.«

Stannis Herz schlug immer schneller. Er hatte den Alten fast so weit. Vorsichtig pirschte er sich noch zwei Schritte näher an den Kristall heran.

»Auf jeden Fall!«, stimmte er Herrn Lama zu. »Und der Strand wäre der perfekte Ort dafür. Dann werden ihre dummen Kostüme nass.«

Das gefiel Herrn Lama. Er lachte ein schrilles, typisches Schurken-Lachen. »Und das Salzwasser hinterlässt hässliche Ränder im Stoff, thihihihi!« Er rückte seine Sonnenbrille zurecht und nickte Stanni zu. »Das ist eine gute Idee. Superhelden am Bouncy Beach.«

Im Saal war es mittlerweile fast gänzlich dunkel. Auch von der Oberfläche drang kaum noch Licht bis nach unten zum Tempel. Selbst die Sonne im Tal Royal musste beinahe erloschen sein. Stanni konnte kaum einen klaren Gedanken fassen. Ihnen rannte die Zeit davon!

Herr Lama hatte bereits seinen Stift gezückt. Der Nullpunkt knisterte erwartungsvoll, als wäre er ungeduldig, endlich wieder in Aktion zu treten. Stanni schlich noch etwas näher, um sehen zu können, wie die Spitze des Stifts das Papier berührte.

Sofort entlud sich die Macht des Kristalls und umschloss das Buch. Zeichen für Zeichen von Herrn Lamas krakeliger Schrift flammte auf, während der Raum in immer tieferer Dunkelheit versank.

»Am Bouncy Beach«, verkündete Herr Lama schwungvoll, »öffnet sich der Himmel. Es regnet Superhelden. Punkt!«

Das war's schon?, dachte Stanni. Er hatte sich die Öffnung eines Portals irgendwie eindrucksvoller vorgestellt.

»Hat es ... geklappt?«, fragte er daher, um sicherzugehen, dass nun Schritt zwei seines Plans aktiv war: Zeit schinden für die Zwillinge, damit sie das Portal erreichen konnten.

»Pah!« Herr Lama ließ erbost den Stift sinken. »Du denkst wohl, ich habe nichts mehr drauf, was? Da passiert einem *ein* Fehler. Ein einziger Fehler! Und schon ist man nicht mehr gut genug für euch!«

Stanni wurde blass. Egal, ob diese Wut nun von Herrn Lama oder dem Bösewicht kam: Es stimmte! Verlegen erinnerte er sich daran, wie enttäuscht er gewesen war, als er entdeckt hatte, dass all seine Emotes und große Teile der Map verschwunden waren. Und daran, wie schnell sich ein Großteil der Community ausgeloggt hatte, mit dem festen Vorhaben, das Spiel ab sofort links liegen zu lassen.

»Sie haben recht«, gestand er kleinlaut. »Das war nicht fair von uns.«

Er schaute betreten zu Herrn Lama, der gar nicht mehr böse wirkte, sondern vor allem traurig und erschöpft. Hinter ihm knisterte und knackte der Nullpunkt, der seine Fühler noch immer nach dem Buch ausstreckte – das letzte bisschen Licht in einer einst so bunten Welt. Stanni hoffte inständig, dass das bedeutete, dass das Portal noch geöffnet war.

»Wissen Sie, Herr Lama«, brachte er hervor, um weiterhin Zeit zu schinden. »Könnten die Spieler nicht beim Wiederaufbau helfen? Wenn man den Nullpunkt so einstellen würde, dass ...«

Weiter kam Stanni nicht. Herr Lama hatte bei der Erwähnung des Nullpunkts weit die Augen aufgerissen und sich schützend vor den Kristall gestellt, als wäre es schon zu viel, dass Stanni ihn überhaupt ansah.

»Das ist es also«, murmelte der Alte. »Du willst den Nullpunkt. Du willst ihn stehlen!« Er zeigte mit dem Ende seines Gehstocks auf Stanni, mit der freien Hand drückte er sich den Aluhut fester auf den Kopf.

Verdammt, fluchte Stanni in Gedanken. Er hatte doch auf seine Wortwahl achten wollen. Er hätte ahnen müssen, dass die Erwähnung des Nullpunkts im Zusammenhang mit den Spielern keine gute Idee war. Beschwichtigend hob er eine Hand, mit der anderen ließ er den Hockeyschläger sinken. Er musste schnell etwas sagen, was Herrn Lama beruhigte.

Aber der Alte hatte sein Urteil schon gefällt. »Schade«, zischte er. »Wirklich schade, mein Junge. Aber auf so etwas war ich vorbereitet!«

Blitzschnell setzte er den Stift wieder an, und ehe Stanni reagieren konnte, hatte er einen einfachen Punkt hinter einen Absatz gesetzt, den er offenbar zuvor ins Buch geschrieben, aber noch nicht vollendet hatte.

Das knirschende Geräusch von splitterndem Glas ertönte. Panisch sah sich Stanni um. An gleich mehreren Stellen im Saal entstanden nun Risse in der Luft, die sich schnell ausbreiteten. Portale! Herr Lama hatte direkt über ihnen Portale beschworen. Aber was würde herauskommen? Flux auf seiner Schulter quietschte ängstlich.

»Du hättest nicht zurückkommen sollen, mein Junge«, erklärte Herr Lama kichernd. Er packte seinen Gehstock jetzt mit beiden Händen und machte einen Satz auf Stanni zu.

Erschrocken stolperte der rückwärts, genau neben ein Portal, das so weit aufgesplittert war, dass man auf die andere Seite hindurchsehen konnte. Gerade steckte eine große Blume ihren kugelförmigen, stachelbesetzten Kopf aus einem Rohr heraus und begann, Feuerbälle in Stannis Richtung zu spucken.

»Verdammter Mist«, stieß er aus und sprang gerade noch so aus dem Weg. Flux glitchte wild umher, als wüsste er nicht genau, ob er die Portale angreifen oder sich vor ihnen verstecken sollte.

Herr Lama lachte dreckig, so wie es nur echte Superschurken konnten, und sprang Stanni überraschend flink hinterher, holte mit seinem Gehstock aus und schlug zu. In letzter Sekunde riss Stanni den Hockeyschläger hoch und blockte den Schlag. Es gab ein kurzes Kräftemessen, aber schließlich drückte Stanni den Alten von sich weg und rannte los.

Der Saal war groß, aber nicht gigantisch, es gab also nicht endlos Platz, um den Angriffen von Herrn Lama auszuweichen. Außerdem öffneten sich immer weitere Portale in der Dunkelheit. Aus einem wanden sich die Ranken einer Schlingpflanze und griffen nach Stannis Füßen, aus einem anderen wehte eiskalter Wind und ließ seine Zähne klappern.

Immer wieder rollte sich Stanni zur Seite, duckte sich unter einem Feuerball hinweg oder schlug auf eine Ranke ein, die offenbar fest entschlossen war, ihn gänzlich zu umwickeln. Flux verteilte Stromstöße an alles, was sich bewegte, einmal sogar an Stanni selbst. Die Portale schlossen sich zwar hier und da wieder, doch dafür hetzte ihn Herr Lama weiter mit seinem Gehstock, um nach ihm zu schlagen.

Eigentlich hätte sich Stanni wehren müssen, aber er wollte Herrn Lama wirklich nicht unnötig verletzen. Stattdessen wich er den Angriffen aus oder blockte sie mit seinem Schläger. Doch all das dauerte schon viel zu lange. Immer mehr Portale schlossen sich, und Stanni war sich sicher, dass dem Nullpunkt nicht die Freude daran ausging, ihn zu jagen, sondern die Kraft. Denn selbst der Kristall, in dem sich die allerletzten Energiereserven des Spiels zu befinden schienen, pulsierte schwächer und schwächer.

Stannis Hoffnung schwand von Minute zu Minute, in der es innerhalb und außerhalb der Unterwasserkuppel stetig noch dunkler wurde. Kein Licht bedeutete keine neue Energie. Wenn die Spieler nicht kamen, waren sie alle verloren.

Bitte, flehte er in Gedanken, *taucht endlich auf!*

FLUXFLUXFLUX, tönte der lila Würfel alarmiert, und Stanni riss sofort den Kopf rum, aber diesmal hatte er zu spät reagiert. Mit voller Wucht traf ihn Herr Lama mit seinem Gehstock auf die Brust. Hustend taumelte

Stanni rückwärts, stolperte und blieb auf dem Rücken liegen. Mit vor Schmerz verzerrtem Gesicht schaute er hinauf zu Herrn Lama, der jetzt das Ende seines Stocks auf Stannis Gesicht gerichtet hatte.

»Kein Respekt vor dem Alter«, säuselte er irre.

Das war's, dachte Stanni, während ihm das Herz bis zum Hals schlug und er hinauf in das Gesicht von Herrn Lama starrte. *Besiegt von einem alten Mann mit Gehstock, gg.*

Hinter Herrn Lamas Kopf war nur noch der pechschwarze Ozean. Selbst das letzte bisschen Licht war verschwunden. Er hatte es nicht geschafft. Der Nullpunkt als letzte Energiequelle versorgte vielleicht noch den verrückten Alten, aber alles andere würde sich in den nächsten Momenten abschalten.

Stanni drehte den Kopf und sah über den Boden hinweg zu Flux. Der Würfel schien auf der Stelle zu glitchen, aber nicht so, wie er es normalerweise tat. Die Bewegungen waren ungerichtet, unkontrolliert. Ganz so wie ein Handy, das man einmal zu oft hatte fallen lassen und das nur noch flackerte, ehe es ganz ausging. Für immer.

Stanni schloss die Augen.

Es tut mir leid, verabschiedete er sich stumm von seinen Freunden und seinem einstigen Lieblingsspiel. Dann erwartete er den letzten Schlag.

BBBBBBBRRRRRRRRRRRRRRZZZZZZZZZZZZZZZZ!

Mit einem gewaltigen statischen Brummen sprangen alle Laternen im Saal gleichzeitig an. Die plötzliche Helligkeit war so intensiv, dass sie Stanni sogar durch die geschlossenen Augenlider blendete. Sofort riss er eine Hand vors Gesicht und blinzelte durch die Lücken zwischen seinen Fingern hindurch. Herr Lama hingegen schrie entsetzt auf, stolperte einige Schritte zurück und prallte gegen das Podest mit dem großen Buch.

»Was hast du getan?«, rief er verwirrt.

Langsam richtete Stanni sich auf und zwang sich, gegen das Licht durch die Glaskuppel ins Meer zu schauen. Und da, weit oben, wo die Sonne jetzt wieder schimmernd durch die Wasseroberfläche brach, tauchten immer mehr kleine schwarze Punkte auf.

Stanni konnte es nicht fassen. Das waren Spieler! Dutzende von ihnen! Sein Plan hatte wirklich funktioniert!

FLUX!, meldete sich der lila Würfel vom Boden vor Stannis Füßen. Er hatte aufgehört zu flackern und zu zucken, stattdessen hopste er hektisch auf und ab. Britzelnde Funken bildeten sich auf seiner Oberfläche.

Richtig! Der Plan hatte ja noch einen dritten Teil. Entschlossen umfasste Stanni den Hockeyschläger mit beiden Händen und positionierte das untere Ende hinter Flux. Dann visierte er Herrn Lama an, der einige Meter entfernt gegen das Podest mit dem Buch gestützt stand und mit offenem Mund hinauf zu der wachsenden Anzahl an Spielern starrte.

Jetzt oder nie!

Mit aller Kraft schoss Stanni den blinkenden, knisternden Flux mit dem Hockeyschläger auf Herrn Lama. Aufgeregt quietschend surrte der kleine Würfel durch die Luft, genau auf den Alten zu, und klatschte ihm direkt vor die Brust, wo er ihn triumphierend kichernd in eine gewaltige elektrische Wolke einhüllte. Kleine Finger und Ärmchen aus purem Strom krabbelten dem alten Mann unter den Aluhut und durchsuchten seinen Code auf Fehler.

»Argh!«, machte Herr Lama und ging auf die Knie. Stanni hätte schwören können, dass er kurz, während eines besonders grellen lila Blitzlichts, das Skelett des alten Kauzes erkennen konnte. Seine Haare rauchten, und sein Aluhut flog zischend durch die Luft.

Stanni begann sich Sorgen zu machen, dass die Attacke voll frischer Energie vielleicht doch ein bisschen zu viel sein könnte, doch da war das elektrische Spektakel auch schon vorbei. Flux glitchte zufrieden zur Seite, und Stanni trat zögernd an Herrn Lama heran. Die Freude über den hervorragenden, nein, rekordverdächtigen Treffer ließ langsam nach, stattdessen setzte die Ungewissheit ein. Hatte Flux die Überreste des Bösewichts aufspüren können und Herrn Lama repariert?

Vorsichtig stupste Stanni den Schuh des Alten mit seinem Schläger an. Einige letzte lila Funken tanzten über den Stoff der weiten Pluderhose.

»Herr ... Lama?«, fragte Stanni leise.

»Waaaas?«, krächzte der Alte. Er hustete Qualm aus und schien selbst überrascht davon.

»Alles in Ordnung bei Ihnen?«

»Du musst schon etwas lauter sprechen, damit ich dich verstehe, Junge«, quäkte Herr Lama. »Auch wenn man es mir nicht ansieht, ich bin nicht mehr der Jüngste, ha.«

Stanni runzelte die Stirn. »Sind das wirklich diesmal nur Sie?«

Mühsam stemmte sich Herr Lama mithilfe seines Gehstocks in die Höhe. Er schien erst jetzt zu registrieren, dass sie sich nicht in seinem Haus befanden.

»Ach herrje«, bemerkte er mit einem entschuldigenden Lächeln. »Wo sind wir denn hier gelandet? Und wo ist Murmel abgeblieben?«

Noch nie war Stanni so erleichtert gewesen. Es hatte funktioniert! Vor ihm stand wieder der gewohnte Herr Lama, leicht verwirrt und orientierungslos, aber er schien wieder ganz der Alte zu sein! Völlig von Freude übermannt, ließ Stanni seinen Hockeyschläger fallen und umschlang den alten Kauz in einer kräftigen Umarmung.

»Na, na!«, machte Herr Lama gespielt streng und wartete, bis ihn der Junge wieder losließ. »Erklär mir doch erst mal, was hier eigentlich los ist!«

»Das ist eine lange Geschichte«, winkte Stanni lachend ab. Mit einem Ächzen bückte er sich nach seinem Schläger.

Jetzt, wo das Kampfgeschehen vorbei war und kein Adrenalin mehr durch seinen Körper gepumpt wurde, spürte er jeden noch so kleinen blauen Fleck, den er sich während seines Abenteuers zugezogen hatte. Er fragte sich, ob er die wohl noch spüren würde, wenn er wieder in seinem eigenen Zimmer in der echten Welt saß.

Herr Lama indessen schaute sich interessiert um. Seine anfängliche Verwirrung war einer gewissen Neugierde gewichen.

»Das ist alles furchtbar spannend hier«, sagte er und betrachtete den Nullpunkt auf seinem Sockel. Der Kristall war zur Ruhe gekommen. »Aber wenn ich das richtig sehe, befinden wir uns mitten in einer Runde, und dort oben nähern sich Spieler, nicht wahr?«

Stanni schaute hinauf ins Wasser. Die schwarzen Punkte wurden immer größer. Man konnte im Spiel zwar ziemlich lange die Luft anhalten, aber bis hinab zum Tempel würden sie es ohne ein U-Boot nicht schaffen. Vermutlich der Grund, weshalb noch nie jemand diesen geheimen Map-

Bereich entdeckt hatte. Trotzdem war es wohl eine gute Idee, hier langsam zu verschwinden.

»Ja, wir sollten uns nicht erwischen lassen«, sagte Stanni. »Wäre schwer zu erklären, was?«

Herr Lama nickte, klappte das große Buch zusammen und klemmte es sich unter den Arm. »Ich bin bereit«, verkündete er. »Mein Schädel fühlt sich übrigens an, als wäre eine ganze Lamaherde darüber hinweggetrampelt. Was freue ich mich auf mein Bett!«

Stanni zog hörbar Luft zwischen den Zähnen ein, als er sich an die Höhlensonne erinnerte – und daran, was sie mit Herrn Lamas Haus angestellt hatte. »Tja, also was das angeht ...«, stammelte er.

Aber Herr Lama hörte gar nicht mehr hin. Er hatte sich bei Stanni untergehakt und zog ihn aus dem Saal hinaus.

»Also, mein Junge«, plapperte er fröhlich drauflos. »Dann erzähl doch mal. Sag bloß nicht, du hast schon wieder unsere Welt gerettet?«

HEIMWEG

Wie versprochen kehrten Tilly und Paule bald darauf mit dem U-Boot zum Unterwassertempel zurück. Als sie ausstiegen und zu Stanni, Flux und Herrn Lama auf den Anlegesteg kamen, schauten sie fit und wach, allerdings auch sehr argwöhnisch drein.

»Hat es ... funktioniert?«, fragte Tilly unsicher. Die Zwillinge standen vor dem U-Boot, die Arme vor der Brust verschränkt. Ihre Blicke gingen zwischen Stanni und dem alten Kauz hin und her.

Stanni lachte. »Flux hat ihn repariert! Der Plan war ein voller Erfolg!«

FLUXFLUX!, machte der lila Würfel voller Begeisterung und glitchte sich von Stannis Schulter direkt in die Arme von Paule.

»Gute Arbeit, Flux!«, rief der Junge und drückte den Würfel fest an sich. Kleine Freudentränen liefen ihm über die Wangen.

Stanni folgte Flux' Beispiel, machte einen großen Schritt auf seine Freunde zu und schloss sie in eine herzliche Umarmung.

»Ihr müsst mir ganz genau erzählen, was passiert ist!«, forderte er übermütig. »War es knapp? Wie schnell habt ihr das Portal gefunden? Was konntet ihr darin sehen?«

Tilly stieß ihn spielerisch von sich. »Du zuerst!«, verlangte sie. »Wie hast du den Alten überredet? Was hat Herr Lama erzählt? Und wieso um alles in der Welt hat er Superhelden aus dem Himmel regnen lassen? Die laufen jetzt völlig planlos am Strand herum und zoffen sich!«

Herrn Lama schien gar nicht zu interessieren, was da geredet wurde. Er hatte das große Buch umklammert und betrachtete staunend die Architektur des Raumes und die zu einem U-Boot zusammengeklappte Jacht. Dabei brabbelte er unverständlich vor sich hin.

»Er erinnert sich an nichts«, flüsterte Stanni Tilly grinsend zu. »Alle Schrauben, die jetzt noch locker sitzen, waren es auch schon vorher.«

»Genauso, wie er sein muss also.« Sie kicherte leise.

Über ihnen aus Richtung des U-Boots erklang ein Räuspern. Stanni schaute überrascht nach oben. In der Tür zur Brücke lehnte Belix, die Arme verschränkt, aber ein schiefes Lächeln im Gesicht. Er hätte es nicht für möglich gehalten, aber Stanni freute sich tatsächlich schon wieder, ihn zu sehen, wach und lebendig.

»Ich will das Wiedersehen wirklich nicht unterbrechen«, erklärte Belix. »Aber wir sollten uns Gedanken darüber machen, wie wir zurück nach Los Lamas kommen.«

»Ja«, warf Tilly ein. »Es gibt da nämlich ein kleines Problem.«

Paule zeigte mit dem Daumen nach oben. »An der Oberfläche wimmelt es nicht nur von Superhelden, sondern auch von Spielern. Wir haben es gerade noch so geschafft, mit dem U-Boot zu verschwinden, ehe sie alle aufgetaucht sind.«

Daran hatte Stanni natürlich nicht gedacht. Alle Spieler, die sich in die aktuelle Runde eingeloggt hatten, waren jetzt am Bouncy Beach und versuchten wahrscheinlich, einen Weg um die Superhelden herum und in den Unterwassertempel hinein zu finden, von dem sie gerade dank ihm erfahren hatten. Unmöglich, sich an denen vorbeizuschleichen. Vor allem, wenn sie vor aller Augen mit einem U-Boot aus dem Meer auftauchten.

»Und wenn wir das U-Boot woanders hinsteuern, nicht zum Bouncy Beach? Irgendwohin, wo keine Spieler sind?«, fragte Stanni.

Belix kratzte sich am Hinterkopf. »Das U-Boot kennt nur die eine Route, vom Hafen zum Tempel und zurück. Ohne Baumeister-Tablet kriege ich die definitiv nicht verändert. Außerdem müssten wir die restliche Strecke trotzdem noch zurücklaufen und könnten jederzeit auf Spieler treffen, die zufällig gerade nicht am Strand sind.«

Stanni runzelte die Stirn. Belix hatte, so ungern er das auch zugab, in beiden Punkten recht. Saßen sie jetzt wirklich hier fest? Nach allem, was sie erlebt hatten? Wie lange würde es dauern, bis die Puhmanns oder die Bautruppler in Los Lamas bemerkten, dass sie nicht zurückkamen? Würden sie verstehen, dass sie im geheimen Unterwassertempel nach ihnen suchen mussten?

Herr Lama, der mit dem Ende seines Gehstocks neugierig gegen die Außenwand des U-Boots klopfte, holte Stanni jäh aus seinen Gedanken.

»Faszinierend!«, murmelte der Alte begeistert. All das hier zum ersten Mal zu sehen, musste so spannend sein, dass er gar nicht mitbekommen hatte, dass sie feststeckten.

Stanni runzelte die Stirn. Wie war Herr Lama eigentlich zum Unterwassertempel gelangt? Mit der Jacht jedenfalls nicht, denn die hatten sie ja völlig unberührt im Hafen von Bouncy Beach vorgefunden.

»Sagen Sie mal«, richtete er sich an den Alten. »Sie wissen nicht zufällig, wie sie hierhergekommen sind, oder?«

Herr Lama drehte sich zu ihm um und blinzelte ihn fragend an. »Erinnern kann ich mich nicht«, gab er zu. Dann hob er das große Buch hoch. »Aber ich habe das hier bei mir! Damit kann man die wundersamsten Dinge anstellen.«

Stanni schlug sich vor die Stirn. Natürlich! Das große Buch! Damit war es sicher ein Leichtes, sich einen geheimen Tunnel oder ein Portal zu erschreiben, um in jede Ecke der Map zu gelangen – solange man wusste, dass sie existierte.

Paule hatte offenbar den gleichen Gedanken. »Können Sie im Buch nachsehen, wie Sie den Weg gefunden haben?«, fragte er aufgeregt.

Herr Lama nickte. »Na sicher. Ganz bestimmt. Also vermutlich. Vielleicht. Hier, halt mal!«

Der Alte drückte Stanni unvermittelt das Buch gegen die Brust. Beinahe wäre ihm das schwere Ding durch die Hände gerutscht, aber Stanni packte noch rechtzeitig zu, ehe der dicke Wälzer im Wasser landen konnte. Er öffnete das Buch und hielt es Herrn Lama entgegen.

»Dann wollen wir doch mal sehen«, nuschelte Herr Lama in seinen zerrupften Bart, leckte sich den Zeigefinger ab und begann, von der aktuellen Seite aus rückwärtszublättern. »Aha, hm ...«, murmelte er vor sich hin, während er seine krakelige Schrift überflog. »Sehr interessant. Was ich alles angestellt habe in den letzten Tagen!« Er kicherte.

Tilly räusperte sich. »Sie können das später noch alles in Ruhe nachlesen. Wenn wir uns jetzt aber ein bisschen beeilen könnten?«

Stanni verstand ihre Ungeduld. Die Zwillinge wollten nach diesem Abenteuer sicherlich nur noch nach Hause und sich vergewissern, dass ihre Eltern wieder wach waren. Doch Herr Lama überhörte ihren Einwand. Er war an der Stelle im Buch angekommen, an der die Änderungen im Spiel verkündet worden waren.

»Wer ist denn auf die dumme Idee gekommen, die Runden länger zu machen und von den Spielern *Geld* zu verlangen?« Ungläubig schüttelte er den Kopf.

Tilly verdrehte die Augen. »Auch darüber können wir später noch ausführlich reden.«

»Immer in Eile, diese jungen Leute«, faselte Herr Lama, blätterte aber endlich weiter zurück. »Hier!«, rief er nach einem kurzen Augenblick. »Im Buch steht, dass es eine Röhre gibt, die mit den Wartungsschächten über Los Lamas verbunden ist.« Er fuhr mit dem Finger die Zeile entlang. »Eine Hochdruck-Röhre«, las er laut vor. »Was das wohl sein mag?«

Stanni, Paule und Belix tauschten nervöse Blicke, aber Tilly zuckte nur mit den Schultern.

»Ach, kommt schon«, entgegnete sie. »Wir haben heute bestimmt schon zwanzig viel gefährlichere Sachen gemacht als das.«

Stanni seufzte. Sie hatte recht. Sie waren vor einer riesigen Sonne davongerannt, einem Autoregen ausgewichen, fiesen Geheimagenten entkommen, hatten eine geheime Herausforderung gemeistert und einen Superschurken besiegt. Durch eine Hochdruck-Röhre gejagt zu werden, war dagegen wirklich eine Kleinigkeit.

»Also gut«, sagte er. »Bringen Sie uns zurück nach Hause, Herr Lama.«

UNTER HOCHDRUCK NACH LOS LAMAS

Herr Lama tapste voran, zielstrebig zurück zu dem langen Gang, der ins Innere des Tempels führte. Die anderen folgten. Weit mussten sie allerdings nicht gehen, denn nach nur wenigen Metern stoppte Herr Lama vor einer der vermeintlich leeren Nischen.

»Na, hier muss es doch irgendwo …«, murmelte er, während er mit dem Ende seines Gehstocks in den Fugen der Wand herumstocherte.

Stanni versuchte, über den dicken Einband hinweg einen Blick in das große Buch zu werfen, das er noch immer aufgeschlagen vor der Brust hielt. Er wollte herausfinden, was Herr Lama suchte. Doch die Schriftzeichen ergaben für ihn überhaupt keinen Sinn. Zum Glück ertönte schon bald ein triumphierendes »Aha!« von dem alten Kauz. Offenbar hatte er einen geheimen Knopf oder Schalter gefunden.

Mit einem Surren und Knarzen senkte sich die Mauer der Nische ab, und die Öffnung zu einer durchsichtigen Röhre schob sich hervor. Kaum war die Wand vollends verschwunden, schien der Mechanismus der Hochdruck-Röhre anzulaufen. Ein beinahe ohrenbetäubendes Dröhnen und Zischen, das Stanni stark an einen Staubsauger erinnerte, drang aus dem Schacht.

»Bitte sehr«, rief Herr Lama über den Lärm hinweg. »Der gewünschte Weg nach Hause!«

Stanni sah unsicher zu den Zwillingen und Belix hinüber, und selbst Tilly schien jetzt nicht mehr so angetan von der Vorstellung, in eine dunkle, laute Röhre zu steigen. Herr Lama hingegen war bester Dinge. Endlich nahm er Stanni das große Buch wieder aus der Hand, klappte es zu und schnallte es sich dann mit den daran befestigten Lederriemen wie einen Rucksack auf den Rücken.

»Dann wollen wir mal«, verkündete er laut, und im nächsten Augenblick war er auch schon in die Öffnung gestiegen.

SCHLURP!

Mit einem saugenden Geräusch, das alle zusammenzucken ließ, riss die Röhre den Alten sofort nach oben. Stanni bildete sich ein, ein immer leiser werdendes manisches Kichern zu hören, aber dann war da nur noch das durchgängige Dröhnen des Hochdruck-Systems.

Er trat einen Schritt zurück und machte eine einladende Geste in Richtung Öffnung. Dabei sah er Belix auffordernd an. »Alter vor Schönheit!«, rief er.

Kurz dachte Stanni, der ältere Junge würde kneifen oder ihm einen dummen Spruch drücken, aber dann zuckte Belix doch nur mit den Schultern. Mit zusammengekniffenen Augen trat er in das Röhrensystem und wurde, wie Herr Lama vor ihm, sofort weggesaugt.

Tilly, Paule und Flux waren die Nächsten. Besonders Paule traute dieser Form der Fortbewegung kein Stück, wollte es aber offensichtlich schnell hinter sich bringen. Mit einem letzten Blick zurück sprang auch er in die Röhre und verschwand.

Jetzt war Stanni ganz allein. Aber auch er wollte seinem Verstand keine Chance geben, allzu lange darüber nachzudenken, was er gleich tun würde. Also nahm er einen kräftigen Atemzug, hielt sich dann mit den Fingern die Nase zu und ließ sich vom Sog des Hochdruck-Röhrensystems davontragen.

Stanni konnte nicht sagen, ob es Sekunden, Minuten oder Stunden waren, die er durch die Röhre jagte. Ein Wirbel aus Lichtern umkreiste ihn, und sein Körper fühlte sich an, als würde er immer länger und länger gezogen werden, wie Kaugummi. Im nächsten Augenblick – oder erst nach Jahren – endete das Röhrensystem unvermittelt. Stanni schoss durch ein Loch, flog kurz durch die Luft und krachte dann auf den Boden.

Verwirrt und mit weichen Knien rappelte er sich auf, sah sich vorsichtig um und versuchte, sich zu orientieren. Die anderen standen wohlbehalten neben ihm, auch wenn Paule und Belix etwas grün um die Nase wirkten. Wo genau sie das Rohrpost-System hingebracht hatte, konnte Stanni aber nicht sagen. Sie standen lediglich in einem schmalen grauen Schacht, der sich überall und nirgendwo befinden konnte.

»Nicht schlappmachen, wir haben es fast geschafft!«, sagte Herr Lama kichernd.

Im Gegensatz zu den Freunden schien es ihm rein gar nichts ausgemacht zu haben, in einem Wahnsinnstempo durch den Untergrund der gesamten Map geschossen zu werden. Leichtfüßig wie eh und je stieg er gerade eine Leiter hoch und klappte eine Luke über ihren Köpfen auf, ehe er ins Freie schlüpfte.

Noch immer leicht wackelig auf den Beinen stiegen die anderen ihm hinterher. Als sie durch die Luke hinauskrabbelten, mussten sie die Arme schützend vor die Augen halten, so hell wurde es plötzlich.

»Sind wir ... zurück?«, fragte Belix neben Stanni zögerlich. Er rieb sich ebenso wie die anderen die Augen.

»Natürlich sind wir zurück«, erklärte Herr Lama, dessen Umriss Stanni im grellen Licht nur erahnen konnte. Der Umriss bewegte sich einige Schritte von ihnen weg und begann dann plötzlich heftig mit den Armen zu wedeln.

Stanni wollte schon nach vorne stürzen, um Herrn Lama vor dem unsichtbaren Angreifer zu beschützen, da hörte er ein vertrautes Kieksen. Mühsam blinzelte er gegen die Helligkeit an, bis er endlich sah, was da auf den alten Mann losgegangen war. Es war Murmel! Voll überschwänglicher Freude turnte das Äffchen auf Herrn Lama umher, als könnte es sich nicht entscheiden, welchen Teil von seinem Freund es als Erstes umarmen wollte.

Aber wenn Murmel hier war, dann bedeutete das ja ... dass sie wirklich wieder in Los Lamas waren! Mit offenem Mund schaute sich Stanni um, und tatsächlich! Als sich seine Augen an das Licht gewöhnt hatten, erkannte er endlich den großen Platz von Los Lamas. Hinter ihnen stand die beeindruckende Pyramide, und oben, an ihrem alten Platz auf der Spitze, thronte die Höhlensonne, die ihr gewohntes Licht über die Stadt verteilte. Die Luke, durch die sie geklettert waren, war ein unauffälliger Gullideckel im Mosaikboden des Platzes.

Sie hatten es geschafft, sie waren wieder zurück!

Um ihn herum brachen die Zwillinge in erleichtertes Lachen aus und fielen sich gegenseitig in die Arme. Flux glitchte fröhlich fluxend um sie herum und hickste vor Aufregung.

»Tilly? Paule?«, ertönten zwei Stimmen hinter ihnen.

Stanni erkannte sie sofort. Aber noch ehe er sich komplett umdrehen konnte, waren die Zwillinge auch schon an ihm vorbei und in die Arme ihrer Eltern gerannt. Vor Freude schluchzend drückten sich die vier fest

aneinander, und sogar Herrn Puhmann kullerte eine Träne in den mächtigen Schnauzer.

Mit einem breiten Lächeln im Gesicht betrachtete Stanni die Szene, die sich ihm bot. All die Schmerzen, Schwierigkeiten und Ängste der letzten Stunden waren vergessen, denn sie waren es absolut wert gewesen. Nicht nur hatten Tilly und Paule ihre Eltern zurück, nein, ganz Los Lamas war wieder zum Leben erwacht!

Der Platz vor der Pyramide und die Straßen, die Stanni von hier aus erkennen konnte, wimmelten wieder von Menschen. Überall waren normale Bewohner und Bautruppler damit beschäftigt, Gebäudeteile wiederherzustellen, Girlanden aufzuhängen und Blumenkübel aufzustellen. Einzig das noch immer fehlende Stück der Sonne, das den Energiestrahlen zum Opfer gefallen war, erinnerte an die jüngsten Ereignisse.

Um Herrn Lama und Murmel bildete sich bereits eine Menschentraube. Die Bewohner waren mehr als erfreut, den Alten wiederzusehen, und überschütteten ihn mit Fragen und Bitten. Herr Lama selbst schien die Aufmerksamkeit zu genießen, auch wenn er wohl immer noch nicht genau wusste, was überhaupt geschehen war. Er schien vor allem froh, seinen geliebten Murmel wieder bei sich zu haben.

»Ich kann nicht fassen, dass du schon wieder unsere Welt gerettet hast«, schnaubte Belix neben Stanni beleidigt, aber er hatte ein schiefes Lächeln im Gesicht, das verriet, dass er nicht wirklich sauer auf ihn war.

»Zwei zu null für mich also«, gab Stanni zurück. »Na ja, zwei zu eins. Diesmal hast du ja mitgeholfen«, korrigierte er grinsend.

Belix schien erst jetzt richtig klar zu werden, dass er tatsächlich auch seinen Teil dazu beigetragen hatte, diese Welt zu retten. »Huh«, machte er und kratzte sich am Kinn. »Fühlt sich gar nicht so schlecht an, ein Held zu sein.«

»Hier, du Held«, sagte Stanni lachend und hielt ihm den Hockeyschläger hin. »Den kannst du wieder haben. Wie abgemacht.«

Mit einem kurzen Nicken nahm Belix den Schläger entgegen. »Danke«, murmelte er, so als wäre das kein Wort, das er häufig benutzte. »Für alles, meine ich. Weißt schon.«

»Klar«, entgegnete Stanni.

In die Menschenmenge, die sich um sie, die Puhmanns und vor allem Herrn Lama gebildet hatte, kam plötzlich Bewegung. Menschen stoben auseinander, wie um jemandem Platz zu machen, auch wenn dieser Jemand zunächst nicht zu sehen war. Erst nach einigen Sekunden löste sich Baumeisterin Sonja aus dem Gewusel. Mit beinahe wildem Blick schaute sie sich um. Erst als sie Stanni und dann ihren Sohn erblickte, hellten sich ihre Gesichtszüge auf.

»Belix!«, rief sie, bevor sie loslief, um ihren Sohn überglücklich in die Arme zu schließen. Der hob seine deutlich kleinere Mutter schwungvoll in die Luft und wirbelte sie einmal im Kreis.

So viele Emotionen hatte Stanni noch von keinem der beiden gesehen, aber er konnte sich auch nicht ausmalen, was sie durchgemacht haben mussten. Wenn er nur daran dachte, dass seine eigenen Eltern vor seinen Augen in einen scheinbar unheilbaren Schlaf fielen und nach dem Aufwachen ihr Kind nicht finden konnten ... Er schluckte schwer. Nein, das wollte er sich nicht einmal vorstellen. Er war einfach nur froh, dass es nun ein Happy End gab. Das war alles, was zählte.

Als Belix seine Mutter wieder auf die Füße gestellt hatte, schaute sie dankbar zu Stanni hinüber.

»Du hast es schon wieder geschafft, Spieler«, sagte sie, und Stanni meinte, sogar ein kleines Tränchen in ihrem Augenwinkel funkeln zu sehen. »Danke.«

»Nicht ich allein«, stellte er klar. »Belix war auch dabei.«

Sonja wandte sich ihrem Sohn zu und hakte sich bei ihm unter. »Es gibt viel zu tun, mein Junge, wir können jede Hilfe brauchen. Du kannst mir unterwegs alles erzählen.« Sie setzten sich in Richtung eines Bautrupps in Bewegung. »Und weißt du zufällig, wo mein Tablet hin ist?«

Belix warf einen schnellen Blick über die Schulter zu Stanni zurück. Mit den Lippen formte er ein unhörbares »Oh Mist!«, ehe er zusammen mit Sonja zwischen den Bewohnern verschwand. Stanni rückte sich schmunzelnd die Cap zurecht. Er wollte lieber nicht in Belix' Haut stecken, wenn der seiner Mutter beichtete, dass Paule und Tilly das Gerät in ein Portal im Himmel geworfen hatten – ganz egal, wie froh sie über das Wiedersehen war.

Die Puhmanns hatten sich mittlerweile voneinander gelöst und kamen jetzt auf ihn zu. Flux hockte auf einer von Herrn Puhmanns breiten Schultern. Die Augen des Würfels waren ziemlich klein geworden, und er schien langsam wegzudösen. Kein Wunder, die letzten Stunden mussten auch für ihn furchtbar anstrengend gewesen sein.

Als sie Stanni erreicht hatten, zog ihn Frau Puhmann direkt in eine kurze, aber feste Umarmung, ehe sie ihn wieder losließ und voller Dankbarkeit seine Hände ergriff.

»Ich weiß gar nicht, was ich sagen soll«, erklärte sie mit einem sanften Lächeln. »Ohne dich wären wir verloren gewesen.«

Stanni merkte, wie er rot anlief. »Ach«, sagte er verlegen. »Das war ich ja gar nicht allein. Tilly, Paule und Flux hier haben mir geholfen. Und Belix auch. Ohne die hätte ich keine Chance gehabt.«

»Ihr scheint ja ein hervorragendes Team zu sein«, bemerkte Herr Puhmann, der seinen beiden Kindern jeweils eine große Pranke auf die Schulter gelegt hatte. »Das beste Team aller Zeiten«, entgegnete Stanni mit einem Blick zu den Zwillingen.

Die beiden nickten. »Das beste«, bestätigten sie grinsend.

»Musst du dringend wieder nach Hause?«, fragte Frau Puhmann und schaute hinauf zur Höhlensonne, als schätzte sie die Uhrzeit anhand ihrer Helligkeit. »Oder kannst du noch bleiben und uns erzählen, was passiert ist?« Sie beugte sich zu einem verschwörerischen Flüstern nach vorne. »Unser Ofen funktioniert wieder, und wir schulden dir noch ein vernünftiges Essen.«

Paule seufzte schwärmerisch. »Leckere Burger, so viele man essen kann.«

Der Gedanke ließ Stanni das Wasser im Mund zusammenlaufen und seinen Magen knurren. Für einen kleinen Snack hatte er bestimmt noch Zeit! Doch gerade als er dem Angebot zustimmen wollte, schrie jemand so laut, dass er erschrocken zusammenzuckte.

»ARGH!«, machte dieser Jemand. »Mein Haus!«

Es war Herr Lama. Endlich hatten die Bewohner von ihm abgelassen, sodass er sich in Ruhe umsehen konnte. Offenbar war ihm erst jetzt aufgefallen, dass sein Haus auf der obersten Plattform der Pyramide in Schutt und Asche lag. Die Bautruppler waren wohl noch nicht dazu gekommen, die Überreste neu aufzubauen, nachdem sie die Höhlensonne wieder aufgehängt hatten.

Völlig entsetzt zeigte der Alte jetzt mit der Spitze seines Gehstocks auf die Stelle, an der sein Haus einmal gestanden hatte. Dann drehte er sich langsam zu Stanni um und schaute ihn flehend an, als könnte der ihm eine Erklärung für all das geben.

Und streng genommen konnte er das ja auch.

Mit einem Seufzen schaute Stanni zwischen den Puhmanns und Herrn Lama hin und her. Essen mit den Puhmanns klang verlockend, immerhin hatte er nach diesem Abenteuer ordentlich Hunger. Außerdem hoffte er, die Zwillinge würden ihm endlich erzählen, wie es ihnen an der Oberfläche ergangen war, während er im Unterwassertempel mit Herrn Lama gekämpft hatte.

Andererseits würde sich Stanni furchtbar schuldig fühlen, wenn er Herrn Lama jetzt einfach so stehen ließ. Er hatte eine Erklärung verdient und sollte hier nicht allein zurückbleiben müssen.

Beides würde Stanni auf jeden Fall nicht mehr schaffen. Er wusste nicht genau, wie viel Zeit in seiner Welt vergangen war, aber er wollte nicht riskieren, dass seine Eltern in sein Zimmer kamen und ... ja, was eigentlich? Er wusste nicht einmal, ob er bewusstlos in seinem Stuhl saß oder in der echten Welt gerade gar nicht existierte!

So oder so, er wollte seinen Eltern weder das eine noch das andere antun, so weit durfte es also nicht kommen. Er musste eine Entscheidung treffen.

»Leckere Burger klingen traumhaft!« Wenn Stanni die Puhmanns nach Hause begleiten soll, dann lies weiter auf Seite 218.

»Ich sollte bei Herrn Lama bleiben.« Oder soll Stanni besser Herrn Lama beruhigen und ihm eine Erklärung für sein zerstörtes Haus geben? Dann blätter vor zu Seite 226.

»Leckere Burger klingen traumhaft!«, sagte Stanni nach einer kurzen Bedenkzeit. Die Zwillinge jubelten. »Aber lasst mich kurz Herrn Lama auf Wiedersehen sagen«, fügte er schnell hinzu, ehe sie ihn mit sich ziehen konnten.

»Natürlich«, entgegnete Frau Puhmann und nickte ihm aufmunternd zu. »Wir warten am Rand des Platzes auf dich.«

Herr Lama hatte sich mit Murmel auf die unterste Stufe der Pyramide gesetzt. Er wirkte zum Glück nicht ansatzweise so verzweifelt, wie Stanni es nach dem Schrei eben vermutet hatte. Der Alte unterhielt sich aufgeregt mit Murmel und deutete nacheinander auf verschiedene Stellen in seinem Buch. Das Äffchen nickte immer wieder interessiert. Stanni würde wohl nie verstehen, wie die beiden so einfach miteinander sprechen konnten.

»Bist wohl gekommen, um dich zu verabschieden, was?«, sagte Herr Lama mit einem Schmunzeln, als er sah, wer vor ihm stand.

Stanni steckte verlegen seine Hände in die Hosentaschen. »Ich kann leider nicht mehr lange bleiben. Und die Puhmanns haben mich zum Essen eingeladen«, gab er zu.

Herr Lama lachte gutmütig. »Eine solche Einladung sollte man nicht ablehnen. Das wäre furchtbar unhöflich.«

Stanni atmete erleichtert auf. Offenbar war ihm der Alte nicht böse, dass er sich schon so schnell wieder aus dem Staub machen musste.

»Ich komme sicherlich bald wieder zu Besuch«, versprach Stanni. »Vielleicht auch mal, wenn nicht gerade die Welt untergeht.«

Das brachte Herrn Lama zum Kichern. »Und selbst wenn, ich bin mir sicher, dass du es auch ein drittes Mal schaffst, Los Lamas und seine Bewohner zu retten.«

Stanni spürte die Erschöpfung, die das vergangene Abenteuer hinterlassen hatte, in diesem Augenblick überdeutlich. Er wollte lieber nicht über die Möglichkeit einer weiteren Katastrophe nachdenken.

»Sie haben sicher noch jede Menge Fragen zu dem, was passiert ist«, meinte er stattdessen, um das Thema zu wechseln.

»Murmel hier hat mir schon das eine oder andere erklärt.« Herr Lama kraulte das Äffchen liebevoll schmunzelnd zwischen den Ohren. »Aber ich bin mir sicher, die Puhmann-Zwillinge können die Lücken füllen. Nachdem sie sich einmal kräftig ausgeschlafen haben.«

»Ganz bestimmt!«, bestätigte Stanni.

Hinter ihnen tauchte nun Baumeisterin Sonja wieder auf, Belix noch immer an ihrer Seite. Sie hatte ein klobiges Tablet in der Hand, wahrscheinlich ein Ersatzmodell.

»Bereit, Ihr Haus wieder aufzubauen?« Sie sah Herrn Lama erwartungsvoll an.

Der alte Mann legte das große Buch zur Seite, erhob sich und nickte freudig. »Also dann, mein Junge«, sagte er an Stanni gerichtet. »Bis zum nächsten Mal!« Murmel winkte zum Abschied.

»Bis dann!«, gab Stanni zurück und überließ die drei Menschen und Murmel ihren Aufgaben. Er war wirklich froh, dass er Herrn Lama hatte retten können. Er merkte erst jetzt so richtig, wie sehr er den verrückten Kauz mochte. Auch Sonja und ihren Sohn gemeinsam über das Tablet gebeugt zu sehen, machte ihn glücklich. Belix hatte es endlich geschafft, seine strenge Mutter zu beeindrucken.

Mit einem warmen Gefühl im Bauch ging Stanni zum Rand des Platzes zurück, wo die Puhmanns auf ihn warteten. Die Zwillinge erzählten bereits voller Begeisterung von den Abenteuern, die sie in den letzten Stunden erlebt hatten. Obwohl einiges davon mehr als besorgniserregend für die Eltern sein musste, hörten Herr und Frau Puhmann ihnen beeindruckt zu, in der Gewissheit, dass ihre Kinder heil zurückgekehrt waren.

Gemeinsam schlenderte die kleine Gruppe gemütlich zurück zum Haus der Puhmanns und setzte sich dort in die wieder hell erleuchtete Küche. Noch fehlten die meisten Dekorationen, aber für diese Details war, laut Herrn Puhmann, auch später noch Zeit.

»Hauptsache der Ofen funktioniert. So hungrig wie jetzt war ich noch nie!«, merkte Paule an, und auch Stannis Magen knurrte.

Der Ofen produzierte im Handumdrehen einen Teller voller saftig aussehender und herrlich riechender Burger und im zweiten Durchgang eine große Schüssel salziger Pommes. Während sie aßen, erfuhr Stanni endlich von den Zwillingen, wie es ihnen an der Oberfläche ergangen war. Tatsächlich war fast alles ziemlich genau so abgelaufen, wie sie es zuvor im Unterwassertempel geplant hatten. Das U-Boot war automatisch zum Bouncy Beach zurückgekehrt, wo Tilly den Gleiter startklar gemacht hatte. Beim ersten zaghaften Signal von Frau Puhmanns Fernbedienung waren sie abgehoben, um das Portal zu suchen. Paule konnte es sich natürlich nicht verkneifen, seine Abneigung gegen das Fliegen deutlich zu machen. Doch da Tilly den Gleiter lenken musste, brauchten sie seine freie Hand, um das Tablet zu werfen. Deswegen hatte er wohl oder übel mit ihr abheben müssen. Einzig die Superhelden, die plötzlich aus dem Portal geregnet kamen, waren eine Herausforderung gewesen. Tilly hatte ihnen ausweichen müssen, wobei Paule beinahe das Tablet aus der Hand gefallen wäre. Zum Glück waren die Kostümierten aber so sehr damit beschäftigt, sich nach ihrem Sturz aus dem Himmel gegenseitig anzugreifen, dass sie die Zwillinge in Ruhe ließen.

»Und wie geht es jetzt weiter?«, fragte Stanni, nachdem sie fertig gegessen hatten. Herr Puhmann spülte gerade die Teller ab, die Zwillinge lehnten satt und zufrieden in ihren Stühlen. Flux kaute müde auf einigen kalten Pommes herum.

Frau Puhmann legte nachdenklich den Kopf schief. »Das Tal ist noch immer auf den alten Spielstand zurückgesetzt«, sagte sie. »Aber mit der neuen Energie können wir das ursprünglich geplante Event sehr bald erneut starten. Natürlich diesmal ohne Rechenfehler. Der Nullpunkt sollte das Interesse der Spieler bestimmt wecken.«

Stanni nickte. Jetzt, wo alle vom Unterwassertempel wussten, waren sie sicherlich auch heiß darauf zu erfahren, wie das Event eigentlich hätte ablaufen sollen.

»Ich hoffe nur, dass die Spieler lange genug bei uns bleiben«, seufzte Frau Puhmann. »Zumindest so lange, bis unsere Bautrupps die Map wieder aufgebaut haben.«

Das Tal Royal musste schnell wiederhergestellt werden, das war Stanni klar. Ansonsten würden die Spieler schon bald erneut das Interesse verlieren und sich woanders umsehen. Sie wollten ihre alten Features zurück – und neue noch dazu!

»Stanni hatte da eine tolle Idee«, warf Tilly beiläufig ein.

»Ach ja?« Frau Puhmann sah ihn interessiert an.

Stanni räusperte sich nervös. »Hatte ich die?«

»Na klar, als wir im Tempel waren!«, erinnerte Tilly ihn. »Du meintest, es würde den Spielern bestimmt Spaß machen, hier auch etwas bauen zu können.«

»Na ja«, begann Stanni unsicher. Er hatte nur laut vor sich hin gedacht. Eine richtige Idee hätte er das jetzt nicht genannt. Doch Tillys leuchtende Augen ermutigten ihn weiterzusprechen. »Vielleicht könnte man den Nullpunkt nutzen, damit Spieler mit seiner Hilfe eigene Elemente bauen können.«

»Eigene Elemente?«, fragte Herr Puhmann stirnrunzelnd, während er sich die Hände abtrocknete.

»Nichts Wichtiges«, fuhr Stanni schnell fort, um sich zu erklären. »Nur ein paar Dekorationen, Wände vielleicht, Plattformen. So was eben. Dann könnten sie ihre eigenen kleinen Herausforderungen kreieren und sind gut beschäftigt, während ihr die Map wiederaufbaut!«

»Mmmh«, machte Frau Puhmann und tippte sich nachdenklich mit einem Finger gegen ihr Kinn. »Wie kommst du darauf, dass der Nullpunkt so etwas kann?«

Stanni zuckte mit den Schultern. »Er konnte Risse im Himmel erzeugen, wieso nicht auch Böden und Wände? Eigentlich braucht ihr dafür ja nur genug Energie und einen Eintrag ins große Buch.«

»Und das fänden Spieler gut?«, schaltete sich Herr Puhmann wieder ein.

Stanni nickte. »Absolut!« Er war ja immerhin selbst Spieler, also sollte er das ganz gut einschätzen können. Er fand die Idee faszinierend, in dieser Welt ebenfalls etwas bauen zu können. Und auch Max und Finn würden es lieben! Mit Rampen könnten sie auf hohe Gebäude oder zu entlegenen Ecken der Map kommen. Mit Wänden könnten sie Straßensperren errichten, aus Fallen und Jump Pads ließen sich Hindernisläufe erstellen wie im Unterwassertempel. Vielleicht wären sogar eigene kleine Maps möglich, in denen man nicht gegeneinander kämpfte, sondern miteinander Rätsel lösen musste oder Verstecken spielte! Die Vorstellung reichte völlig aus, um Stanni ins Schwärmen zu bringen.

Frau Puhmann schien den Vorschlag ernsthaft abzuwägen. »Ich wollte mich ohnehin weiter mit dem Nullpunkt beschäftigen«, sagte sie. »Wenn das, was dir vorschwebt, machbar ist, klingt das nach einer hervorragenden Idee!«

Stanni lief rot an, und Tilly und Paule strahlten um die Wette.

»Ich sollte das mit Baumeisterin Sonja besprechen«, murmelte Frau Puhmann, schon ganz in ihre Gedanken versunken. »Wenn man ein Tablet mit vorgegebenen Bauteilen mit dem Nullpunkt verbinden könnte, ja ...« Sie hatte bereits begonnen, einige Formeln und Zeichnungen auf eine Serviette zu kritzeln.

Der Rest der Familie sah allerdings nicht mehr ganz so aufgeweckt aus. Flux war eingeschlafen, eine halbe Fritte hing ihm aus dem Mundwinkel. Die Zwillinge lehnten schläfrig am Küchentisch. Aber diesmal war es nur die normale Müdigkeit nach einem langen Abenteuer und einem guten Essen. Auch Stanni spürte diese Müdigkeit. Er konnte es kaum erwarten, sein eigenes Bett wiederzusehen.

Sein Bett, in seiner Welt ... Aber wie sollte er eigentlich wieder nach Hause in sein Zimmer kommen? Das Abenteuer hatte ihn so auf Trab gehalten, dass er keine Sekunde lang über seine eigene Rückkehr nachgedacht hatte!

Langsam stand er auf. »Vielen Dank für das Abendessen«, murmelte er. »Aber ich müsste so langsam nach Hause ...«

»Natürlich«, nickte Herr Puhmann verständnisvoll.

Stanni räusperte sich. »Ich äh ... weiß nur nicht so genau, wie ...«

»Oh!«, machte Frau Puhmann und sah überrascht von ihrer Serviette auf, die bereits mit Formeln und technischen Zeichnungen vollgekritzelt war. »Da wird wohl Herr Lama mit seinem Buch helfen müssen.«

Stimmt, beim letzten Mal hatte der Alte ihn mithilfe des großen Buches nach Hause geschrieben. Das funktionierte sicherlich auch noch ein weiteres Mal.

FLUX, mischte sich der lila Würfel ein. Er hatte die kalte Pommes runtergeschluckt und schien jetzt ein wenig wacher. Leuchtend glitchte er sich auf den Küchentisch.

»Du sollst doch nicht auf den Tisch, Flux«, mahnte Paule verschlafen und wedelte mit der Hand, um den Glitch zu vertreiben.

»Ich glaube, er versucht uns etwas zu sagen«, grübelte Tilly, ehe der Satz in einem lang gezogenen Gähnen ausklang.

Stanni war zunächst ebenso verwirrt, aber dann spürte er etwas. Unter seinem Shirt wurde es sehr warm. Vorsichtig zog er die Kette hervor, an deren Ende das metallene Plättchen mit seinem Namen baumelte.

FLUX, surrte der Würfel. Er vibrierte nun so stark, dass die Gläser auf dem Tisch klirrten.

»Scheint, als hätte der kleine Glitch eine Alternative«, lachte Frau Puhmann.

Stanni schaute fragend zu Flux hinüber, der verschmitzt zurückblinzelte. Kleine Runen flitzten über die Oberfläche des Würfels.

»Einen Versuch ist es wert, schätze ich?«, schlug Stanni vor.

Flux hatte damals Stannis Namen in das Metallplättchen geknabbert und auch gleich noch ein Bild von sich selbst darauf hinterlassen. Herr Lama hatte ihn dazu angewiesen, also musste er sich etwas dabei gedacht haben. Dass der Anhänger auch nach Stannis Rückkehr in die echte Welt noch immer um seinen Hals gebaumelt hatte, war Beweis genug, dass er etwas ganz Besonderes sein musste. Mit seiner Hilfe hatte er es außerdem zu Beginn seines Abenteuers zurück nach Los Lamas geschafft. Nicht auszuschließen, dass Flux ihn damit auch wieder zurück nach Hause schicken konnte.

Der kleine Würfel blinkte jetzt schneller, das metallene Plättchen und die Kette wurden immer wärmer. Ein lila Licht hüllte Stanni nach und nach ein. Als er die Hand hob, um Familie Puhmann zuzuwinken, konnte er beobachten, wie sich einzelne Pixel flackernd aus seinem Arm lösten. Er begann zu glitchen!

»Bis bald!«, riefen die Zwillinge.

Sie waren von ihren Stühlen aufgesprungen, um zu ihm zu laufen, doch ihre Eltern hielten sie mit jeweils einer Hand davon ab, den in Licht gehüllten Stanni ein letztes Mal zu umarmen. Er hätte sie zwar gerne noch einmal an sich gedrückt, wollte aber auch nicht riskieren, sie aus Versehen mit in seine Welt zu ziehen.

»Ich komm bald wieder vorbei, versprochen!«, rief er daher nur. Er vermisste sie alle jetzt schon. Aber er hatte auch Freunde und Familie in seiner eigenen Welt. Es war Zeit, zurückzukehren.

FLUX! HICKS!, ertönte es ein letztes Mal, ehe das Licht Stanni komplett einhüllte.

Lies jetzt weiter auf Seite 235!

»Ich sollte bei Herrn Lama bleiben«, sagte Stanni mit einem Seufzen. »Ich muss bald zurück in meine Welt, und er hat eine Erklärung für sein Haus verdient.«

Frau Puhmann nickte verständnisvoll. »Natürlich«, entgegnete sie. »Die Einladung verfällt nicht. Du bist jederzeit bei uns willkommen.«

Verlegen schaute Stanni zu Tilly und Paule. Die beiden waren sicherlich furchtbar enttäuscht, dass er sie nicht noch zum Abendessen begleitete. Aber stattdessen traten die Zwillinge bereits zu ihm und drückten ihn in der nächsten Sekunde fest an sich.

»Wir verstehen schon«, erklärte Tilly, als sie ihn wieder losließen. »Herr Lama ist ein verrückter Kauz, aber er muss ja nicht noch mehr verwirrt werden.«

Paule rückte seine Brille zurecht, ehe er zu Stanni hinaufsah. »Danke noch mal, für alles.«

»Lass das nächste Mal nicht so lange auf dich warten, okay?«, feixte Tilly und boxte ihn spielerisch gegen den Oberarm.

»Ja, ich verspreche es«, antwortete Stanni lachend.

Er sah zu Frau Puhmann, die ihm anerkennend zunickte, dann zu ihrem Mann, der unter seinem riesigen Schnauzbart milde lächelte, und schließlich zu Flux, dem mutigen, kleinen lila Würfel, der völlig erschöpft von ihrem Abenteuer auf der Schulter des kräftigen Mannes schlief. Ein wenig Fluxsabber tropfte leuchtend aus seinem Mund, und er schnarchte leise.

Stanni würde diese Familie vermissen. Aber zu Hause warteten seine eigenen Eltern und seine Freunde. Außerdem wusste er ja jetzt, wie er wieder nach Los Lamas zurückkehren konnte. Er hatte den Anhänger von Flux, er konnte seine Freunde also besuchen kommen, wann immer ihm der Sinn danach stand.

»Wir beeilen uns, die Map für die Spieler wieder aufzubauen«, versicherte ihm Frau Puhmann zum Abschied. »Und dann startet das Nullpunkt-Event ohne Rechenfehler!«

Mit einem letzten Gruß machte sich Familie Puhmann auf den Weg zurück zu ihrem Haus. Stanni blieb mit einem wohlig warmen Gefühl im Bauch zurück und sah ihnen einen Moment hinterher, ehe er sich auf die Suche nach Herrn Lama machte. Er entdeckte den Alten gemeinsam mit Baumeisterin Sonja und Belix am Fuß der Pyramide. Alle drei und auch das Äffchen Murmel, das es sich auf dem Kopf von Herrn Lama bequem gemacht hatte, schauten gerade gemeinsam auf ein klobiges Tablet in Sonjas Hand.

»Wie gesagt, das Haus ist schnell gebaut, nur die Einrichtung, das wird eine Weile dauern«, hörte Stanni die Baumeisterin gerade sagen, als er die kleine Gruppe erreichte. »Vor allem mit diesem altmodischen Ersatz-Tablet«, fügte sie noch mit einem strengen Seitenblick auf Belix hinzu, der sich verlegen durch die Haare fuhr.

Herr Lama schien nicht mehr ganz so erschüttert von der Tatsache, dass sein Haus in Trümmern lag. Stattdessen nickte er interessiert. »Ich verlasse mich auf deine Fähigkeiten, Sonja. Aber es ist von oberster Wichtigkeit, dass alles ganz genau wiederhergestellt wird. Ich brauche meine Notizen.« Als er Stanni bemerkte, winkte er ihn heran. »Du bist noch hier?«, fragte er und schob die seltsame kleine Sonnenbrille auf seiner Nase ein Stück herunter, als fragte er sich, ob er sich verguckt hatte.

»Ein Weilchen kann ich noch bleiben«, entgegnete Stanni mit einem Grinsen. »Da dachte ich mir, ich sollte Ihnen vielleicht erklären, was hier eigentlich los war und wieso Ihr Haus so aussieht, wie es aussieht.«
Murmel gab ein freudiges Fiepen von sich.
»Ausgezeichnet, mein Junge!«, rief Herr Lama begeistert und klatschte in die Hände. Die Kürbisse an seinem Gehstock rasselten laut. »Scheint so, als wärst du dieses Mal derjenige mit den kosmischen Lama-Geheimnissen.«
Baumeisterin Sonja seufzte nur, dann zuckte sie mit den Schultern. Was konnte sie schon groß sagen? Nicht nur hatte Stanni – zum wiederholten Male – ihre Welt gerettet, Herr Lama selbst schien sich darüber zu freuen, dass er hier war. Also winkte sie zwei Bautrupplern zu, die sofort ihre Strahlenkanonen in die Hand nahmen und zu ihnen rannten. Gemeinsam erklommen sie die Pyramide – bis auf Herrn Lama natürlich. Der stieß seinen Gehstock zweimal auf den Boden, woraufhin sich ein kleiner Propeller aus der Spitze entfaltete, der ihn samt Murmel bequem auf die oberste Plattform beförderte.
Stanni genoss den langen Weg nach oben dieses Mal jedoch. Die hervorragende Aussicht über die endlich wieder hell erleuchtete Stadt war eine gute Entschädigung für die nicht enden wollenden Treppen.
Am höchsten Punkt der Pyramide angekommen, setzte er sich neben Herrn Lama und ließ die Beine baumeln. Sie beobachteten die Bauarbeiten für ein paar Minuten, in denen sich bereits die Außenwände und das Dach wie durch Zauberhand wieder zusammensetzten. Erst waren sie nur durchsichtige blaue Schemen, ehe sie sich nach einigem Umherwischen auf dem Tablet verfestigten und real wurden. Egal wie oft Stanni das sah, es war immer wieder cool. Auch Belix durfte mithelfen und wirkte außerordentlich stolz, seiner Mutter zur Hand gehen zu können.
»Willst du mir jetzt erzählen, was ihr mit meinem Haus angestellt habt?«, fragte Herr Lama schließlich. Murmel hatte sich auf seinem Kopf zu einer Art neuem Hut zusammengerollt und schlief friedlich schnarchend.
Stanni holte tief Luft, sortierte seine Gedanken und bemühte sich dann, die vergangenen Ereignisse möglichst schlüssig zusammenzufassen.

»Natürlich war es Nobby.« Herr Lama kicherte, als Stanni an dem Punkt angekommen war, an dem der ungeschickte Bautruppler die Halterung der Höhlensonne durchtrennt hatte. »Der hatte schon als kleines Kind ein Talent für solche … nun, Aktionen. Aber ein Herz aus Gold hat er, der Gute, nicht wahr, Sonja?«

Die Baumeisterin bewies wieder einmal, dass sie ihre Augen und Ohren überall hatte. »Ein Herz aus Gold, ja«, bestätigte sie mit einem Blick über das Tablet hinweg, allerdings mit hörbarem Zähneknirschen.

Die beiden Bautruppler, die bei der Wiederherstellung des Hauses halfen, lachten hinter vorgehaltener Hand, hielten aber sofort inne, als Sonjas strenger Blick sie traf. Eifrig widmeten sie sich wieder einigen Dekorationen am Haus, während Stanni mit seiner Erzählung fortfuhr.

»… und Flux«, beendete er letztlich die Geschichte, der Herr Lama die ganze Zeit über schweigend gelauscht hatte. »Flux hat dann mit der Energie der Spieler die Rückstände des Superschurken in Ihnen gefunden und repariert. Alles andere wissen Sie ja.«

»Ich muss mich wirklich bei dir und allen Bewohnern von Los Lamas entschuldigen«, seufzte Herr Lama. »Ich hätte beinahe diese Welt zerstört!«

Stanni schüttelte entschlossen den Kopf. »Sie trifft keine Schuld, Herr Lama«, widersprach er. »Dieser Endgegner-Typ hat all Ihre guten Absichten ins Negative verkehrt. Sie wollten immer nur das Beste für Los Lamas und das Tal. Jeder weiß das.«

Nachdenklich wollte Herr Lama sich am Kopf kratzen, kraulte dadurch aber bloß den schlafenden Murmel zwischen den Öhrchen. »Manch einer hier behauptet ja, ich hätte einen Sprung in der Schüssel«, sagte er, nachdem er eine Weile gegrübelt hatte.

»Ach was.« Stanni räusperte sich unschuldig. Belix, der einige Meter weiter gerade einen Blumenkasten neben der Eingangstür erscheinen ließ, hüstelte verlegen.

»Doch, doch. Wirklich wahr«, bestätigte der Alte ernst, doch dann zwinkerte er Stanni zu und legte ihm eine Hand auf den Unterarm. »Danke, dass du trotzdem an mich geglaubt hast.«

»Natürlich«, entgegnete Stanni mit einem Lächeln.

Hinter ihnen tauchte Baumeisterin Sonja auf. »Das Haus steht jetzt wieder«, erklärte sie. Und tatsächlich, das Gebäude war wieder da, als wäre nie eine gigantische gläserne Sonne darauf gefallen. »Nur innen herrscht völliges Chaos. Dafür brauchen wir Ihre Hilfe, Herr Lama.«

»Natürlich«, stimmte der Alte zu und erhob sich ächzend. »Murmel und ich erinnern uns an jedes Detail. Das wird ein Kinderspiel. Nicht wahr, mein kleiner Freund?«

Er tätschelte den Murmel-Hut auf seinem Kopf und weckte das Äffchen somit endgültig auf. Verschlafen schmatzend guckte es in die Runde und schien nicht recht zu wissen, was von ihm verlangt wurde.

Baumeisterin Sonja seufzte und sah hinunter auf die Stadt. Mittlerweile hatte sich die Höhlensonne in ein warmes Orange verfärbt und verbreitete eine angenehme Abendstimmung.

»Ich wünschte, ich könnte das Gleiche über den Rest der Map sagen«, murmelte sie. »Wir haben über die Jahre so viel gebaut, niemand weiß mehr genau, was wo stand. Es wird schwierig werden, alles wieder an den richtigen Platz zu bekommen. Und niemand weiß, wie viel Zeit uns bleibt, um alles wieder zurechtzurücken.«

Stanni schob nervös ein Steinchen mit dem Schuh über den Boden. Er verstand schon, was sie meinte. Die Spieler hatten nach nur einem Fehler die Lust am Spiel verloren. Sonja befürchtete, dass das wieder passieren könnte, wenn sie die Map nicht schnell genug auf Vordermann brachten. Aber da fiel ihm wieder der Gedanke ein, den er im Unterwassertempel gehabt hatte.

»Habt ihr jemals darüber nachgedacht, auch die Spieler etwas bauen zu lassen?«, fragte er vorsichtig.

Baumeisterin Sonja schaute ihn skeptisch an. Wie aus Reflex drückte sie ihr Ersatz-Tablet enger an die Brust, als wollte sie es vor fremdem Einfluss schützen.

»Ihr sollt euch ihnen nicht zeigen«, erklärte Stanni schnell. »Aber vielleicht kann man den Nullpunkt so einstellen, dass Spieler ihn nutzen können, um Dekorationen zu verteilen. Einzelne Wände vielleicht, Plattformen. Sie könnten sich eigene Herausforderungen bauen oder sich in Kämpfen schützen. Ich glaube, das würde ihnen Spaß machen.«

Sonja sah nicht sehr überzeugt aus. »Wieso sollte der Nullpunkt so etwas können?«

Stanni zuckte mit den Schultern. »Er konnte auch Risse im Himmel entstehen lassen. Mit genug Energie und einer entsprechenden Änderung im Buch ist doch alles möglich.«

Langsam löste Sonja das Tablet von ihrer Brust und schaute lange auf den ausgeschalteten Bildschirm. Was durch ihren Kopf ging, konnte Stanni nur vermuten. Dachte sie darüber nach, dass das Ausbleiben der Spieler fast ihre Welt zerstört hatte? Oder sträubte sie sich innerlich dagegen, die Fähigkeit zu bauen auch auf Spieler zu übertragen? Ihr Gesichtsausdruck jedenfalls verriet nichts. Schließlich ließ sie das Tablet sinken und sah Stanni ernst an.

»Glaubst du wirklich, die Spieler würden das mögen?«, fragte sie.

»Absolut!«, antwortete Stanni, ohne zu zögern. Er war selbst Spieler, und er fand die Idee faszinierend, in dieser Welt eigene Gebilde errichten zu können. Allein schon die Vorstellung, wie easy er auf hohe Gebäude oder zu entlegenen Ecken der Map kommen würde, wenn er Rampen bauen könnte! Oder man errichtete Straßensperren, Hindernisläufe oder Schutzbunker! Vielleicht sogar eigene kleine Maps, in denen man nicht gegeneinander kämpfte, sondern miteinander Rätsel löste oder Verstecken spielte! Die Vorstellung reichte völlig aus, um Stanni ins Schwärmen zu bringen, und Max und Finn würden es sicher genauso sehen.

Herr Lama schien wesentlich offener für Stannis Idee zu sein als die Baumeisterin. »Das würde mir die Gelegenheit geben, die Spieler noch umfassender zu studieren!«, merkte er begeistert an.

Sonja legte nachdenklich den Kopf schief. »Nun gut«, murmelte sie. »Ich sollte wohl mit Frau Puhmann darüber sprechen, ob der Nullpunkt so etwas hergibt. Vielleicht könnten wir Spieler-Tablets entwickeln, auf denen bestimmte Baupläne enthalten sind. Mal sehen, ob sich so etwas bis zur Wiederholung des Nullpunkt-Events machen lässt.« Sie nickte Stanni ein letztes Mal zu, dann drehte sie sich um und ging zurück zum Haus, wo Belix und der Rest ihres Trupps bereits auf sie warteten.

Herr Lama klopfte Stanni lachend auf den Rücken. »Ha, gut gemacht, Junge!«, rief er. »Das könnte uns wirklich weiterhelfen.«

Stanni freute sich über das Lob. Er wusste, dass es eine gute Idee war, aber dass Baumeisterin Sonja es ähnlich sah, machte ihn doppelt stolz.

Er sah hinaus auf die abendlich erleuchtete Stadt. Los Lamas brummte vor Leben, überall wurde gearbeitet, gelacht und gefeiert. Ohne die Spieler würde es all diese Menschen nicht geben. Und umgekehrt gäbe es ohne diese Menschen und ihre tägliche Arbeit und Liebe im Tal Royal für niemanden etwas zu entdecken. Stanni hoffte, dass die Spieler das spürten, auch wenn sie nichts von Los Lamas wussten.

»Wie sieht es aus, mein Junge?«, fragte Herr Lama neben ihm. Er hatte ein ungewohnt mildes Lächeln auf den Lippen, so als hätte er seinem Gedankengang gelauscht. »Willst du nach Hause?«

Stanni nickte. Unmöglich zu sagen, wie viel Zeit genau in seiner Welt vergangen war, aber er wollte nicht riskieren, dass seine Eltern nach ihm schauten und ... ja, was eigentlich? Stanni wusste nicht einmal, ob er bewusstlos in seinem Stuhl vor dem PC saß oder in der echten Welt gerade gar nicht existierte! Beides würde seinen Eltern einen riesigen Schrecken einjagen, und das wollte er ihnen nicht antun.

Während Herr Lama das Buch von seinem Rücken schnallte, fiel Stannis Blick auf Belix, der zwischen den anderen Bautrupplern stand. Der ältere Junge sah ihn fragend an. Stanni hob seine Hand und winkte kurz. Als Belix verstand, dass Stanni sich gerade verabschiedete, hob er den Hockeyschläger, den er doch tatsächlich mit auf die Pyramide geschleppt hatte, und winkte zurück. Stanni grinste. Es musste zwar fast die Welt dafür untergehen, aber es schien, als wären sie zumindest so etwas Ähnliches wie Freunde geworden.

Neben Stanni schlug Herr Lama endlich feierlich das Buch auf. Aus einer seiner etlichen Taschen zog er seinen Stift hervor und feuchtete ihn mit der Zunge an.

»Ich hoffe, bei deinem nächsten Besuch geht nicht die Welt unter.« Er begann kichernd, ins Buch zu kritzeln.

»Das hoffe ich auch«, gab Stanni zurück. »Aber falls doch, dann rette ich sie eben noch mal.«

Darüber musste Herr Lama herzlich lachen, und auch Murmel, der auf dessen Schulter gekrabbelt war, gluckste amüsiert.

Herrn Lamas Stift kratzte über das Papier. Am Ende des Satzes machte er eine kunstvolle Pause, ehe er vorlas, was er soeben geschrieben hatte.

»So kehrt der Spieler Standart Skill in seine Heimat zurück. Auf dass die Bewohner von Los Lamas ihn bald wiedersehen. Punkt.«

Zeitgleich mit dem letzten Wort wurde alles um Stanni herum schwarz.

Lies jetzt weiter auf der nächsten Seite!

ZURÜCK IM ECHTEN LEBEN

Es dauerte einige Sekunden, ehe Stanni begriff, dass die Schwärze, die ihn einhüllte, nicht das Nichts war. Stattdessen war es seine VR-Brille, die in seiner Abwesenheit in den Ruhemodus gegangen war.

Langsam zog er sie sich vom Kopf und blinzelte in das grelle Licht seines Bildschirms, ehe er sich in seinem Zimmer umsah. Alles war noch genau so, wie er es zurückgelassen hatte.

»Verrückt«, sagte er in die Stille hinein.

Klar, beim letzten Mal war es auch so gewesen, aber er würde sich trotzdem nicht so schnell daran gewöhnen, zwischen verschiedenen Welten hin- und herzuspringen.

Vorsichtig stand Stanni von seinem Gaming-Stuhl auf und streckte die Arme und Beine. Seine Gelenke waren etwas steif, aber von den Prellungen und blauen Flecken, die er sich bei seinem Abenteuer zugezogen hatte, war nichts zu spüren. Huh. Interessant. Sofort tastete er nach seiner Kette und atmete erleichtert auf, als er den Anhänger berührte. Seine Rückfahrkarte ins Tal Royal war ihm geblieben. Gut so.

Gerade als Stanni sich wieder hingesetzt hatte, tauchte auf dem Bildschirm seines Rechners ein kleines Fenster auf, und kaum eine Sekunde später verkündete der Klingelton des Voicechats einen Anruf. Es waren Finn und Max, die ihn in ihren Channel einluden. Es war bereits ihr zwölfter Versuch.

Seelenruhig setzte sich Stanni sein Headset auf, rollte näher an den Schreibtisch heran und drückte dann den Knopf mit dem grünen Telefonhörer.

»Diggi, endlich!«, plärrte Max sofort aufgeregt ins Mikrofon. »Wo warst du denn so lange?!«

»Auf Klo«, sagte Stanni mit einem hörbaren Grinsen. »Ist was passiert?«

»Ob was passiert ist?! Alter«, stöhnte Max. »Hast du dein Handy im Zimmer liegen lassen oder was?« Es klang so, als würde er frustriert einen Stift durchs Zimmer werfen.

»Während wir an deinem ... äh, Referat gearbeitet haben«, sagte Finn, »gab es einen Leak zu einer neuen Location im Tal Royal.« Er klang relativ entspannt, als ahnte er, dass Stanni das alles längst wusste. Was natürlich auch der Fall war.

»Nein!«, stieß Stanni daher gespielt überrascht aus. »Das Event läuft also noch?«

»Das war alles von langer Hand geplant«, sagte Max mit einem verschwörerischen Unterton. »Erst lassen sie es so aussehen, als wäre das Event komplett schiefgegangen. Als ihr beide offline wart, haben sie dann jede Menge unsinnige Änderungen ins Spiel eingebaut, damit sich alle ausloggen. Das war sicher kein Zufall, sondern pure Absicht, damit die Leute darüber sprechen. Richtig genial einfach!«

»Das Timing war echt perfekt«, bestätigte Finn. »Max hat mich mit Links zugeballert, als du gerade ... ja ... auf Klo warst. Gefühlt jeder Streamer war live, um zuzuschauen, wie sich das Spiel selbst zerlegt.«

»Und dann BOOM!«, rief Max. »In einem anderen Spiel tauchen plötzlich Bilder auf, die nur aus dem Tal Royal stammen konnten. Die Leaks verbreiten sich in Windeseile in den Chats. Innerhalb von Minuten, ach was, *Sekunden* loggen sich alle wieder ein und suchen nach dieser neuen Map-Location, diesem Tempel.« Max war richtig außer Atem! »Und du reagierst einfach nicht, weil du die ganze Zeit auf dem Pott sitzt! Du hast alles verpasst!«

Im Stillen dankte Stanni dem Schicksal, dem großen Lama und wer auch immer sonst wohl auf ihn herabsah, für sein unverschämtes Glück. Dass so viele Spieler gleichzeitig von den Leaks erfahren hatten, war einfach noch viel besser gelaufen, als er je zu hoffen gewagt hatte.

»Klingt krass«, sagte er laut, aber er hatte schon halb abgeschaltet. Max und Finn erzählten noch eine Weile weiter, über die neue Location und über Theorien zum weiteren Verlauf des Events. Aber Stanni merkte jetzt, wie sehr er sich nach seinem Bett sehnte und dass ihm langsam, aber sicher die Augen zufielen.

»Jungs«, nuschelte er schließlich ins Mikro, damit seine Freunde endlich mal Luft holten. »Ich muss echt dieses Lama-Referat fertigkriegen und mich dann ins Bett hauen. War ein langer Tag.«

»Willst du die neue Location etwa gar nicht sehen?« Max klang vollkommen fassungslos.

»Ja, Stanni.« Finn kicherte. »Bist du gar nicht neugierig?«

Stanni schaute an sich herab auf den Flux-Anhänger, der um seinen Hals baumelte. Er dachte an all die Bewohner von Los Lamas, an die Trankbrauer, die Waffenschmiede und die Bautruppler, die mit Hochdruck daran arbeiteten, das Tal Royal wieder spannend zu machen. Er dachte an den Nullpunkt, der so viele neue Möglichkeiten mit sich bringen konnte.

»Was immer passiert ...«, sagte er schließlich, »... wird absolut fantastisch werden. Auch morgen noch.«

176 Seiten
14,00 € (D) | 14,40 € (A)
ISBN: 978-3-96775-001-0

Standart Skill
Voll verglitcht!
Band 1

Für Stanni ist es ein guter Tag. Er spielt ein paar Runden in seinem Lieblingsgame, stellt sogar fast einen Rekord auf. Doch dann verändert sich plötzlich die Spielwelt: Probleme treten auf. Er will sich ausloggen, aber es geht nicht. Stanni steckt fest – mitten in einem Videospiel!

Mit einem Mal verspürt er Hunger und Durst, kann schmecken und riechen … und sich verletzen! Was wie ein ganz normaler Tag begann, wird zum größten Abenteuer seines Lebens. Er ist gefangen im Tal Royal. Um wieder in die echte Welt zurückzukehren, muss Stanni herausfinden, was es mit den Fehlern im Spiel auf sich hat.
Und er muss sich beeilen!

riva